www.tredition.de

AF177047

Lutz LEOPOLD

Jürgens Mordfälle 6

Tod vorm Aktenschrank
Tod in der Buchhandlung

www.tredition.de

© 2021 Lutz LEOPOLD

Verlag und Druck: tredition GmbH, Halenreie 40-44, 22359 Hamburg

ISBN
Paperback: 978-3-347-08703-3
Hardcover: 978-3-347-08704-0
e-Book: 978-3-347-08705-7

Das Werk, einschließlich seiner Teile, ist urheberrechtlich geschützt. Jede Verwertung ist ohne Zustimmung des Verlages und des Autors unzulässig. Dies gilt insbesondere für die elektronische oder sonstige Vervielfältigung, Übersetzung, Verbreitung und öffentliche Zugänglichmachung.

Alle Personen, Firmen, Orte und Handlungen in den Kriminalfällen „Jürgens Mordfälle" sind frei erfunden. Es gibt keinerlei realen Zusammenhang mit lebenden Personen. Ortsbeschreibungen und Namen sind rein zufällig gewählt.

Tod vorm Aktenschrank

1 Freitag

Es ist einer jener typischen Dezembertage. Kühl, nebelig, ein leichter Nieselregen. In London ging an solchen Tagen „Jack the Ripper" seinen mörderischen Vergnügungen nach. In einer Werkstatt in Meidling, arbeiten sie, in ihrem üblichen düsteren Trott. Zwei Gesellen unterstützen den Meister. Ein 17-Jähriger Lehrling kehrt, wie immer kurz vor Arbeitsschluss, den Raum. Die Arbeiten sind vielfältig, Reparaturen, Renovierungen und Restaurierungen. Viel Geld ist nicht vorhanden. Über das Geld, das immer irgendwie auftaucht, gibt es Gerüchte. Nur es gibt immer Gerüchte. Der Meister, ein alter Hagestolz ist trotz seiner 42 Jahre noch immer Single und lebt im Hinterhaus über der Werkstatt, in der Mansarde. Auch darüber gibt es Gerüchte. Eben es gibt immer Gerüchte.

Da schreit Roman, einer der Gesellen auf: „Wer hat meine Börse! Wer hat sie genommen?"
Gerhard, der Lehrling schluchzt ebenfalls auf, „mein Geld ist auch weg."
Er bekommt auf Wunsch seiner Eltern das Geld wöchentlich am Freitag, bar auf die Hand. Gerhard ist, was Geld betrifft sehr leichtsinnig. Er ist in seiner Entwicklung überhaupt etwas zurück. Wenn man ihn sieht, gibt man dem Jungen höchstens 15 Jahre.

„Er soll lernen mit Geld umzugehen. Ein Konto das schafft er nicht", erklärte Gerhards Mutter dem Meister. Ihre Dominanz ist eigentlich Schuld dass Gerhart unselbstständig ist und sich um nichts kümmert.

Der Meister Kurt Goldmann, ein großer schlanker Mann mit einer frühzeitig ergrauten Mähne, kommt aus seinem Büro. „Was ist passiert?" Der Lärm hat ihn angelockt.

Roman brüllt, „ich wurde bestohlen! Aus meiner Lade ist die Geldbörse weg."

Johann der zweite Geselle geht zu seinem Arbeitstisch. „Bei mir fehlt nichts."

„Hast du dafür Zuviel bei dir?" Roman sieht rot.

„Das reicht. Du suchst ständig einen Grund zum Streit", faucht Johann.

Schon länger streiten die zwei Gesellen bei jeder Gelegenheit. Jeder hält sich für den besseren Kunstverständigen.

Kurt geht dazwischen. „Ruhe, verdammt nochmal. Schaut zuerst nach was wirklich fehlt. Was hast du Gerhard? Weshalb weinst du?"

Gerhard lehnt an seinem Besenstil und schluchzt. „Mein Geld ist auch weg. Ich hab es auf das Bord gelegt."

Das ist Kurt nun Zuviel. „Lasst eure Späße. Wenn ihr euch gegenseitig an die Gurgel geht, von mir aus, aber den Jungen lasst in Ruhe."

Johann, den alle böse anstarren, faucht wütend, „glaubt ihr wirklich ich bestehle meine Kollegen? Kommt her schaut nach. Ich habe euer Geld nicht genommen."

Roman, ein sturer 28-Jähriger Bursche mit Tätowierungen und einem Nasenring, geht zu Johanns Spind und durchsucht ihn.

Johann steht höhnisch grinsend dabei. „Na hast schon was gefunden?"

„Du hast es wahrscheinlich eingesteckt." Roman schlägt die Blechtüre des Spinds, in dem Johann seine Pinsel und Schab-messer aufbewahrt, krachend zu.

„Na komm du Schwulchen, greif mir halt an die Eier", kichert Johann boshaft auf.

„Schluss jetzt! Wer war heute Vormittag hier?" Kurt sieht ein, Johann wird zu Unrecht verdächtigt. Wenn Geld fehlt, war es einer der Kunden.

„Fridolin und Knut hast du ja, am Vormittag, selbst bedient. Später waren dieser verrückte Ami und Paul, dein Sponsor hier." Johann erwähnt Paul höhnisch. Mit dem hat, seiner Meinung nach, Kurt mehr als nur eine Geschäftsbeziehung.

„Der Ami?" Kurt schaut verwundert Johann an. „Was wollte er? Zu meinen Kunden gehört kein Ami."

„Der Kerl hat sich umgeschaut und bei Gerhard gegrabscht."

„Gerhard kränk dich nicht. Ich gebe dir das Geld nochmals", beruhigt Kurt den 17-Jährigen.

Für Gerhard ist Kurt wie ein zweiter Vater, oder Onkel, den er jetzt dankbar ansieht.

„Und was ist mit meinem Geld?", schreit Roman auf.

„Du bist alt genug. um besser darauf aufzupassen." Für Kurt ist die Sache erledigt.

„Ach ja, mit mir könnt ihrs ja machen", faucht Roman wütend. „Wenn meine Holzarbeiten nicht wären, schaute es hier finster aus."

„Beruhig dich und halt vor allem die Goschen." Jetzt ist es Kurt der zornig wird.

„Warum soll ich mich beruhigen. Ich will auch mehr von dem Kuchen. Der Ami hat mir gestern ein Angebot gemacht!", schreit Roman aufgebracht dass sein Nasenring hüpft.

Kurt bricht in ein schallendes Gelächter aus. „Will er dich vernaschen? Wieviel zahlt er dafür?"

Der dicke weichliche Roman weiß wie unvorteilhaft er trotz der Tätowierungen die er um männlicher auszusehen machen ließ aussieht. Dass Kurt es anspricht empört ihn.

Nun brüllt er: „Dich wird noch einer umbringen."

„Sicher! Für Heute machen wir Schluss. Ich erwarte noch zwei VIP-Kunden."

Schmollend ziehen Roman und Johann ab. Sie würden gerne diese VIP-Kunden kennenlernen. Gerhard verabschiedet sich fröhlich. Er hat sein Geld und ein Dat

2 Samstag

Es ist noch kälter geworden, obwohl der Nebel weg ist und die Sonne ihre schwachen Strahlen in den Hinterhof, des herunter gekommenen Zinshauses, sendet. Die Werkstatt wirkt ruhig und verlassen. Das elektrische Licht im Büro, das matt durch die schmutzigen Scheiben schimmert, macht den Hausmeister Josef stutzig.

„Es ist Samstag und bereits Mittag. Was treibt der Goldmann noch hier?"

Er geht nachschauen. Die Türe zum Büro ist offen. Josef geht hinein und prallt zurück. Vor dem Aktenschrank, einen Hefter in der Hand kauert, nach vorn gesunken, Kurt Goldmann am Boden.

Josef beugt sich zu ihm und stellt entsetzt fest, „der ist Tod."

Unsicher starrt er auf den Aktenschrank. Vieles scheint daraus zu fehlen. Einiges liegt am Boden. Warum hält Kurt den Schnellhefter so fest umklammert?

Nachdem Josef sich etwas beruhigt hat will er die Schreibtischlade mit der Kasse aufziehen. Er weiß wo Kurt sein Geld aufbewahrt. Rechtzeitig zuckt er zurück und fasst nach einem Lappen mit dem er die Lade berührt und öffnet. Er hat Glück. Einige Scheine, im Wert von mehreren Tausend, befinden sich in der Lade hinter einem Holzriegel versteckt. Er nimmt das Geld an sich und geht in seine Wohnung, um von dort die Polizei zu verständigen.

Gruppeninspektor Doris Nussbaum nimmt den Anruf des Journaldienstes entgegen. Seit einem Monat ist sie im großen Büro gemeinsam mit Bezirksinspektor Karlheinz Wimmer in der Abteilung für Gewaltdelikte. Das Büro liegt zwischen den Büros von Oberstleutnant Jürgen Pospischil und Hauptmann Maximilian Schubert. Die drei Räume sind nur durch Glaswände voneinander getrennt. Revierinspektor Gerlinde Sorel ist seit kurzem verheiratet und hat mit Leutnant Erwin Loimer ein Büro gegenüber dem Gange bezogen.

„Der Polizeiarzt und auch die Spurensicherung wurden verständigt", wird Doris mitgeteilt. „Der Tote wurde in der Arndtstrasse in einem Verschlag im Hof aufgefunden."

„Danke wir sind schon unterwegs."

„Jürgen", meldet Doris zum Oberstleutnant ins Büro hinein, „wir haben eine Leiche in Meidling."

„Fahr mit Max hin." Jürgen schreibt den Monatsbericht an Brigadier Claudius Brenner dem Leiter des Landeskriminalamtes. Eigentlich hätte Jürgen einen freien Tag, doch wurde er mit dem wöchentlichen Bericht, am Freitag, nicht fertig.

In dem engen Hof herrscht ein Gedränge. Die Polizisten haben Probleme die vielen Neugierigen, hauptsächlich die Bewohner von den zwei Stiegen des Haupthauses, die sich im Hof versammelten, wieder in ihre Wohnungen zurückzuscheuchen. Dazu kommen noch die Beamten der Spurensicherung und vier parkende Autos.

Max stolpert beim Tordurchgang über einen alten Bekannten.

„Herr Glauber, was sucht ein Reporter einer Frauenzeitschrift hier?"

„Ich habe einen Termin. Herr Goldmann will mir etwas über Damen vom anderen Ufer erzählen", ein schmutziges Lachen begleitet seine Aussage.

„Was meinen Sie damit?"

„Na was wohl? Tunten. Wer wurde den ermordet?"

„Das weiß ich noch nicht. Ich bin, wie Sie sehen, gerade angekommen und Sie gehen wieder zu den anderen Zaungästen auf die Straße."

„Ach, lassen Sie mich wenigstens hier im Hof mit den Leuten plaudern."

„Verlassen Sie bitte mit den Leuten den Hof. Vorne im Haus, oder auf der Straße, können Sie reden mit wem Sie wollen."

Knurrend folgt der Reporter. Sein: „Wir sprechen und noch", sollte nicht als Drohung wirken.

Max kommt mit Doris gerade zurecht, als der Fotograf fertig ist und ein Kollege der Spurensicherung dem Toten den Hefter aus der Hand reißt. „Der klebte fast an seiner Hand", murmelt er entschuldigend.

„Kann mir jemand erklären was sich unter den Papieren im Aktenschrank befindet, beziehungsweise befand?" Max schaut sich suchend um, ob er jemanden von der Firma sieht.

Doris sprach bereits mit einem ihrer ehemaligen Kollegen.

„Nein, von der Werkstatt ist niemand hier. Gefunden hat ihn der Hausbesorger. Der wartet vorne in seiner Wohnung."

Max registriert, dass der Täter etwas suchte und geht mit Doris raus, um den Hausbesorger zu befragen.

Josef macht geschäftig die Türe auf als er, durch sein Fenster, die Polizisten kommen sieht. „Ich habe niemanden gesehen. Mir ist nur das Licht aufgefallen, deshalb habe ich ins Büro reingeschaut."

„Hatte Herr Goldmann eine Familie?"

„Geh wo. Er wohnt direkt über der Werkstatt, in einer kleinen Quetsche. Man munkelt dass er anders war. Genaues weiß ich nicht", setzt Josef hastig nach.

„Sie haben doch sicher gesehen ob Frauen oder Männer zu ihm gingen?" Max will Josef bei seiner Ehre fassen.

„Da kamen kaum Leute zu ihm und die kamen gingen in die Werkstatt. Goldmann war dafür oft nächtelang weg."

„Wohin ging er da?"

Josef zuckt mit den Schultern: „Das ist, war sein Geheimnis. Er sprang immer, abends so gegen acht in seinen BMW und kam erst um neun Uhr morgens in die Werkstatt. Seine Leute haben jeder einen Schlüssel. Die kommen immer pünktlich um acht."

Doris mischt sich ein. „Sie meinen er ging in die Wohnung rauf."

Josef schaut etwas blöd aus der Wäsche, so als fällt es ihm erst jetzt auf. „Nein, er ging direkt in die Werkstatt. Oft hatte er am Morgen auch einen anderen Anzug an."

Max grinst Josef an. „Hatte er noch eine Wohnung? Oder eine Familie? Hatte er eine Freundin?"

Josef schüttelt bei jeder Frage verneinend seinen Kopf. „Ich glaubte immer er wohnt hier. Eigentlich komisch."

„Hm, schauen wir uns einmal die Wohnung über der Werkstatt an."

„Ich befrage die Hausbewohner im vorderen Haus", bietet Doris an.

„Tu das. Ich übernehme die Wohnung."

Max lässt sich Goldmanns Schlüsselbund geben um sich nochmals in der Werkstatt umzusehen. Danach geht er hinauf in die Wohnung. Ein winziger Vorraum mit einem Bad, in dem gerade Dusche, Waschmuschel und Klomuschel Platz finden. Dann ein etwas größerer Raum mit einfachem Bett, einem übergroßen Fernseher und einem Küchenblock. Der Schrank der die ganze Wand einnimmt enthält Wäsche und Arbeitskleider. Keine Anzüge, keine Straßenkleidung. Die Wohnung ist staubig und wirkt unbenützt. Max ist nun sicher. Goldmann muss noch eine andere Wohnung haben. In einem weiteren Raum, es ist der größte in der Wohnung, stehen auf Rahmen gespanntes Leinen, halbfertig geschnitzte Figuren und eine Stellage mit unglaublich vielen verschiedenen Farbtuben. Teils Öl, teils Acryl.

Doris geht im vorderen Haus von Wohnung zu Wohnung. „Haben Sie vergangene Nacht etwas bemerkt? Ist jemand zu Goldmann ins Büro gegangen?"

Überall Kopfschütteln. Man hat nichts bemerkt, man will nichts bemerken. Schließlich erkundigt sich Doris wo sie die Mitarbeiter der Firma finden kann.

Endlich meint einer, „gleich drüben zwei Häuser weiter finden Sie Johann. Ein schmieriger Bursche."

„Danke." Doris sucht Johann an der angegebenen Adresse. Ein Türschild mit „Johann Marek, Restaurator" zeigt ihr dass sie richtig ist. Sie läutet, niemand öffnet. Doris läutet Sturm.

Nebenan öffnet sich die Türe einen Spalt. Ein grauer Frauenkopf mit Zahnlücken grinst boshaft heraus. „Den finden Sie beim Branntweiner."

„Was wissen Sie sonst noch über ihn?", hakt Doris nach.

„Wieso?" Die Alte will sich zurückziehen.

„Ich bin von der Kriminalpolizei Wien. Herr Goldmann wurde getötet."

Die Türe wird aufgerissen. Doris kann nun auch den fleckigen Schlafrock der Frau bewundern.

„Na geh. Was war denn da los?"

„Das ermitteln wir. Also bitte: Was wissen Sie über Herrn Marek?"

„Na was wohl? Ein versoffener Hurenbock. Spätestens gegen Abend taucht er mit irgendeiner fetten Schlampe auf."

„Fein, dann bin ich wohl nicht sein Geschmack", kichert Doris die von der Frau mehr erfahren will.

Doris wird von oben nach unten, wieder nach oben gemustert.

„Viel zu mager. Welcher Kerl mag das schon? Der Marek ist vorne im Beserlpark in der kleinen Schnapsbude. Wenn gerade keine Weiber zu ihm kommen, dann sind es so seltsame Typen denen ich nicht in der Nacht begegnen will." Hoheitsvoll als ob sie bereits zu viel gesagt hat, schließt sie nun ihre Türe endgültig. Sie hat begriffen, dass ihr diese Polizistin nichts erzählen wird.

Doris sucht die Trinkstube auf. In dem kleinen, kaum zwanzig Quadratmeter großen, Raum stehen an der Theke und an drei Stehtischchen dicht gedrängt fast zwanzig Männer herum. Zigarettenqualm, Bier und Schnapsdunst verschlagen Doris den Atem. „Hallo Herr Marek", grüßt Doris auf gut Glück in den Raum.

„Was wollen Sie? Wer sind Sie?" Ein auf Schick getrimmter Mann dreht sich an der Theke zu Doris um. Dabei streift er sich eine schwarze Stirnlocke mit seiner rechten Hand aus dem Gesicht.

„Kriminalpolizei. Gleich hier in der Nähe ist ein Mann getötet worden. Haben Sie das noch nicht gehört?" Doris nimmt an, dass sich die Neuigkeit wie ein Lauffeuer im Grätzel herumgesprochen hat.

Die Kerle um Johann lachen auf. „Klar haben wirs gehört den Goldmann hat´s erwischt. Wir trinken grade auf ihn."

Johann schaut mürrisch. „Was wollen Sie von mir? Ich glaub dem weint keiner eine Träne nach. Mich hat er ausgenützt. Ständig hatte er meine Figuren auf alt gemacht und danach behauptet, er hätte nicht viel dafür bekommen."

„Sie haben doch restauriert?" Doris versteht nicht ganz was Johann sagen will.

„Das auch. Manche alte Statue hatte er einfach auseinander geschnitten und dann wurde aus jedem Teil eine neue Statue gemacht. Wo Goldmann die Holzfiguren verscherbelt hat ist mir unklar."

„Sicher", lacht sein Nachbar auf. „Wenn du es wüsstest hättest du den Plunder selbst verkauft."

Knurrend wendet sich Johann seinem Glas zu. „Was war's denn? Hat ihn der Schlag getroffen?"

„Nein wir vermuten es hat jemand nachgeholfen."

Johann reißt es hoch. „Mord!"

Auch die anderen Männer schweigen plötzlich erschrocken und starren Doris an.

„Wahrscheinlich. Kommen Sie bitte mit mir in die Firma. Wir suchen jemanden der uns sagt ob etwas fehlt."

Johann nickt und zahlt. Etwas betroffen folgt er Doris zur Werkstatt.

Max ist zum Tatort zurück und fragt Doktor Müller. „Woran ist er gestorben?"

„Ein Stich mitten ins Herz. Die linke Herzkammer ist von vorne durchbohrt und an der Rückwand aufgerissen. Deshalb ist er innerlich verblutet."

Max schaut ihn verständnislos an. „Da muss er doch vorne wahnsinnig geblutet haben."

„Das ist das Seltsame, wie es kaum möglich ist. Der Einstich ist ganz dünn, wie von einer Stricknadel, dafür ist, wie ich dir sagte, im Körper das Herz aufgerissen. Genaues bekommt ihr nach der Autopsie."

Doris kommt mit Johann zur Werkstätte. Max begrüßt den leicht Angetrunkenen. „Schauen Sie sich um und sagen Sie bitte ob etwas fehlt?"
Johann dreht sich langsam zwei Mal um seine Achse. „Pha, was soll denn da fehlen? Es stehen nur halbfertige Sachen herum."
„Keine wertvollen Bilder oder Figuren?"
„Romans Übermalung ist noch das Beste. Trotzdem höchstens Tausend wert. Schauen wir doch in die hintere Kammer. Da arbeitet unser Lehrling."
Doris sieht, durch Johanns Bemerkungen angeregt, die herumstehenden Arbeiten nun mit anderen Augen. Einige Statuetten, Madonnen, Engel und Heilige, sind unvollkommen. Einigen Statuen sieht man an das Neues zugefügt wurde. Die Bilder sehen teilweise eher unfertig als beschädigt aus. Doris fragt sich: Was wird hier wirklich gemacht?
Max geht zur Türe der, ihm von Johann gezeigten, Kammer. Sie ist zwischen zwei Regalen kaum zu sehen. „Die ist versperrt", stellt er fest.
„Der Sicherheitsschlüssel mit der weißen Hülle passt." Johann zeigt auf Goldmanns Schlüsselbund, den Max noch immer in der Hand hält.
„Ah, fein." Max sperrt auf. Sie gehen hinein.
Drei Staffeleien stehen in dem nur mit Kunstlicht beleuchteten Raum. Auf ihnen drei halbfertige von zwei Spots angestrahlte Gemälde.
„Mensch, der Kleine ist ja noch besser als Kurt dauernd schwärmte."
Max der den Maler nicht kennt. „Wieso? Die Bilder schauen gut aus. Was ist daran besonders?"

„Das werden echte Spitzweg. Nachdem die fertigen Gemälde von Roman bearbeitet wurden, sehen nur wenige Fachleute wer sie wirklich gemalt hat."

Doris begreift als erste. „Ihr seid hier Kunstfälscher. Falsche Figuren, falsche Gemälde. Was macht ihr noch?"

„He, ich schnitze nur die Statuen fertig. Mit den Gemälden habe ich nichts zu tun." Johann wird bewusst wie unangenehm es jetzt wird. „Kurt bringt die Sachen und er verkauft sie auch. Er hat dafür Stammkunden. Schauen Sie doch in seinem Schreibtisch nach."

Sie gehen raus um den Schreibtisch zu durchsuchen. Johann zeigt Max und Doris den Holzriegel in der Lade der zum Geld Fach führt. „Da sind meist ein paar Tausend drin. Oft liefern Leute ihren Plunder direkt her."

Max und Doris schauen sich an. „Da sind nicht einmal mehr Hundert", stellt Doris fest.

„Raubmord? Wer weiß aller von dem Versteck?" Max schaut Johann streng an.

„Eigentlich nur Roman und ich. Roman war es nicht. Der wurde gestern selbst bestohlen. Behauptet er."

„Aha. Was ist passiert?"

„Ein Blödsinn. Roman behauptete gestern dass sein Geld gestohlen wurde. Aber es war niemand da der es… eigentlich nur Josef unser Hausmeister. Der schnüffelt schon länger hier herum."

Doris strahlt, „den nehme ich mir nochmals vor."

Doris geht ins vordere Haus um beim Hauswart zu läuten. Stille. Sie probiert es nochmals.

Ein neugieriger kleiner Mann öffnet gegenüber seine Türe. „Suchen Sie unseren Hausmeister?"

„Ja, können Sie mir sagen wo ich ihn finde?"

„Der ist vor ein paar Minuten weggegangen. Sicher in den Park um sich anzusaufen."

Doris nickt belustigt mit dem Kopf. Also nochmals in die verrauchte Bude.

Sie trifft Josef an der Theke an. Er spendiert gerade wieder eine Runde.

„Frau Inspektor auch ein Glas? Ich feire!", jubelt Josef bereits etwas angetrunken.

„Das Geld aus der Schreibtischlade? Ich bin gekommen um es zu beschlagnahmen." Es ist die direkte Art, die sie sich von Max abgeschaut hat.

Josef reißt den Mund auf. Wie bei einem Fisch der auf dem Trockenen liegt, geht sein Mund auf und zu. Bleich geworden muss er das Glas rasch auf die Theke stellen, so sehr beginnen seine Hände zu zittern. „Was meinen Sie? Ich weiß von nichts? Welcher Schreibtisch?" Sein stottern spricht Bände.

„Kommen Sie mit. Ich werde mich in Ihrer Wohnung etwas umsehen."

Josef strafft sich und versucht selbstsicher zu wirken. „Haben Sie einen Durchsuchungsbefehl? Ich gehe nicht mit."

„Doch! Sie gehen mit mir mit aufs Landeskriminalamt. Sie sind vorläufig festgenommen. Im Amt warten wir dann auf den Durchsuchungsbeschluss."

Josef treten die Tränen in die Augen. Schniefend jammert er, „ich habe nichts getan. Herr Goldmann hat mir das Geld zur Aufbewahrung gegeben. Ich war nicht an der Lade und kenne auch nicht das Geheimfach."

„Alles klar. Also holen wir das Geld, oder fahren wir ins Amt?"

Resigniert nickt Josef mit dem Kopf und geht mit Doris in seine Wohnung. Dort gibt cr Doris das Geld. Eine Kleinigkeit fehlt bereits.

Max hat inzwischen Johann um die Adressen der anderen zwei Mitarbeiter gebeten, ihn rausgeschmissen und im dann erklärt: „Sie und ihre Kollegen dürfen in den nächsten Tagen die Werkstatt nicht betreten. Wenn Sie es tun machen Sie sich strafbar."

„Aber, was ist mit unserer Arbeit?"

„Zuerst müssen wir prüfen wer von Goldmann die Werkstatt übernimmt. Solange haben Sie keine Arbeit."
„Wer soll's den übernehmen? Kurt hat ja keine Familie?"
„Vielleicht finden wir ein Testament", lächelt Max.
„Na dann auf Wiedersehen", knurrt Johann als er geht.

Doris strahlt Max an. „Das Geld habe ich sichergestellt. Den Trottel festzunehmen ist nicht nötig. Seine Behauptung, dass er das Geld aufbewahren sollte, glaube ich ihm nicht. Ich vermute dass er das Geld erst nahm, nachdem er den Toten fand."
Max zieht ein Schnoferl. „Wir sollten ihn doch festnehmen. Ich glaube er verheimlicht uns etwas."
„Was ist mit den Papieren? Sollten wir nicht den Inhalt des Aktenschranks durchsuchen?"
„Ich habe schon gebeten die Akten ins Landeskriminalamt zu bringen. Wir müssen auch nach einem Testament suchen. Angeblich hatte Goldmann keine Familie."
„Gerlinde soll am Montag in ihren Dateien suchen", empfiehlt Doris.
„Ich überlege ob ich das Betrugsdezernat verständigen soll, oder ob wir bis Montag damit warten? Es ist eindeutig das Goldmann ein Kunstfälscher und wahrscheinlich auch ein Hehler war."
„Fragen wir Jürgen, falls er noch im Amt ist."
„Kaum, lass uns auch Schluss machen."
„Dann bis Montag. Goldmanns Mitarbeiter laufen uns nicht davon."

Helene Schulz, die Chefin der Detektei Guckloch hat nach mehreren Anläufen einen Termin bei Kommerzialrat Klein bekommen.
„Herr Kommerzialrat, wir würden gerne die Ausbildung ihrer Sicherheitsleute übernehmen."
„Weshalb? Wir haben ein gut eingespieltes Team das unsere Zentrale und auch die wichtigen Filialen absichert."

„Es handelt sich wie ich feststellte meist um ältere Herren, einige sind Pensionisten."

„Bisher genügte es. In der Zentrale hatten wir keine Überfälle und von den Filialen waren in den letzten zehn Jahren nur drei Banken in der Provinz betroffen."

„Diese drei Überfälle habe ich analysiert. Ihre Angestellten hatten sich dabei nicht gerade vorbildlich verhalten."

„Das werfe ich den Leuten nicht vor. Wir hatten dort keinen Sicherheitsposten. Deshalb war es besser wenn die Kollegen der Aufforderung des Räubers folgten und nicht den Helden spielten."

„Trotzdem ist es möglich, auch wenn die Wünsche der Räuber erfüllt werden, den Schaden gering zu halten."

„In Ordnung. Ich werde mir die Sache durch den Kopf gehen lassen. Übrigens Detektei Guckloch, da war doch vor einem Jahr etwas?"

Helene die bisher selbstsicher auftrat wird etwas verlegen.

„Der Auftrag von Frau Thile war ein Missverständnis. Ich habe ihn damals auch zurückgelegt."

„Ach ja, jetzt erinnre ich mich wieder. Sie haben die Wohnung meines Sohnes abgehört."

„Das war eine Mitarbeiterin. Sie wurde sofort gefeuert. Unsere Detektei arbeitet nur im Rahmen der Gesetze."

Dominik schaut Helene zweifelnd an. „Was wurde den aus den Aufzeichnungen die Sie damals machten?"

„Alle Unterlagen habe ich Hauptmann Schubert übergeben. Ich habe nichts behalten."

„So, so", meint spöttisch Dominik. „Mich würde interessieren was Mein Sohn mit diesem Wimmer sprach."

Dominik hat mit seinem Trick Erfolg. „Es sind nur intime private Gespräche. Nichts was die Bank oder die Polizei betrifft. Ich habe ohne bedauern die Unterlagen weggegeben."

„Ich mache Ihnen einen anderen Vorschlag. Sprechen Sie mit Bezirksinspektor Wimmer. Er hat mit Leutnant Loimer bereits für mich ein Sicherheitssystem entwickelt."

„Wenn Sie die Zugangskontrolle meinen so gebe ich zu, das diese Spitze ist. Darüber spreche ich gerne mit den Herren."

„Fein und halten sie mich auf den laufenden. Wimmer hätte ich gerne bei mir in der Bank."

„Ich verstehe", lacht Helene. „Sie wollen Ihren Schwiegersohn mit der Sicherung beauftragen."

„Genau. Ich finde da schadet es nichts, wenn er bei erfahrenen Leuten, wie zum Beispiel Guckloch lernt."

Helene Schulz verabschiedet sich. Sie ist zufrieden. Sie glaubt die jungen Kerle kann sie leichter ködern als der Aufsichtsratsvorsitzende der Bank.

3 Sonntag

Bezirksinspektor Karlheinz Wimmer befindet sich mit seinem Freund Marcus auf Madagaskar.

„Herrlich das Wetter", strahlt Marcus. Er liegt in der Sonne am Strand. „Wenn ich mir vorstelle, dass wir morgen Früh in Schwechat landen, wird mir jetzt schon saukalt."

„Ja die vierzehn Tage waren schön und kurz", seufzt Karlheinz. „Ich bin neugierig ob es jemand gewagt hat, in meiner Abwesenheit zu morden?"

„Oh, geht das jetzt schon los? Ich bin froh dass du während unseres Urlaubs nicht an Mörder dachtest."

„Gedacht habe ich ja, nur traute ich mich nicht dir etwas zu sagen."

„Dein Glück, sonst gäbe es einen Mord auf Madagaskar."

„Genießen wir noch die paar Stunden. Nach dem Abendessen geht es zum Flughafen."

„Es wird Zeit, dass Klaus wieder weiß, wer der Chef in der Bank ist", murmelt Marcus und schlummert ein.

Karlheinz grinst glücklich und zufrieden. Ganz haben sie beide nicht ab geschalten.

Max lässt es keine Ruhe. Er verständigt Jürgen. „Entschuldige dass ich dich störe. Der Ermordete gestern war Kunstfälscher. Soll ich die Kollegen informieren?"

„Auf keinen Fall. Wir wurden aufgestockt um den Beifang ebenfalls zu bearbeiten. Ich kläre das am Montag mit dem Brigadier ab."

„Danke. Die Werkstatt wurde versiegelt. Soll ich eine Wache aufstellen?"

„Das halte ich nicht für nötig. Hole die Geschäftsakten ins Amt."

„Das ist schon geschehen. Danke, dir noch einen schönen Sonntag."

„Servus."

Lisa, Jürgens Gattin, räumt gerade das Frühstücksgeschirr ab. Sie schmollt, „das Max nie ganz selbständig wird ist doch seltsam. Karlheinz hätte nicht angerufen und gefragt."

„Nein, Karlheinz hätte einen Blödsinn gemacht", lacht Jürgen.

4 Montag

Es ist frostig, doch noch gibt es keinen Schnee. Weihnachten nähert sich und alle hoffen und fragen wie jedes Jahr: Werden es weiße Weihnacht?

Die Gruppe trifft sich im großen Büro. Gerlinde ist frisch und fröhlich. Sie war vergangenes Wochenende mit ihrem Gatten in der Steiermark bei seiner Familie. Nur Karlheinz sitzt mit Ringen unter den Augen und hängendem Kopf am Tisch. Er verbrachte die Nacht im Flugzeug. Billig ist nicht immer erholsam. Max ist mürrisch, da er auch am Sonntag nichts fand dass im neuen Fall weiter hilft. Doris ist aufgeregt. Bisher war sie nur bei simplen Straftaten involviert. Diesmal wird es, so hofft sie, ein komplizierter Mordfall. Erwin, dem Max steckte: „Da gibt es haufenweis offene Fragen", ist neugierig wie weit er mit seiner Technik helfen kann. Jürgen ist zufrieden. Er will wieder einmal beweisen, dass seine Gruppe mehr kann als nur Schlägereien aufzuklären.

„Die Kunstfälscher geben wir erst an die Kollegen weiter wenn wir unseren Mörder haben", teilt Jürgen den Kollegen mit, kaum dass er sich gesetzt hat.

Die Wasserflaschen werden geöffnet, die Gläser gefüllt und Doris beginnt die bisherigen spärlichen Berichte vorzulesen.

sie beginnt mit dem Obduktionsbericht: „Doktor Müller hat schon am Tatort gesagt wie der Tote umkam. Jetzt ergänzt er: Die Mordwaffe ist ein vierkantiges extrem dünnes Stillet. Der Todeszeitpunkt war Freitag um dreiundzwanzig Uhr."

Jürgen wendet ein, „wurde die Tatwaffe am Tatort gefunden?"

Max verneint mit leichtem Schütteln seines Kopfs.

Nachdem Doris ihren Bericht über den Hausmeister vorliest bestätigt Jürgen. „Du hattest recht, den brauchen wir nicht festnehmen, aber setz ihn nochmals unter Druck."

Max ergänzt seinen Bericht. „Das Opfer führte ganz sicher ein Doppelleben und muss noch eine andere Wohnung haben. Könnt ihr etwas in euren Quellen finden?" Er schaut Erwin und Gerlinde auffordernd an.

„Wir gehen gleich alles durch was wir über ihn und Fälschern haben. Oft weiß ein Konkurrent mehr."

Jürgen lächelt zynisch Gerlinde an. „Doris wird dir helfen. Ihr zwei geht die Akten durch. Listet die Kunden und Lieferanten des Ladens auf."

„Ja, aber drüben in unserem Büro Da können wir auch gleich das was wir finden abgleichen", fordert Erwin.

„Interessant. Was hast du für mich?" Karlheinz findet sich noch nicht zurecht.

„Du schlaf dich aus. Man behauptet doch, dass der Büroschlaf der erholsamste Schlaf ist."

Max lacht, „du schaust wirklich zum Kotzen aus."

Auf Karlheinz´ Schreibtisch läutet das Telefon. Karlheinz hebt ab und raunt nur, „jawohl."

„Ist was?" Jürgen ist gerade aufgestanden um in sein Büro zu gehen.

„Eigentlich ist es nur eine Vermisstenanzeige. Der Kollege meinte dass es mich betrifft." Karlheinz verzieht grimmig sein Gesicht.

Jürgen zieht die Augenbrauen hoch. „Wieso?"

„Ein tuntiger Kerl schreit auf der Polizeistation Gersthofer Straße herum. Er vermisst seinen Lebensgefährten."

Max lacht hell auf. „Die Gersthofer Kollegen sind für deine Freunde in Neustift zuständig."

Jürgen winkt nur mit den Händen ab.

„Ich gehe, ihr lieben Kollegen", murrt Karlheinz und macht sich auf den Weg.

„Wenigstens findet man hier gleich einen Parkplatz", murmelt Karlheinz als er, an der Nepomuk Kapelle vorbei, gegenüber der Polizeistation einparkt.

Die zwei Polizisten in Uniform grinsen ihm entgegen. Das also ist der schwule Kollege aus dem Landes-kriminalamt, denkt Oberleutnant Kunz nachdem sich Karlheinz vorstellt.

„Herr Landers ist bereits gegangen. Zuvor hat er uns noch mit seinem Anwalt gedroht."

„Was hat er zu Protokoll gegeben?" Karlheinz spürt den Hohn der Zwei und beschließt sachlich zu bleiben.

„Nehmen Sie Platz. Hier ist für Sie eine Kopie des Protokolls. Kurz berichtet: Herr Sebastian Landers lebt mit Kurt Landers in einer eingetragenen Partnerschaft zusammen und vermisst seit Freitag diesen seinen Partner. Kurt Landers hatte am Samstag um elf Uhr einen wichtigen Termin, zu dem er nicht erschien. Auf dem Handy ist Kurt Landers ebenfalls nicht zu erreichen."

„Warum kommt er dann erst heute zur Polizei?"

„Er hat am Wochenende angeblich in den Spitälern telefonisch herumgefragt."

„Habt ihr etwas unternommen?"

„Das übliche: Die Daten in die Vermisstenkartei eingegeben, das Landeskriminalamt verständigt und die Unfallmeldungen abgerufen."

„Das ist ausreichend. Mehr können wir momentan nicht tun. Wieso beschwer sich Herr Landers?"

Beide Beamte lachen schallend auf. Gruppeninspektor Dworak erklärt: „Er dachte wir springen ins Auto und rasen mit Blaulicht davon um seinen Freund zu suchen. Dabei ist das Foto, das er uns gab, mehr als dürftig." Er gibt Karlheinz eine Kopie des Fotos.

„Gut, ich suche den Herrn auf. Hoffentlich ist er jetzt zuhause und sucht nicht in irgendwelchen Wäldern nach seinem Kurt."

Als Karlheinz aufsteht, stehen auch die Kollegen auf. Kunz bedankt sich, „danke Kollege dass Sie den Fall übernehmen. Wahrscheinlich ist es sowieso nichts Ernstes."

„Es muss nicht immer gleich Mord sein. Servus Kollegen."

Karlheinz fährt zur angegebenen Adresse in Neustift. Nicht weit weg von Arnolds Weinschlösschen, stellt er fest. Ob sich Landers, Klemper und Melzer kennen? Das eingeschossige Gebäude mit ausgebauter Mansarde steht breit und massig zwischen den kahlen Laubbäumen. Ein Wintergarten an der einen Hausseite und das Hallenbad an der anderen Seite zeigen dass es der Besitzer geschafft hat. Als Karlheinz sein Auto vor dem Grundstück abstellen will surrt das Gartentor und öffnet sich. Sebastian Landers erwartet ihn. Karlheinz fährt weiter in den Garten und steigt vor dem Haus aus.

Ein junger auffallend schöner Mann, ungefähr in Karlheinz´ Alter steht in einem engen schwarzen Jogginganzug in der offenen Türe und begrüßt ihn. „Guten Tag. Sind Sie von der Polizei?"

„Ja, Bezirksinspektor Wimmer vom Landeskriminalamt. Ich komme wegen Ihrer Anzeige."

„Kommen Sie weiter. Mein Anwalt ist auch hier. Wir beraten gerade wie wir nach Kurt suchen können."

Karlheinz folgt Sebastian ins Haus. Im riesigen Wohnraum, eher eine Halle, sitzt Doktor Klaus Melzer.

„Hallo Karlheinz, dieses Mal freut es mich, dass du hier bist. Fürchtet ihr Mord weil…, du bist doch noch bei der Mordkommission?"

Karlheinz verbeißt sich das Lachen. „Mich haben sie verständigt weil eine Tunte die Polizeistation aufgemischt hat."

Sebastian, der nervös und ängstlich mit der Hand auf einen Sessel zeigt, murrt, „das ist unverschämt."

Melzer hebt nur den Kopf und zeigt sein markantes Kinn. „Dass die Polizei Homophob ist wundert mich nicht. Habe ich dir schon angeboten zu uns zu kommen?"

Karlheinz schmunzelt, „das hast du bereits mehrmals. Danke Klaus. Jetzt will ich mithelfen Kurt zu finden. Hoffentlich ist es kein Mord und ich muss dich nicht verhaften."

Klaus lacht, er hat zwar an Karlheinz einige unangenehme Erinnerungen, diese aber schon längst verziehen.

„Die auf der Polizeidienststelle haben nichts gemacht. Ich glaube die verhöhnten mich nur", jammert Sebastian.

Karlheinz nimmt die Polizei in Schutz. „Sie sind überheblich, das ist wahr, aber sie haben gemacht was sie machen konnten. Ich habe mich davon überzeugt."

Klaus nickt Sebastian beruhigend zu. „Biete unserem Freund von der Polizei doch einen Kaffee an." Zu Karlheinz gewandt, „was planst du? Wie willst du Kurt suchen?"

„Zuerst brauche ich ein gutes Bild vom Verschwundenen. Das leite ich an die Polizeistationen, vorläufig in Wien weiter. Dann erzählt mir bitte was Kurt am Freitag tat. Was macht er beruflich? Wo war er am Freitag?"

„Wir sind Kunsthändler. Ich habe studiert und helfe bei den Expertisen. Kurt treibt die Bilder auf und findet die Käufer. Am Samstag war ein Engländer hier." Sebastian lacht, „er nennt sich Lord. Ich konnte ihm nur das eine Gemälde eines Münchner Malers verkaufen. Kurt hat mir versprochen zwei weitere Bilder aus einer privaten Sammlung zu beschaffen."

Sebastian, er hat Karlheinz einen Kaffee von der Maschine herunter gelassen, lehnt sich zufrieden zurück. Sein Gesicht verklärt sich und wirkt noch schöner. Karlheinz fasziniert zu sehen wie sehr der Bursche in Gedanken an die Gemälde aufgeht.

„Was war am Freitag? Wie lief der Tag ab?", Karlheinz kommt auf seinen Besuchsgrund zurück.

„Ja es war so wie immer. Kurt hat mit mir gefrühstückt, dann ist er in unser Geschäft gefahren. Er geht immer als erster. Ich kam gegen neun nach und da habe ich ihn im Geschäft das letzte Mal gesehen."

„Ist er den danach weg?"

„Ja wie immer. Zu mir sagte er noch, dass er den bankrotten Sammler aufsucht, um ihm die zwei Gemälde abzuluchsen. Bis achtzehn Uhr wollte er wieder im Geschäft sein."

„Wo befindet sich das Geschäft?"

„Es ist eine kleine feine Galerie hinter der Peterskirche. Für kommenden Donnerstag habe ich eine Madonnenausstellung geplant. Ich möchte sechszehn Statuen ausstellen, es fehlen aber noch sieben. Was soll ich denn machen wenn Kurt nicht auftaucht?"

Karlheinz wird stutzig. Schon vorher bei den Gemälden schien ihm, dass sich Sebastian mehr um die fehlenden Bilder sorgt.

Nun jammert er wegen ein paar Statuen, die ihm Kurt bringen soll.

Auch Klaus ist etwas verwirrt. „Er wird schon kommen. Kurt ist immer sehr verlässlich. Nimm halt inzwischen ein paar von den Heiligen die hier herumstehen."

Karlheinz ist beim Eintreten das kostbare Interieur aufgefallen, nun sieht er auch die hölzernen Heiligenfiguren die zwischen 20cm bis zu einem Meter groß sind.

Sebastian schluchzt auf. „Aber das sind doch meine Lieblinge, die verkaufe ich nicht."

„Sie und Kurt haben den gleichen Familiennamen?"

„Ja, als wir unsere Partnerschaft eintrugen, haben wir uns auf einen gemeinsamen Namen geeinigt."

Klaus steht auf. „Ich glaube, mehr kann dir Sebastian nicht erzählen. Bitte überprüfe ob Kurt in irgendeiner Ambulanz oder Notaufnahme ist."

„Ich habe doch die Spitäler schon am Samstag angerufen. Die haben niemanden der Landers heißt aufgenommen."

Karlheinz steht ebenfalls auf. „Ein gutes Foto", verlangt er.

„Das was ich der Polizei gab, ist alles was ich habe. Seine Ausweise hat Kurt alle bei sich."

„Na dann Servus." Karlheinz geht. Mit dem Foto das er hat, kann man wenig anfangen.

Im Landeskriminalamt wendet er sich gleich an Erwin. „Kannst du die unbekannten Leichen, die zwischen Freitag und Sonntag gefunden wurden, überprüfen. Das Foto vom Vermissten ist leider nicht besonders."

„Mit diesem Bild fang ich nichts an. Im Mordfall Goldmann habe ich aber einige Galeristen und zwei verurteilte Fälscher gefunden. Kommst du mit mir? Ich will sie aufsuchen."

„Gern ich begleite dich. In meinem Fall kann ich vorläufig sowieso nichts tun."

„Beginnen wir in der Spiegelgasse. Dort und in den anderen Gassen gibt es Galeristen die auf Maler aus dem neunzehnten Jahrhundert spezialisiert sind."

„Warum Maler aus dem neunzehnten Jahrhundert?"

„Max hat zwei halbfertige Spitzweg Gemälde in der Werkstatt gefunden. Die Bilder sind sehr beliebt und Spitzwegs Werke sind sehr unübersichtlich. Alleine in Schweinfurt gibt es von ihm eine Sammlung mit zweihundertneunzig Werken."

„Und haben diese Gemälde auch einen Wert, wo es doch so viele sind?"

„Seine Skizzen werden mit fünf bis zehntausend versteigert, seine Gemälde liegen bei zwanzig- bis fünfzigtausend, einmal wurde eines sogar mit hunderttausend versteigert. Hast du vom Gurlitt Skandal gehört? Da sind plötzlich fünf unbekannte Bilder von Spitzweg aufgetaucht."

„Glaubt denn Max, diese Fälschungen hängen mit unserem Mord zusammen?"

„Vielleicht. Jürgen will den Fall des Kunstfälschers Goldmann nicht abgeben. Du kennst ihn ja."

„Ja, Jürgen ist ein sehr Bescheidener, der unserem Brigadier übertriebenen Ehrgeiz vorwirft."

Karlheinz von seinem morgendlichen Besuch angeregt, will auch mehr über die Kunstszene erfahren. Kann ja sein, dass einer der Galeristen Kurt Landers kennt und sah.

In der ersten Galerie, die eigentlich mehr Holzschnitzfiguren ausstellt, empfängt sie Josefine Lempers. Die Dame ist eine hochwohlgeborene arrogante studierte Fachfrau, der über drüber Kunst.

Als die Polizisten eintreten meint sie von oben herab, „womit kann ich den Herren dienen?"

„Kriminalpolizei. Wir bitten Sie um ein paar Informationen über Gemälde und Heiligenfiguren."

„Die Polizei interessiert sich für Kunst? In der Wollzeile gibt es einen Verlag der ausgezeichnete Kunstdrucke verkauft. Wir führen nur echte ausgesuchte Werke."

„Auch Spitzweg?" Erwin lässt sich von ihr nicht aus der Ruhe bringen. „Ein Freund von mir kopiert ihn."

Der Dame bleibt der Mund offen, so etwas Entsetzliches hat sie noch nie gehört. „Er signiert doch hoffentlich mit seinem Namen, oder fälscht er?"

Karlheinz dreht sich kichernd ab und schaut penetrant auf eines der Gemälde an der Wand.

Erwin will gerade antworten, da faucht die Gute, „das ist ein garantiert echter Spitzweg. W…, wollen Sie mich zum Narren halten?" Vor Empörung beginnt sie zu stottern.

„Oh wirklich", Karlheinz prallt zurück. Es war reiner Zufall dass er auf dieses Bild sah. „Woher wissen Sie dass es echt ist?"

Nun läuft bei Josefine Lempers das Fass über. „Schauen Sie dass Sie raus kommen. Ich bin eine gerichtlich beeidete Sachverständige. Ich lass mir doch nicht meinen Ruf ruinieren."

Erwin will beruhigen. „Das ist ein Missverständnis. Wir sind hier, gerade weil Sie zu den besten Sachverständigen gehören. Wir wollen einen Fälscher entlarven."

Josefine Lempers atmet noch etwas schwer, beruhigt sich aber langsam. „Dieses Spitzweg Gemälde vor Ihnen an der Wand ist seit Jahrzehnten Katalogisiert. Die bisherigen Besitzer sind bekannt. Nicht zuletzt ist es die Maltechnik, die Signatur und das Alter der Materialien die die Echtheit beweisen."

Erwin rollt zwei große Fotos, die er in einer Papprolle mitträgt, aus. „Das haben wir am Wochenende gefunden. Was halten Sie davon?"

Karlheinz sieht die Bilder das erste Mal und staunt. An den Wänden in Landers Wohnzimmer sah er ein paar ähnliche Gemälde.

Josefine fallen fast die Augäpfel auf die Fotos. „Das…, das müsste ich im Original sehen. Von halbfertigen Spitzwegs ist mir bisher nichts bekannt."

„Diese Bilder malte vermutlich ein siebzehnjähriger Junge vergangene Woche."

Josefine wird nun ganz handsam. „Das ist unglaublich. Wie kann ich Ihnen helfen? Selbstverständlich stehe ich zu Ihrer Verfügung."

„Sind in den letzten Monaten mehrere Spitzweg aufgetaucht, unabhängig von den Gurlitt Gemälden."

„Ach, Sie wissen Bescheid. Ja es scheint seit einem Monat eine Flut von Spitzwegs auf dem Markt zu geben, aber das liegt an der extrem starken Nachfrage. Lord Simon hat meinen Spitzweg hier an der Wand bereits angezahlt. Von Landers bekommt er auch einen Spitzweg, erklärte er mir stolz."

Karlheinz reißt es, „Kurt Landers kennen Sie ihn?"

„Kurt weniger. Ihn habe ich höchstens zwei oder drei Mal gesehen, aber seinen Freund Sebastian kenne ich gut. Er ist ein ausgezeichneter Kenner der Romantik."

Erwin hat ein anderes Interesse. „Könnten diese Herren die Fälschungen verkaufen?"

„Der Junge sicher nicht. Das hat er auch nicht nötig, da er hervorragende Bezugsquellen hat. Seine religiösen Figuren sind von ausgezeichneter Qualität. Sebastian gibt diese Woche eine Ausstellung. Lauter Madonnen aus dem fünfzehnten Jahrhundert. Nein da bin ich mir sicher: Sebastian gibt sich nicht mit Fälschungen ab."

„Kennen Sie Herrn Goldmann, oder seine Restaurations Werkstatt in Meidling?"

„Nein der Name sagt mir nichts. Ist in Meidling das Atelier des Fälschers?"

Erwin bleibt die Antwort schuldig und setzt fort. „Dieser Lord Simon, hat er Ihnen noch andere Verkäufer genannt?"

Josefine schüttelt den Kopf. „Er hat auch nicht gehandelt und den Preis akzeptiert."

„Wieviel?"

„Das…, das… bleibt unter uns." Josefine verschließt sich und will sichtlich keine weiteren Auskünfte geben.

Sie besuchen das nächste Geschäft. Hier gibt es nur wenige Bilder. Dafür neben den üblichen Antiquitäten auch Bücher. Ein freundlicher zuvorkommender molliger Mann begrüßt sie. Karlheinz findet ihn etwas schleimig.

„Womit kann ich den Herren dienen. Möbel fürs gemütliche Heim oder Porzellan für die Vitrine?"

„Kriminalpolizei, ich bin Leutnant Loimer, mein Begleiter Bezirksinspektor Wimmer."

Der Händler begreift sofort. „Oh, worum geht es? Sie wollen nichts kaufen."

„Richtig. Sie wurden bereits einmal wegen Hehlerei angeklagt. Die Klage wurde zurückgezogen. Weshalb? Was ist damals passiert?"

„Aber…, aber wieso? Das war alles ein Missverständnis. Ich wusste nicht woher das Gemälde kam."

„Da handelte es sich um einen Spitzweg. Von wem hatten Sie ihn gekauft?"

„Das ist doch alles seit einem Monat erledigt. Was wollen Sie von mir. Ich bin unschuldig."

Karlheinz mischt sich ein. Er hat von Max die harte Tour gelernt. „Auch am Mord? Also wer hat Ihnen damals das Bild angeboten. Los raus mit der Sprache sonst müssen wir Sie mitnehmen."

„Ich weiß nur seinen Vornamen Roman. Er hatte aber eine Expertise und einen Besitzbogen dabei. Deshalb wurde die Anklage fallen gelassen nachdem ich das Gemälde, dem im Besitzbogen genannten Grafen, zurückgab."

„Welchen Grafen?"

„Das weiß ich nicht. Hohler, Heuler oder so ähnlich. Das war alles so mysteriös. Ich kaufte das Bild und stellte es bei mir aus. Dann kam die Polizei und sagte mir, dass es gestohlen wurde. Ich fiel aus allen Wolken, das müssen Sie mir glauben. Kurz darauf kam der Graf zu mir und meinte: Wenn ich es ihm zurückgebe, sorgt er für die Rücknahme der Anzeige. Das tat ich und als ich mit meinem Anwalt zu Gericht ging, schickten die uns wieder weg."

Erwin schmunzelt, „Roman? Ich komme wieder mit einem Foto von Roman. Sagen Sie mir dann, ob es der Kerl am Foto war."

Sie verabschieden sich und besuchen eine weitere Galerie. Hier gibt es nur Bilder. Gemälde der deutschen Romantik. Sie treten ein und sehen sich um. Ein jüngerer Mann im Smoking erscheint nachdem sie bereits über zehn Minuten die Gemälde betrachteten.

„Interessieren Sie sich für Romantiker allgemein oder haben Sie einen Maler ins Auge gefasst."

Erwin nickt ihm zu, „Spitzweg."

„Da habe ich im Moment nichts hier, aber von Carl Ebert, einem Weggefährten Spitzwegs habe ich zwei wunderbare Landschaften hier."

Die Polizisten sehen in die Richtung in die der elegante Mann im Smoking zeigt. Sie sehen eine ebene Landschaft mit einem Holzmarterl und daneben eine Bäuerin mit Rechen und einem kleinen Kind an der Hand. Am zweiten Bild würfeln drei leicht zerlumpte Jungen.

„Ich sehe nur eine Landschaft", murmelt Erwin. „Na egal ich bin nur an Spitzweg interessiert. Wissen Sie wer in Wien einen anbietet?"

„Ich werde mich erkundigen. Lassen Sie mir bitte Ihre Karte hier."

„Gerne, Leutnant Loimer Landeskriminalamt."

„Oh, weshalb interessieren Sie sich für Spitzweg? Ist etwas Wahres an dem Gerücht, dass es ein paar Fälschungen von ihm im Handel gibt?"

„Ja, wir befürchten es." Erwin schließt die Befragung ab.

Karlheinz allerdings, „kennen Sie Landers? Wann haben Sie ihn zuletzt gesehen?"

„Landers? Den hinter der Peterskirche? Der Bursche ist auf Romantiker spezialisiert, aber Spitzweg hat er derzeit auch keinen."

„Ich frage nach dem Älteren."

„Den kenne ich kaum. Man sieht den alten Landers auch nie bei den Vernissagen."

„Danke auf Wiedersehen."

Jürgen verbringt den Vormittag, bevor er sich zum Tatort aufmacht, im Landeskriminalamt. Bei Brigadier Claudius Brenner berichtet er was bisher bekannt ist.

„Viel haben wir derzeit nicht, dafür haben wir das Opfer als Kunstfälscher entlarvt."

„Na schön mach weiter."

„Wir werden auch weiter gegen die Fälscher Gruppe ermitteln. Ich bin überzeugt das der Mord mit den Fälschungen zusammenhängt."

„Ich bin einverstanden. Lass den Fall bei dir. Gib einen kurzen Bericht an den Kollegen vom Betrug. Ich erkläre ihm weshalb der Fall bei dir bleibt und wenn du etwas brauchst, bitte sie um Unterstützung. "

„Das mach ich."

„Ich verstehe die Notiz über Wimmers Einsatz nicht. Sollte den Fall nicht die Vermisstenstelle in der Polizeidirektion bearbeiten?"

„Die Dienststelle Gersthof bat uns direkt um Unterstützung, weil Karlheinz, na weißt eh, das besser bearbeiten kann. Wir hatten gerade Luft, dshalb übernahm Wimmer."

Claudius holt tief Luft. „Ich bin auch nicht begeistert über Wimmers Privatleben, aber es ist sein Privatleben und wenn Kollegen meinen darauf herumtrampeln zu müssen, werden sie mich kennenlernen."

„Jetzt ist Karlheinz sowieso mit Erwin in unserem Mordfall unterwegs. Ich werde ihm sagen dass er den Fall weiterleiten kann."

„Das ist besser, schließlich ist er einer unserer besten Ermittler und wegen eines angeblich verschwunden Kerls, der irgendwo in einem Puff hängengeblieben ist, stellen wir ihn nicht ab."

„Ich bin deiner Meinung, also Servus." Jürgen begibt sich wieder in sein Büro.

Gerlinde hat als erstes den Hefter, den der Tote so krampfhaft in den Händen hielt, untersucht. In ihm befinden sich sechs vollbeschriebene A4 Seiten mit Nummern und Zahlen die Preise sein könnten.

Doris weist Gerlinde hin, „es sind immer sechs Zahlen und vier Buchstaben. Könnten es Katalognummern sein?"

„Es steht immer Lot und anschließend drei Zahlen." Gerlinde gibt die Nummer einfach in die Suchmaschine. „Schau das ist eine Madonna aus den 18.Jhd. und sie wird in Deutschland versteigert."

„Achtung, klick weiter. Da steht unter dieser Nummer ein Silberkrug. Er wird von einem niederländischen Auktionshaus angeboten."

„Wie auch immer es handelt sich um Versteigerungen. Wir müssen nur noch herausfinden bei welchen Auktionen die Objekte angeboten werden."

„Probieren wir es doch mit Dorotheum", schlägt Doris vor.

Gerlinde tut es und jubelt, „fantastisch. Das ist die gleiche Madonna und unter der anderen Nummer wird ein Spitzweg angeboten."

„Lass uns Goldmanns Buchhaltung durchsehen, ob da mehr über die Abnehmer steht." Doris fiebert vor Nervosität. Ihr wurde klar, dass Goldmann seine Werke über Auktionshäuser versteigern ließ.

Gerlinde als ob sie die Gedanken der Kollegin lesen kann meint, „ich vermute, er suchte nur die Auktionsdaten heraus um seine Preise anzugleichen. Für einen Fälscher ist es doch zu riskant, wenn die Produkte von Fachleuten bei der Auktion überprüft werden."

„Und warum hielt er das Buch umklammert?" Für Doris ein Beweis, dass es sich um wichtigere Daten handelt und es nicht nur Vergleichspreise sind.

„Wenn es wichtig ist, warum ließ es der Täter in seiner Hand?" Gerlinde beharrt darauf, dass diese Daten unwichtig sind.

Sie nehmen das Geld Eingangsbuch zur Hand und listen die Namen der zahlenden Kunden auf. Es handelt sich meist um

Preise von einigen Hundert bis maximal zweitausend. Keine wirklichen Hits.

„Diese Kunden ließen wirklich nur restaurieren. Keine großen Aufkäufe", murmelt Doris endtäuscht.

Sie prüfen auch die anderen Geschäfte und finden nichts was auf einen großen Ertrag hinweist. Im Gegenteil, nach den Unterlagen konnte sich die Werkstatt gerade über Wasser halten.

„Goldmann hat drei Leute beschäftigt. Was machten die den ganzen Tag? Die verrechneten Arbeitsleistungen liegen weit unter einer Vollbeschäftigung." Gerlinde rechnet verschiedene Leistungen durch und vergleicht sie mit der Anwesenheitsliste der Mitarbeiter.

„Das dies dem Finanzprüfer nie auffiel", Doris schüttelt ihren Kopf.

Jürgen kommt gerade dazu und hört den letzten Satz. „Die Finanzämter sind ebenfalls unterbesetzt. So kleine Quetschen prüfen sie kaum. Das bringt nicht das große Geld, das der Staat dringend braucht."

„Nur in dieser kleinen Quetsche wurden sicher Unsummen umgesetzt. Nur hatte Herr Goldmann weder seinen Einkauf noch den Verkauf registriert.

„Hast du etwas über Kurt Goldmann gefunden? Hat er keine Verwandten? Geschwister Eltern und so weiter?"

„Bisher nichts. Er hatte auch keinen gültigen Führerschein. Es ist als ob es ihn nie gab."

„Wie bitte? Doris komm bitte mit. Ich will mir den Tatort ansehen." Jürgen macht sich mit Doris auf.

Gerlinde bleibt wie so oft nur ihre Arbeit am PC, in dem sie herumsurft.

Erwin und Karlheinz treffen sich mit Marcus im „Dorfkrug" zum Essen. Ein einfaches Lokal, man kann es auch ein Beisel nennen, in der Innenstadt. Marcus spendiert eine Runde Bockwurst mit Kraut. Dazu gönnen sie sich ein Bier.

„Habt ihr bereits genügend Sperrkreuze montiert? Jagt ihr jetzt gemeinsam Mörder?", höhnt Marcus.

„Ich setze meine technischen Kenntnisse künftig anders ein", meint humorlos Erwin. Für ihn ist Marcus nur ein verwöhnter Bursche aus reichem Haus, der nach dem Motto lebt: Der Papa wird's schon richten.

Karlheinz stellt richtig, „Erwin jagt einen Kunstfälscher und ich suche nach einem Vermissten. Mörder? So etwas kennen wir nicht."

Marcus will Erwin weiter ärgern. „Papa meinte zu mir dass die Detektoren in der Halle Fehlmeldungen machen. Kümmerst du dich darum, oder geben Polizisten keine Garantie?"

Erwin bekommt einen roten Kopf. „Sobald mir einer etwas Konkretes sagt kümmre ich mich darum. Allerdings sollte das jemand sein, der auch etwas zu sagen hat", faucht ungehalten Erwin.

Karlheinz bekommt die feindliche Stimmung mit. „Beruhigt euch doch, wollen wir essen oder streiten?"

Die anderen zwei Esser murren und schweigen. Langsam zerschneidet jeder seine Wurst. Das Bier wird warm.

Als sie fast fertig sind versucht Karlheinz ein Gespräch. „Der Vermisste heißt Landers und ist Antiquitätenhändler. Kennst du ihn?"

„Der Saftladen hinter der Peterskirche? Ja ein fescher Bursche. Hat sich einen alten Finanzier angelacht."

„Hat er sein Konto bei dir? Es ist ja zwischen dem Geschäft und deiner Bank nur ein Katzensprung."

„Nein, seltsam wo du es sagst. Das Konto befindet sich in unserer Filiale in der Landstraße. Dabei habe ich… na lange vor uns…"

Erwin wird hellhörig und bemerkt bissig: „Aha, Du hattest scheinbar viele Partner."

„Ja sicher. Hattest du eigentlich schon ein Mädchen?"

„Ruhe! Was ist denn mit euch los?" Karlheinz begreift nicht weshalb sich die Zwei so beflegeln.

Erwin hat einen roten Kopf bekommen, den er verschämt senkt. Karlheinz wird Mühe haben ihn am Nachmittag wieder aufzuheitern.

Als Marcus zahlt, wehrt Erwin ab, „ich zahle meines selbst." Marcus begreift dass er zu weit gegangen ist. „Erwin verzeih mir bitte, aber ich habe euch eingeladen und deshalb zahle ich auch."

Düster trennen sie sich.

Erwin und Karlheinz suchen den bereits mehrmals verurteilten Fälscher Conrad Mayr auf. Sie treffen Conrad in einem intim gehaltenen Café nahe der alten Universität. Inzwischen ist es noch kälter geworden.

„Es wird eine eisige Nacht werden", murmelt Erwin als sie durchfroren in das Café treten.

Conrad Mayr ist ein sportlicher Fünfziger, der vor sich eine leere Kaffeetasse und einen vollen Cognacschwenker stehen hat. In der einen Hand hält er die Zeitung und zwischen den Fingern seiner anderen Hand eine, nicht angezündete, dicke Zigarre.

„Guten Tag, wir sind von der Kriminalpolizei und bitten um einige Auskünfte, sozusagen Ratschläge. Dürfen wir uns dazu setzen?"

Conrad schaut, durchaus sympathisch lächelnd, Erwin ins Gesicht. „Ihr seid nicht von den Betrugsjägern. Setzt euch her."

Sie setzen sich und bestellen bei dem Ober, der plötzlich am Tisch steht, jeder einen großen Braunen.

Erwin beginnt, „es gibt mehrere gefälschte Spitzweg. Wir brauchen Hinweise wer da in Frage kommt."

„Nun ich", lacht Conrad. „Meine Spitzweg wurden von der bösen Josefine als nicht gut befunden. Deswegen sind Sie ja hier."

„Sie haben auch andere Meister gefälscht."

„Leider auch nicht gut genug. Mein Waldmüller wurde sogar von diesem grünen Jungen hinter der Peterskirche entlarvt."

„Könnten Sie einen echten Spitzweg von einem gefälschten Gemälde unterscheiden?"

„Klar, inzwischen bin ich besser als diese Gutachterin, die sich für eine Göttin hält. Wenn man selbst fälscht befasst man sich mit dem Vorbild und kennt jeden Pinselstrich. Versicherungen fragen heute mich und vertrauen mir. Davon lebe ich jetzt ganz gut."

Erwin spitzt die Lippen, „bei Lempers hängt ein Spitzweg. Könnten Sie prüfen ob er echt ist?"

„Sie sind verrückt. Ich verbrenne mir doch nicht die Finger. Wenn die Lempers mitbekommt was ich mache, verklagt sie mich. Ich bin im Gegensatz zu ihr kein anerkannter, studierter Gutachter."

Erwin denkt an die überhebliche Dame und meint. „Schade, mir würde es Spaß machen wenn sich rausstellt, dass das bei ihr hängende Gemälde eine Fälschung ist."

„Mir doch erst", lacht Conrad. „Frau Lempers war es die mich auffliegen ließ."

Karlheinz rutscht schon einige Zeit unruhig am Stuhl herum. „Was ist mit dem grünen Jungen hinter der Peterskirche. Der hatte vermutlich, am Wochenende, einen Spitzweg an einen Lord verkauft."

Conrad schmunzelt Karlheinz an. „Den kennt ihr auch? Mich interessiert sein Freund. Der alte Landers schleppt ständig interessante Romantiker an. Woher er sie hat solltet ihr näher untersuchen. Der Herr Stefan Simon ist von einer Schweizer Versicherung und hat sich an mich gewandt."

„Hat er Sie in Verdacht, wieder zu fälschen?" Erwin lauert, er hat nämlich den Verdacht.

„Nein, er will mir in den nächsten Tagen Bilder bringen, damit ich sie mir ansehe."

„Wann?"

„Er ruft mich an, sobald er sie gekauft hat."

„Geben Sie mir bitte Bescheid?"

„Sicher warum nicht. Stefan hat sicher nichts dagegen, wenn sich auch die Polizei darum kümmert."

„Haben Sie den alten Landers in den letzten Tagen gesehen? Er wird nämlich vermisst." Karlheinz hofft, auch in seinem Fall weiter zu kommen.

„Ja am vergangenen Freitag, da ist er mit dem Jungen hier aufgetaucht. Die zwei haben fürchterlich gestritten. Fragt den Ober, der war bei dem Streit mittendrin."

„Wann war das? Ich meine wieviel Uhr?"

„So gegen Mittag. Sebastian hatte noch geschrien, dass er jetzt alleine essen geht."

„Danke. Wiederschauen."

„Ich höre von Ihnen", verabschiedet sich auch Erwin.

Conrad hebt die rechte Hand und macht eine wegwerfende Bewegung über die Schulter. „Pfiat euch."

„Lass uns jetzt zu Landers gehen", bittet Karlheinz.

„Sicher, ich habe ihn auch auf der Liste stehen, wenn auch etwas weiter unten."

Das Geschäft, vom Petersplatz hinein in die Milchgasse, liegt etwas versteckt zwischen größeren Geschäften. Landers ist kleiner Antiquitätsladen. In dem schmalen Schaufenster sind Porzellanfiguren und Silbergerät ausgestellt. Als sie durch die Türe eintreten, eine Glocke ertönt, sehen sie die geschnitzten Madonnen aus Holz. Es dauert nicht lange und Sebastian kommt aus dem hinteren Bereich des tief ins Haus hinein-reichenden Geschäfts.

„Guten Tag. Ach du bist es. Hast du Kurt gefunden?"

„Noch nicht. Mein Kollege Leutnant Loimer. Wir suchen ihn gemeinsam. Am Freitag hattest du mit Kurt ein heftiges und lautes Gespräch im Café geführt. Worum ging es da?"

„Das…, ist das wichtig? Wir haben über den verrückten Lord diskutiert. Kurt war mit meiner Preisvorstellung für den Spitzweg nicht einverstanden."

Karlheinz ist misstrauisch. „Diskutiert? Es war bereits Mittag. Wohin ist Kurt anschließend?"

„Das habe ich dir schon gesagt. Ich weiß es nicht. Was soll diese Fragerei?"

„Nun da es Widersprüche gibt, muss ich dich das Fragen. Du sagtest mir, dass ihr euch um neun Uhr getrennt hattet. Ein Zeuge meinte es war um zwölf."

„Es war am Vormittag und Kurt ist, wie ich aussagte, zu einem Sammler gefahren, der jetzt verkaufen muss."

„Wo wir den finden, weißt du nicht?"

„Nein, der Einkauf ist Kurts Angelegenheit. Das er diesmal diesen Lord anschleppte war eine Ausnahme. Normal besorge ich die Kunden."

Erwin mischt sich ein. „Um welche Bilder geht es?"

„Er sucht nur Gemälde der deutschen Romantik, obwohl ich ihm auch Österreicher angeboten habe."

„Dieser Lord, heißt er Simon?"

„Ja so nennt er sich. Doch ich halte ihn für einen Hochstapler. Deshalb habe ich mir das Geld auch bar geben lassen."

„Gegen Rechnung?", wirft Karlheinz süffisant ein.

Sebastian läuft rot an. „Natürlich! Gut ich gebe zu nicht mit dem vollen Preis. Der Mann ist Sammler. Der hat doch nichts mit Kurts verschwinden zu tun?"

„Wer weiß. Woher kennt ihn Kurt?"

„Keine Ahnung. Ach doch, der Lord war vergangene Woche bei der Vernissage in der Wollzeile anwesend. Da hat er mit Kurt gesprochen."

„Du sagtest, dass der Lord noch zwei Bilder bekommt. Habt ihr einen Termin vereinbart?"

„Er hat sich bei mir für Donnerstag angemeldet."

„Am Donnerstag stellst du deine Madonnen aus. Interessiert ihn auch das?"

„Nein, er will nur die Bilder und am Donnerstag auch mit Kurt sprechen. Er war sehr erbost, weil Kurt am Samstag nicht da war."

Erwin hakt nach, „geht es um Spitzweg Gemälde?"

„Ja um deutsche Romantik. Lord Simon ist auch an andere Romantiker interessiert."

„Der Mann könnte mit den Fälschungen zu tun haben. Sie sind Fachmann, sind Ihnen in letzter Zeit Spitzweg Fälschungen untergekommen?"

„Das hätte ich gemeldet. Ich arbeite mit Magistra Josefine Lempers zusammen. Viele Romantiker, also auch alle Bilder von Spitzweg, lasse ich von ihr begutachten und mir, wenn ich sie nicht vom Verkäufer bekomme, eine Expertise erstellen. Auch für das am Samstag dem Lord verkaufte Bild, hat sie die Expertise geschrieben."

Karlheinz grinst, „etwas hochnäsig die Gute. Wie kommst du mit ihr zurecht?"

Sebastian grinst zurück, „Josefine gehört zu uns. Sie lebt mit Helene zusammen."

„Helene?"

„Ja Helene Schulze. Kennst du sie?"

„Die Dame von der Detektei Guckloch. Ja ich hatte bereits mit ihr zu tun."

Sebastian nickt. „Aha, nun rührt euch wieder."

„Auf Wiedersehen", grüßt auch Erwin.

Draußen meint Erwin zu Karlheinz, „jetzt weiß ich warum du dauernd nach Kurt fragst. Woher kennst du Helene?"

„Helene Schulze, die Chefin von der Detektei Guckloch. Sie ließ in unserer Wohnung Wanzen installieren."

„Und jetzt ist sie eine Freundin von dir?"

Karlheinz knurrt, „nein eher von Max."

Jürgen ist mit Doris am Tatort angekommen. Der Hof liegt still Man findet keinen Hinweis auf das Verbrechen, das vor ein paar Tagen hier stattfand. Düster ist der Himmel, düster ist der Hof und noch düsterer ist es in der Werkstatt.

Jürgen muss das Licht einschalten. „Ich will mir unbeeinflusst ein Bild machen. Erkläre mir nur wonach ich dich frage."

Doris nickt. Sie hat sich bereits an die manchmal seltsamen Gepflogenheiten ihres neuen Chefs gewöhnt.

„Gefunden hat ihn der Hausmeister Josef. Um wieviel Uhr sagte er?"

„Gegen Mittag. Da hat er auch die Kasse ausgeräumt. Die Anzeige gegen ihn läuft."

„Ein Langfinger. Den nehmen wir uns nachher nochmals vor. Unter Druck erzählt er uns sicher mehr."

„Klar Jürgen. Der Aktenschrank, neben dem Goldmann lag, ist drüben in dem Büro."

Jürgen geht in den, durch eine gläserne Doppeltüre von der Werkstatt abgetrennten, Raum. Er wirkt nun aufgeräumt, denn alle herumliegenden Papiere wurden eingesammelt und ins Landeskriminalamt gebracht. Eine Kreidezeichnung am Boden zeigt wo das Opfer lag.

„Kein Safe?"

„Nein, es gibt ein Geheimfach im Schreibtisch." Doris zeigt Jürgen das Fach. „Hier drin war das Geld."

„Darüber wusste der Hauswart Bescheid?" Jürgen wundert das. „Woher er es wusste, werden wir ihn auch fragen."

Jürgen geht zur Stahltüre hinter der sich die kleinere Werkstatt befindet. Doris sperrt auf.

„Hier sind diese halbfertigen Gemälde."

Sie treten ein. „Wo?", will Jürgen wissen.

Doris bleibt der Mund offen. „Da ist ja alles weg. Wer kann das geholt haben. Das Siegel war unverletzt?"

Die Werkstatt wurde zur Gänze ausgeräumt. Es sind keine Möbel, keine Staffeleien und auch keine Bilder mehr hier. Ein gähnend leerer Raum.

Jürgen schaut finster. „Wenn hier auch Möbel waren, dann muss der Dieb doch mit einem größeren Fahrzeug gekommen sein. Auf zu diesem Hausmeister."

Doris schaut fassungslos, „aber wie ist er rein und raus?"

Jürgen schaut sich das von ihm zerrissene Siegel genauer an. „Durch die Türe. Hm gut gemacht. Mir ist es vorhin nicht aufgefallen."

Auch Doris schaut. „Das ist ja nicht unser Siegel", stellt sie empört fest.

Beim Hausmeister läuten sie vergeblich. Doris hat dann die Idee, „schauen wir doch zu diesem Branntweiner, da treffen sich die Männer."

Sie gehen in die Trinkstube und finden Josef mit Johann an einem Stehtisch. Mit einem weiteren Mann kippen sie gerade ein Stamperl runter. Weitere leere Gläser stehen bereits am Tisch. Doris seufzt. Der Dunst in dem Raum ist wie immer Atemberaubend. Trotz des Rauchverbots sieht man durch den Nebel kaum bis zum nächsten Tisch.

Die Wirtin hält die Polizisten gleich nach dem Eingang auf. „Was wollt ihr trinken?"

Jürgen zückt seinen Ausweis. „Blut, Menschenblut", raunt er die zaundürre Frau an.

Sie zuckt zurück, „was wollen Sie dann? Ich habe gerade den Raucher aufgefordert hinaus zu gehen."

„Es rauchen doch mehrere", knurrt Jürgen.

Doris die nur ahnt dass der Schatten, die sie nur zwei Meter entfernt sieht, der Hausmeister ist, ruft ins Lokal, „Josef!"

Der Schatten dreht sich um und Jürgen stellt sich mit Doris dazu.

Doris stellt vor, „das ist Josef, das Johann der Geselle und wer sind Sie?"

„Roman, was wollt ihr?", stellt sich, etwas lallend, der dritte Mann selbst vor.

„Kommt alle mit. Wir gehen in die Werkstatt und da erzählt ihr mir, warum ihr den einen Raum ausgeräumt habt." Jürgen sagt es den Männern einfach auf den Kopf zu.

Alle drei starren wie vom Blitz getroffen Jürgen an. Jürgen wartet.

„Da war einer da, der behauptete von der Versicherung zu sein und wir sollen ihm helfen." Roman ist es der sich als erster fängt.

„Wer?", scharf fordert Jürgen mehr.

„Na der Ami, der schon zwei Mal da war. Jedes Mal wollte er Kurt sprechen, hat ihn aber nicht erreicht", erklärt Johann.

„Und da habt ihr das Polizeisiegel aufgebrochen?"

„Nein das war der Ami. Er hatte die Werkstatt auch wieder versiegelte. Gerhard war auch dabei. Er jubelte und meinte sie holen seine Sachen. Es war ja Gerhards Arbeitsraum."

Jürgen Pospischil stutzt. „Was war das für ein Wagen in den ihr die Möbel hinein ludet?"

„Ein Ford Transit, ganz weiß, es ging gerade alles rein."

„Wieviel hat euch der Ami bezahlt?"

Betreten schweigen die Kerle. Doris erklärt: „Am besten ihr kommt mit ins Landeskriminalamt. Da machen wir vom Ami ein Phantombild und ihr könnt alles zu Protokoll geben."

Josef murrt, „ich habe nur ein Trinkgeld bekommen, dafür dass ich den Kasten schleppte. Johann hat er ein dickes Kuvert zugesteckt."

Johann verzieht eine Grimasse als ob er Josef beißen will. „Das ist für die fertigen Holzfiguren."

Jürgen wendet sich kopfschüttelnd von den kleinen Gaunern ab. „Doris verständige die Streife und bring sie ins Amt. Ich schau mich nochmals in der Werkstatt um."

Doris ruft die Streife an und Jürgen geht zurück um in der Werkstatt nach weiteren Hinweisen zu suchen.

Max hat aus den Unterlagen die Namen und Adressen der Mitarbeiter herausgesucht und suchte sie am Nachmittag. Er traf die drei Halunken, bereits vor Jürgen, in der Weinstube. Sie jammerten ihm vor, dass sie nun auf der Straße stünden und nicht wissen wie es weiter geht.

„Wer beerbt denn den Alten?"

„Wann dürfen wir unsere Sachen herausholen?"

„Ich habe die Hausverwaltung verständigt. Die meinten glatt, dass es jetzt keinen Hausmeister mehr braucht."

Dieses und noch mehr hört sich Max an, bevor er sich auf die Suche nach dem Lehrling macht.

Er sucht weiter. Draußen in der Hohenbergstraße findet er die Wohnung der Familie Kohn. Eine verweinte Frau öffnet ihm.

„Guten Tag Kriminalpolizei, Hauptmann Schubert."

„Gott sei Dank. Haben Sie unseren Jungen gefunden?"

Max stutzt, „Sie vermissen Gerhard?"

„Ja, seit gestern Mittag. Er wollte am Vormittag einen Besuch machen und pünktlich zum Essen wieder hier sein. Der Junge ist so unselbständig. Ich hoffe dass ihm nichts passiert ist."

„Wissen Sie wohin er gestern am Vormittag wollte?"

„Das haben wir schon auf dem Polizeikommissariat erzählt."

„Schön. Erzählen Sie es mir nochmals." Max ist ungeduldig bleibt aber höflich. Er befürchtet, das Gerhards verschwinden mit dem Mord zusammenhängt.

„Er sagte zu Steve einem Amerikaner. Zu ihm hat er alle seine Zeichnungen mitgenommen. Gerhard malt wunderschön, das sagte auch sein Chef, der Goldmann."

„Ich habe seine Bilder in der Werkstatt hängrn gesehen, sie sind wirklich schön", bestätigt auch Max. „Haben Sie in der Polizeistation auch ein Foto von Gerhard abgegeben?"

„Ja natürlich. Mein Mann hat das Bild am Sonntag zur Polizei gebracht."

„Dann nehme ich an, dass die Spitäler abgefragt wurden. Sagte Gerhard wo er Steve trifft?"

„Ich glaube in einem Hotel bei der Votivkirche. Gerhard ist ganz verstört, seit er erfuhr das Herr Goldmann tot ist."

Max wollte die Frau nicht beunruhigen und hat deshalb die Ermordung nicht erwähnt. „Ach, Sie wissen vom Mord an Goldmann?"

„Ja ein Kollege von Gerhard, Roman war am Samstag hier und erzählte es uns."

„Hat sich Gerhard dazu geäußert? Hat er vielleicht erwähnt wer es war?"

„Gerhard? Der weiß doch nichts. Nein, er hat nur geweint. Er mochte Goldmann sehr."

„Gut ich gehe vor zum Polizeikommissariat. Es ist ja gleich hier in der Straße."

„Ja bitte und erzählen Sie uns was lpassiert ist. Ich bin ganz verzweifelt."

„Das verstehe ich. Wir finden Gerhard, seien Sie sicher." Max hofft dass sie den Jungen lebend finden.

Im Kommissariat, erkundigt sich Max, ob und wie weit die Suche gediehe.
„Wir haben das Foto des Burschen an alle Spitäler und an die Polizeistellen in und auch um Wien geschickt. Bisher kam keine Rückmeldung."
„Gebt mir auch ein Bild. Ich fürchte dass es mit einem Mord zusammenhängt."
„Den Mord in der Arnthstrasse?"
„Ja wenn Sie etwas in dieser Richtung erfahren, hier meine Karte."
„Selbstverständlich Kollege."
Max bekommt drei Kopien von Gerhards Foto und verabschiedet sich.

Max beschließt die Werkstatt aufzusuchen, um die von Gerhard gemalten Bilder abzuholen und ins Landeskriminalamt mit zu nehmen. Da trifft er auf Jürgen der in dem großen Raum sitzt und sinniert.
„Hallo Max, was führt dich her?"
„Ich war bei Gerhards Mutter und da kam mir die Idee die Bilder des Jungen sicherzustellen."
„Die Idee hättest du am Freitag haben sollen. Sie sind bereits weg. Steve, angeblich ein Amerikaner, hat in Begleitung von Gerhard den ganzen Raum ausgeräumt und die Sachen im Lastwagen abtransportiert. Die drei Trottel haben dem Ami dabei geholfen."
„Trottel? Du meinst den Hauswart. Sollten wir ihn nicht festnehmen?"
„Doris hat alle drei ins Landeskriminalamt mitgenommen."
„Drei?"
„Ja. Roman und Johann, Goldmanns Mitarbeiter und den Hauswart."

„Gerhard ist seit Sonntag abgängig. Seine Mutter macht sich sorgen."

„Das auch noch. Dann soll Karlheinz Gerhard suchen und dafür diesen verschollenen Mann in Gersthof an die Polizeidirektion abgeben."

„Ha, ha, ha. Wahrscheinlich hat Karlheinz den Mann bereits gefunden. Die Kollegen in Gersthof haben sich nur einen Jux erlaubt. Ich werde bei Gelegenheit vorbeischauen und ihnen einen Vortrag über Toleranz halten."

„Tu das, aber manche lernen es nie", grummelt Jürgen.

Im großen Raum der Werkstatt deutet Max auf ein Regal: „Hier fehlt auch einiges. Ich erinnere mich an mehrere hölzerne Heiligenfiguren dort auf der Stellage."

„Dieses Pack", empört sich Jürgen. „Alles muss man ihnen einzeln vorwerfen. Na gut. Doris zieht ihnen das auch noch aus der Nase."

„Ich mache Schluss für Heute."

„Ich auch."

Zum Abendessen sind Marcus und Karlheinz bei den Eltern eingeladen. Sie müssen doch Dominik dem Vater berichten wie der Urlaub war.

„Erzählt mir bitte was habt ihr in Madagaskar alles gemacht?", will Henriette, Marcus Mutter wissen.

„Wir lagen in der Sonne und haben uns durchbraten lassen", was meinst du was wir sonst im Dezember in Afrika machen."

„Ja unser lieber Herr Sohn. In der Sonne liegen und faulenzen, das kann er. Karlheinz hast du wenigstens die Bücher von deinem Freund Martin studiert?"

„Wie kommst du auf den?" Karlheinz ist verwundert denn es ist über ein Jahr her, dass ein korrupter Ministerialbeamter Ihm Lehrbücher über Sicherheitssysteme schenkte.

„Eine Dame war am Samstag bei mir."

„Schön bist du schwach geworden?", spöttelt Karlheinz.

„Nein es war Frau Schulze. Sie hatte damals die Abhörung in eurer Wohnung veranlasst."

„Ich hoffe du hast diese Dame hochkantig rausgeschmissen, oder?"

„Ich habe sie zu dir und Loimer geschickt. Lass dir von ihr erzählen, was mit den Abhörprotokollen geschah."

„Wir haben die Wanzen gleich gefunden. Da konnte nichts protokolliert werden." Karlheinz hält die Sache für erledigt.

Marcus wirft ein, „das war nicht gleich. Erst am folgenden Tag haben wir das Biest im Lokal entlarvt."

„Jedenfalls hatte Hauptmann Schubert die Unterlagen von Frau Schulze bekommen. Frag ihn doch was er damit gemacht hat."

Karlheinz ist verwirrt. Ihm ist nicht bekannt dass Max außer den Wanzen noch etwas haben soll. „Ich werde Max fragen. Wieso erzählte er mir nichts."

Marcus meint grimmig: „Ich werde ihn Fragen. Ganz offiziell. Schließlich ist es meine Wohnung."

„Beruhigt euch doch. Angeblich wurde nichts Wesentliches aufgezeichnet. Frau Schulze behauptet es war nur ein Liebesgeflüster."

„Das reicht doch!", faucht Karlheinz.

„Ich fordere gleich am Dienstag von diesem Hauptmann eine Erklärung." Marcus denkt nicht daran, es als nebensächlich abzutun.

5 Dienstag

Das große Büro ist überheizt. Doris ist durchfroren bereits um sieben Uhr früh erschienen und hat die Heizung hochgedreht.

Jürgen bemerkt frostig, „etwas heiß hier."

Gerlinde die es auch immer wärmer will strahlt. „Fast etwas zu viel, aber gemütlich."

Karlheinz reißt ohne zu fragen die zwei großen Fenster auf. „Wir erwärmen uns durch heiße Gespräche."

Gerlinde berichtet, „heute gibt es ein fantastisches Menü in der Kantine. Ich werde es zu Mittag nehmen."

Die Kollegen schauen sich den Menüplan an und nicken zustimmend. Dann scheibt jeder nieder was er weiß. Nachdem alle ihre Berichte fertig sind und verglichen wurden, beginnt Jürgen gegen neun Uhr mit der Besprechung.

„Was soll das mit den Besuchen bei den Altwarentandlern? Wieso sucht ihr zu zweit nach diesem… wie heißt er, ach ja Landers?"

„Ich vermute, es gibt einen Zusammenhang", meint leise Karlheinz, da er nicht ganz davon überzeugt ist.

Jürgen der seine Mitarbeiter kennt, erwidert dshalb höhnisch, „vermutest du? Ich möchte, das ist auch die Meinung von Claudius, die Suche nach diesem Herrn abgeben. Es ist viel wichtiger wenn du nach Gerhard Kohn suchst. Der siebzehnjährige Junge ist seit Sonntag verschwunden. Seine Mutter macht sich große Sorgen."

„Ich habe den Background dieser Spitzwegbilder erforscht." Erwin rechtfertigt sich. Noch ist er, als Neuling in der Gruppe, gegenüber Jürgen befangen. „Bei Goldmann wurden doch zwei halbfertige Spitzweg gefunden. Ich nehme als sicher an, dass es halbfertige Fälschungen sind. Deshalb haben Karlheinz und ich Fachleute aufgesucht, die uns mehr über den Kunstmarkt erzählen. Dabei sind wir auch auf Landers gestoßen. Der Abgängige wollte zwei Spitzweg besorgen."

Jürgen ist überrascht und deutet mit seinem Zeigefinger mehrmals auf Erwin. „Das könnte wirklich zusammenhängen. Die unfertigen Bilder sind samt dem Künstler verschwunden.

Wenn diese Bilder fertig auftauchen, haben wir eine Spur zum Mörder."

„Hast du eine Spur, wohin die Bilder verschwanden?", Erwin ist froh dass wenigsten Fotos von den halbfertigen Gemälden angefertigt wurden.

„Ein Amerikaner namens Steve hat sie sich geholt." Zu Doris meint Jürgen, „ Doris haben unsere Freunde ein vernünftiges Phantombild von dem Ami erstellt?"

„Ich glaube schon. Ich habe alle drei Männer unabhängig voneinander ein Phantombild erstellen lassen. Sie sind ziemlich gleich." Doris legt die drei Zeichnungen den Kollegen vor.

Ein markantes Gesicht mit kräftigem Kinn und hoher Stirne. Die Haare werden als brünett beschrieben. Von den Augen weiß keiner die Farbe. Dafür spricht Steve mit einer sonoren schleppenden Stimme. Sein gutes Deutsch kommt aus dem Kehlkopf.

Karlheinz erhebt sich. „Mit diesem Bild will ich nochmals die Galerien abklappern. Wenn er die Gemälde geholt hat, ist er sicher schon früher in den Handlungen gewesen."

„Da mache ich mit. Vorher schau ich noch in mein Postfach, ob jemand auf meinen Aufruf geantwortet hat." Erwin steht auch auf.

Max lächelt Jürgen an. „Ich werde mit Doris die drei Kumpel auseinander nehmen. Nach einer Nacht in der Zelle erzählen sie uns sicher mehr."

Jürgen blättert in den Berichten. „Die sind im Haus?"

Doris duckt sich und gesteht. „Ich habe sie eingeliefert. Da war doch etwas mit dem Geld. Josef jammerte, dass er nur ein Trinkgeld bekam."

Jürgen lehnt sich in seinem Stuhl zurück. Einerseits ist er stolz darauf, dass seine Leute selbständig wissen was zu tun ist, anderseits wurmt es ihn, dass sie nicht seine Anordnungen abwarten. „Schön ich nehme an, du Gerlinde kümmerst dich um die Datenbank?"

Gerlinde erfasst die Situation, „klar, ich warte nur bis du mir den Auftrag gibst."

„Schön, dann raus mit euch", lacht Jürgen.

Da kommt ein Anruf des Meidlinger Polizeikommissariats für Max. „Die Suche nach Gerhard Kohn? Das hat sich erledigt. Seine Mutter war hier und teilte uns mit, dass sich der Junge bei ihr gemeldet hat."
„Ist Kohn bei seiner Mutter?"
„Das weiß ich nicht. Sollen wir es überprüfen?"
„Nein danke, das mache ich selbst."
„Jürgen, ich muss schnell weg. Kann mich Gerlinde beim Verhör ersetzen?"
„Das mache ich. Fahr nur."

Max trifft die Mutter in der Wohnung. Sie strahlt über das ganze Gesicht und trällert vor sich hin. Auch die Sonne beteiligt sich an Frau Kohns Freude und sendet einige schwache Strahlen.
„Gerhard ist aufgetaucht? Kann ich ihn sprechen?"
„Er hat heute früh mit mir telefoniert. Er war erstaunt, dass ich nicht weiß wo er ist. Steve sollte mich informieren."
„Wo ist er?"
„Na, bei Steve. Er malt ihm ein Bild. Es ist Gerhards erster großer Auftrag. Bei Goldmann hat er doch nur Kleinigkeiten gemacht."
„Schön und wo ist Steve?" Max kann nicht verstehen wieso Frau Kohn nur wegen eines Telefonats so fröhlich ist.
Frau Kohn tanzt fast, als sie sich von der Kaffeemaschine mit den zwei Tassen zum Tisch begibt. „Kommen Sie, trinken Sie einen Kaffee mit mir."
Max setzt sich zu ihr und schaut die glückliche Frau lange an.
„Ich will mit Gerhard über Goldmann sprechen. Wo finde ich Steve?"
„Das weiß ich nicht. Gerhard sagte etwas von einer Villa mit einem richtigen Atelier in dem er jetzt arbeitet."

„Werden bei Ihrem Apparat die ankommenden Gespräche gespeichert?"
„Wie meinen Sie? Abgehört?"
„Nein die Nummern. Gerhard hat Sie sicher aus dieser Villa angerufen. Oder hat er es von seinem Handy aus gemacht?"
„Nein, dann wäre sein Name bei mir aufgetaucht. Nummern speichert mein Apparat nicht."
„Danke. Ich freu mich dass es Gerhard gut geht."

Max verabschiedet sich, um im Auto sitzend Gerlinde zu verständigen. „Überprüfe die heute Vormittag bei Kohn geführten Telefonate und stell fest woher sie kamen."
„Was erwartest du dir?" Gerlinde stöbert gerade in der Datenbank ob sie nicht etwas in Goldmanns Vergangenheit findet.
„Den Aufenthaltsort von Gerhard. Ich fürchte das dieser Steve ihm etwas antut, sobald er die fertigen Gemälde hat."
„Das wäre dann der dritte Tote in diesem Fall. Jürgen glaubt das Landers der Galerist ebenfalls ermordet wurde."
„Wahrscheinlich hat Landers eines der Bilder als Fälschung erkannt."

Gerlinde ruft nach einer knappen Stunde Max retour. „Der Anruf Gerhards kam von einem Handy das zu dieser Zeit in der Kuppelwiesergasse in Hietzing eingelocht war."
„Könnt ihr es orten?"
„Es wurde kurz danach ausgeschaltet. Mehr kann ich dir nicht bieten."
„Danke ich fahre auf gut Glück hin."
Max fährt von der Lainzerstraße in die Einbahn ein. Als er die lange gerade Gasse sieht seufzt er: „Wie die berühmte Nadel im Heuhaufen." Wenigstens hat er die blendende Wintersonne im Rücken und kann die Schatten vor sich gut erkennen. Als er die halbe Gasse hinter sich hat kommt aus einer Einfahrt ein weißer Ford Transit heraus. Max jauchzt, dass muss der Lastwagen sein, der die Möbel aus der Werkstatt abgeholt hat? Er

hält sich hinter dem Fahrzeug und gibt Gerlinde die Fahrzeugnummer durch.

Nach wenigen Minuten. „Das Fahrzeug wurde als gestohlen gemeldet. Eigentümer ist Helene Schulze."

„Wie bitte, die Schulze von der Detektei Guckloch?"

„Richtig. Muss der Dame peinlich gewesen sein, der Polizei den Diebstahl zu melden", kichert Gerlinde.

„Na ja, warum soll ein Detektiv nicht bestohlen werden, wenn es sogar Polizisten werden", lacht Max und denkt: Ich werde Helene wieder einmal einen Besuch abstatten.

Erst zögert Max. Als das Fahrzeug die Hietzinger Hauptstraße überquert um zum Kai zu fahren verständigt er die Streife.

„Ein als gestohlen gemeldetes Fahrzeug fährt gerade durch die Steckhovengasse zum Hietzinger Kai. Bitte aufhalten, Fahrer festnehmen und auf mich warten."

„Klar Schubert. Weißt du ob der Fahrer bewaffnet ist?"

„Nein, keine Ahnung. Ich weiß auch nicht wie viele Personen sich im Fahrzeug befinden."

Wie es Max befürchtete, als der Ford in den Kai einbiegt, muss Max warten und zwei Autos vorlassen, bis er ebenfalls in die meist verstopfte Straße einbiegen kann. Das Blaulicht schaltet er nicht ein, um den Fahrer nicht zur Flucht aufzufordern.

Bei der U-Bahnstation Braunschweiggasse haben die Kollegen einen Stau provoziert und winken die Fahrzeuge einzeln durch. Schließlich wird der Ford gestellt und der Fahrer aus dem Wagen geholt. Der Stau löst sich auf. Max kommt dazu.

„Herr Holmer?" Max ist verwirrt. „Ich dachte Sie sind im Landeskriminalamt?"

„Mein Anwalt hat mich noch am Abend raus geholt", bemerkt Roman höhnisch. „Was wollen Sie von mir. Ich habe nichts getan."

„Doch Sie fahren ein gestohlenes Auto. Bringt ihn ins Landeskriminalamt." Max springt in sein Auto um zurück zu dem Haus aus dem der Ford kam zu fahren.

Roman ist bleich geworden. „Gestohlen? Davon weiß ich nichts", stammelt er zur Polizistin der Streife.

Zurück in der Kuppelwiedergasse. Max fordert eine weitere Streife an.
„Du verbrauchst heute haufenweise Kollegen", tadelt der Journaldienst in der Funkzentrale.
Max hat sich das Haus gemerkt. Nun liest er die Hausnummer und gibt sie der Zentrale durch. Frech fährt er in die offengelassene Garage und springt mit entsicherter Waffe heraus. Der dreigeschossige Bau hat im Obergeschoss ein großes, auch in dieser Jahreszeit, helles Atelier. Trotz lautem Rufen rührt sich niemand und Max gelangt ungehindert bis hinauf. Im Atelier findet er die Möbel vor, die er schon in Meidling sah. Die Staffeleien sind noch vorhanden, doch von den Gemälden keine Spur. Der Vogel ist ausgeflogen. Als die Streife mit vier Polizisten kommt, durchsuchen sie das ganze Haus.
Gerlinde ruft an. „Das Haus gehört einem Stefan Simon. Er arbeitet für eine Schweizer Versicherung. Angeblich ist er derzeit in Ungarn unterwegs."
„Hm, das Haus schaut aber sehr bewohnt aus. In der Küche steht schmutziges Geschirr und auch ein Schlafzimmer wurde benützt."
„Ich rede nochmals mit der Versicherungsgesellschaft. Wenn Simon dienstlich unterwegs ist, müssen sie doch wissen, wo er sich in Ungarn aufhält." Gerlinde nimmt an, dass sich jemand unbefugt in der Villa einnistete.

Erwin klappert mit Karlheinz die Adressen des Vortags ab. diesmal haben sie die Bilder von einigen Verdächtigen mit. Das Phantombild Steves, das Foto Gerhards, das mangelhafte Bild Landers, Bilder von Goldmanns Leiche und auch die Polizeifotos von Johann, Roman und Josef.
Zuerst sind sie bei Josefine Lempers. „Sie wünschen? Ich habe nichts Neues für Sie."

„Wir haben ein paar Bilder, nicht ganz so wertvoll wie Ihre Gemälde, aber sehr interessant." Erwin grinst. Ihn schreckt die Hochnäsigkeit der Dame nicht ab.

„Das ist Lord Simon. Er hat gestern seinen Spitzweg bei mir abgeholt."

„Warum haben Sie mich nicht verständigt?"

„Weshalb sollte ich es? Das Bürschchen übrigens kenne ich nicht und das was man kaum ein Bild nennen kann ist Kurt Landers. Huch, das ist er auch!", ruft Josefine entsetzt. „Ist er tot?"

Erwin und Karlheinz starren auf die Fotos. Ja, eine schwache Ähnlichkeit bemerken sie jetzt auch, aber dass es der gleiche Mann sein soll?

Bei den restlichen drei Fotos verneint Josefine. Diese Subjekte kennt sie natürlich nicht.

Erwin bedankt sich überschwänglich bevor sie gehen. Zu Karlheinz meint er, „jetzt ist es endgültig klar dass die Fälle zusammenhängen."

„Klar, Jürgen wird staunen." Karlheinz ist froh, dass sich sein Riecher bestätigte.

Sie besuchen wie am Vortag den molligen Antiquar. Wieder nähert er sich den Polizisten mit verlangenden Blicken. Karlheinz denkt noch: Ich bin vergeben, vielleicht wird Erwin schwach. Seltsam, privat weiß ich nichts über ihn.

„Ich bitte Sie ein paar Fotos anzusehen und uns zu sagen, wen Sie kennen."

Auch er erkennt Landers auf beiden Bildern und Roman, der ihm die Fälschung verkaufte.

„Das ist der Kerl. Warum habt ihr mir nicht damals das Foto gezeigt. Das hätte mir viel Ärger erspart."

„Weil wir ihn erst jetzt erwischt haben", lächelt Erwin.

„Ich hoffe er wird verurteilt. Ich hatte wegen ihm eine Menge Ärger."

„Da können Sie sicher sein. Auf wiedersehen."

„Na Tschüss."

Sie gehen zum Nächsten.

Karlheinz schaut grimmig. „Jetzt bin ich neugierig wie sich Sebastian herausreden wird?"

„Wir sollten ihm den Tod Kurts vorsichtig beibringen", Erwin ist Gefühlvoller.

„Wieso? Er hätte uns doch sagen können, dass er Goldmann kennt. Oder glaubst du etwa er wusste nichts von Goldmanns Doppelleben?"

„Das nehme ich an. Außerdem haben wir ihn nicht nach Goldmann gefragt."

„Oh weh. Du hast Recht. Wir müssen es Sebastian vorsichtig beibringen."

Neugierig, etwas ängstlich schaut ihnen Sebastian entgegen als sie durch die Türe in das schmale Geschäft treten. Karlheinz erstaunt wieder die außergewöhnliche Schönheit des jungen Mannes. Der soll den mittelmäßig aussehenden, wesentlich älteren Kurt geliebt haben? Na ja das Geld, vermutet Karlheinz.

„Haben Sie einen Kaffee für uns?", verlangt Erwin und setzt sich an den mitten im Raum stehenden Biedermeiertisch. Er legt die sieben Fotos, während Sebastian in einer Kammer verschwindet um den Kaffee zu holen, auf den Tisch.

Auch Karlheinz setzt sich dazu. Als der Kaffee für alle drei gebracht wird fiebert Sebastian schon vor Ungeduld. Es ist ihm klar, dass die Zwei etwas wissen.

„Wisst ihr wo mein Kurt ist?"

„Ja wir haben ihn gefunden. Sebastian es tut mir sehr leid. Es ist ihm etwas passiert." Karlheinz zieht das Foto des Toten aus dem Stapel Bilder hervor.

Sebastian schaut kurz auf das Foto und die Tränen beginnen ihm über die Wange zu laufen. „Was ist passiert?"

„Kurt wurde ermordet. In einer Werkstatt in Meidling. Dort arbeitete er unter dem Namen Kurt Goldmann."

Sebastian würgt hervor, „das war sein Name, bevor wir die Partnerschaft eingetragen hatten. Wir haben uns auf meinen Namen geeinigt, weil die Galerie so heißt."

Karlheinz staunt. „Wieso? Brachte nicht er die Galerie in die Partnerschaft?"

„Nein, ich habe das Geschäft und die Villa von meinen Eltern geerbt. Schon mein Großvater war Antiquitätenhändler. Er hatte hier in diesem Laden gleich nach dem Krieg begonnen."

Karlheinz wird schwach. Er legt seinen Arm tröstend, dem neben ihm auf der Bank sitzenden, Sebastian um die Schulter. „Es tut mir leid. Kann ich etwas für dich tun? Soll ich Klaus verständigen?"

Sebastian schaut erstaunt auf. „Weshalb? Brauche ich einen Anwalt?"

„Nein, so habe ich es nicht gemeint. Nur weil er ein Freund von dir ist."

„Danke, ich komme zurecht. Ich werde das Geschäft zusperren und nach Hause fahren."

Erwin legt die restlichen Fotos auf. „Können Sie mir sagen ob Sie einen dieser Personen kennen?"

Sebastian schaut die Bilder an. „Das ist Lord Simon, er hat am Sonntag den Spitzweg gekauft."

„Und die Anderen?"

„Ich bin mir nicht sicher, doch das dürfte Roman sein. Er hat mir einmal Holzfiguren übergeben."

„Er hat hierher geliefert?"

„Nein, Roman hatte sie mir auf einem Autobahnparkplatz übergeben. Die Figuren waren aber nirgends als gestohlen angeführt, sonst hätte ich sie nicht genommen", ergänzt hastig Sebastian.

„Danke Herr Landers. Wir werden Sie verständigen, sobald der Leichnam freigegeben wird. Sie werden sich doch darum kümmern?"

Sebastian schaut Erwin wie in Trance an. „Worum soll ich mich kümmern? Er ist doch tot."

Als sie aufstehen und sich Karlheinz verabschieden will, merkt er wie Sebastian schwankt und sich unsicher bewegt. „Soll ich dich begleiten. Ich glaube es ist vernünftiger wenn ich dich heimfahre."

Sebastian blickt aus seinen glasig gewordenen Augen dankbar auf. „Bitte, ich weiß nicht wie es jetzt weiter geht."

Karlheinz fällt die Ausstellung am kommenden Donnerstag ein. Sorgt sich Sebastian deswegen? Ganz schlau wird er nicht aus dem Burschen.

Erwin reißt Karlheinz aus seinen Gedanken. „Ja begleite Herrn Landers. Ich mache bei Conrad Mayr alleine weiter." Erwin steht auf und verlässt das Geschäft.

„Ich habe mein Auto in der Garage Am Hof stehen."

Karlheinz nickt und begleitet Sebastian, der sich einen dicken Innenpelz überzieht, zur Garage. Insgeheim flucht Karlheinz, da er nur einen halblangen Wintermantel trägt. Sebastian kann nicht fahren, also fährt Karlheinz mit Sebastians Wagen. Schweigend erreichen sie die Villa in Neustift.

Im Wohnzimmer mit dem großen Erker und den Türen zum Garten schenkt Karlheinz dem jammernden Sebastian einen Whisky ein. „Trink einen Schluck, das hilft."

„Danke Karlheinz. Ich muss dir etwas gestehen." Karlheinz reißt es: Was? Den Mord? „Dieser Roman hat mich gestern spät am Abend angerufen und will die für meine Ausstellung fehlenden Madonnen liefern."

„Hat er dir gesagt woher er sie hat?"

„Er meinte er sei der Restaurator der sie für Kurt hergerichtet hat."

„Woher hat er deine Telefonnummer? Hattest du öfter mit ihm zu tun?"

„Nein nur das eine Mal als er mir am Parkplatz die Figuren lieferte. Das Handy gehört eigentlich Kurt. Er hat es mir hier gelassen weil er vom Lord einen Anruf erwartete, der für mich bestimmt ist."

„Wann will Roman dir die Madonnen liefern?"

„Heute Abend um neunzehn Uhr. Wieder auf einem Autobahnrastplatz."

„Gut ich begleite dich."

„Ich brauche diese Madonnen, denn sonst müsste ich welche aus meiner Sammlung verkaufen."

„Du hast eine beeindruckende Antiquitätensammlung zuhause. Bilder Holzfiguren, Möbel und in der Vitrine jede Menge Porzellan. Mehr als in eurem Laden."

„Ja Papa hat immer nur so viel verkauft als wir zum Leben brauchten. Die besten Stücke hatte er gesammelt."

„Wo sind deine Eltern?"

„Abgestürzt. Vor sieben Jahren ein Flugunfall. Ich studierte damals noch. Ich traf Kurt und er war mein ganzer Trost. Jetzt bin ich wieder alleine." Sebastian liegt mehr als er sitzt in dem breiten Fauteuil und schluchzt.

Karlheinz will ablenken und öffnet eine der Vitrinen. „Diese Silbersachen sind sehr schön", erwähnt er, weil ihm nichts Besseres einfällt.

„Ja, darunter in den Laden findest du noch mehr davon. Es war Mama die diese Stücke sammelte. Sie hatte eine Vorliebe für orientalischen Dolche und Säbel. An der Wand in der Veranda hängen auch ein paar Schwerter."

„Ich hole dich um sechs Uhr ab. Jetzt muss ich ins Landeskriminalamt." Karlheinz geht. Er will zu Mittag in der Kantine essen.

Erwin sucht Conrad auf. Er findet ihn wieder im Café. „Ist das hier ihr Arbeitsplatz", spöttelt Erwin.

„So ähnlich. Übrigens Simon hat mir gestern noch einen Spitzweg gebracht. Mit dem Besitznachweis und mit einer Expertise. Raten Sie von wem?"

Erwin überrascht nichts. „Josefine Lempers."

„Hm, ja", meint Conrad enttäuscht. „Ich habe ein Merkmal entdeckt, das beweist es ist eine…", stolz lehnt sich Conrad in seinem Stuhl zurück.

Der Ober serviert den großen Braunen.

Erwin ergänzt Conrads Satz, „Fälschung."

„Sie erraten auch alles. Ja ein wichtiges Detail, das Josefine nicht auffiel, verriet mir dass es kein Original ist."

„Was ist es?" Erwin kann sich nicht vorstellen woran Conrad erkennt dass es eine Fälschung ist, wo doch die Gutachterin darüber stolperte.

„Spitzweg hat manchmal überhaupt nicht signiert und wenn dann mit Jahreszahl. Der Fälscher hat mit Sptzweg gezeichnet. Ohne i, ohne Zahl. Solche Spitzweg habe ich früher schon gesehen."

„Auch mit Expertise?"

„Richtig und auch von Josefine. Eines bei ihr gekauft, zwei weitere, wie auch das gestrige Werk, in der Galerie Landers erworben."

„Halten Sie es für möglich, dass die zwei Händler es wissen und betrügen?"

„Das festzustellen ist Sache der Polizei." Conrad schaut Erwin verschmitzt an.

„Ich habe ein paar Fotos. Schauen Sie sie bitte an und sagen Sie mir welche der Personen Sie kennen?"

„Oh, das ist Kurt Landers. Ist er tot?"

„Ja, er wurde mit einem Stilett erstochen."

„Die Zeichnung könnte Stefan Simon sein. Der fälscht nicht, der steht auf der anderen Seite. Oha, dass ist diese Qualle, Roman, der streift oft bei den Antiquitätenhändlern herum. Ich vermute er verkauft gestohlene Holzfiguren. Madonnen und Heilige, wahrscheinlich aus den Dorfkirchen gestohlen, die oft schlecht gesichert sind."

„Wir sind Roman auf der Spur." Erwin kennt zwar noch nicht die Erkenntnisse von Max und Karlheinz, doch glaubt er, das alle in der Werkstätte beschäftigten Dreck am Stecken haben.

„Diesen Jungen habe ich gestern gesehen, da war er mit Simon unterwegs. Wie er heißt weiß ich nicht."

„Danke ich muss ins Landeskriminalamt zurück." Auch Erwin zieht es in die Kantine.

Marcus ruft Max an und verlangt: „Ich will mit dir sprechen. Es handelt sich um eine private Angelegenheit."

„Gerne Marcus. Ich erwarte Nachwuchs und will auch mit dir über meine Finanzen sprechen."

„Wo treffen wir uns?"

„Privat sagtest du? Also nicht in der Bank. Treffen wir uns im Café Francais."

„Bestens um zwölf. Ich lade dich zum Lunch ein." Marcus denkt noch, der soll sich auf was gefasst machen.

Max ist schon da als Marcus pünktlich um zwölf erscheint.

„Hallo Max. Reden wir zuerst wie ich dir behilflich sein kann. Gratuliere was erwartet ihr? Bub oder Mädel?"

„Das ist noch zu früh. Doch brauche ich Geld für das Kinderzimmer und dann als Überbrückung für die Karenzzeit."

„Das ist klug von dir. Es ist besser wenn man einen Polster vorbereitet bevor man klamm die Reserven angreift. Ich richte dir etwas her."

„Fein ich wusste dass du mich verstehst. Was hast du auf dem Herzen?"

„Etwas was ich nicht verstehe", beginnt Marcus. „Vor einem Jahr oder länger wurde unsere Wohnung verwanzt."

„Ich erinnre mich. Die Wanzen wurden gefunden und an die Detektei Guckloch zurückgegeben", schmunzelt Max.

„Und weiter?"

„Weiter nichts. Damals hatte Jürgen es nicht weiter verfolgen wollen, auch in deinem Interesse."

„Es gibt aber Aufzeichnungen. Die will ich haben, oder sind sie vernichtet?"

Max schaut betroffen. „Nein, die befinden sich in meinem Schreibtisch. Ich habe ganz darauf vergessen."

Marcus schaut Max nur ernst und schweigend an.

Max nickt. „Noch heute bringe ich die Sachen bei dir in der Bank vorbei."

„Gib sie Karlheinz. Wir leben nämlich zusammen."

„Marcus glaube mir ich habe es wirklich nur vergessen."

Marcus lächelt, „klar glaube ich dir. Mir ist bekannt dass du kein Bürohengst bist, deshalb will ich auch nicht wissen, was noch alles in deinem Schreibtisch vergammelt."

„Du bist mir nicht böse?"

„Ich nicht aber Karlheinz ist sauer. Erkläre es ihm."

„Das mache ich. Danke Marcus."

Sie essen die bestellten Leberwurst Baguette mit Salat und trinken dazu jeder ein Glas Rotwein von der Rhone. Danach verabschieden sie sich.

Jürgen nimmt sich mit Gerlinde die festgenommenen Herren vor. Johann Marek ist der Erste den sie befragen.

Gerlinde beginnt nachdem sie die Personalien aufgenommen hat. „Herr Marek, was ist Ihre Tätigkeit in der Firma?"

„Ich restauriere und bemale die alten Bauernschränke mit alten Bauernmustern."

„Alte Bauernmöbel?"

„Sicher, so wie es die Kunden wollen. Ich habe bei Goldmann, so wie Gerhard als Lehrling vor kurzem, bereits vor fünfzehn Jahren begonnen."

„Wird den Kunden durch die Bemalung nicht etwas vorge-schwindelt?"

„Na ja. Es ist aber kein Geheimnis, dass ich die Möbel neu bemale."

„Gemälde stellen Sie auch her?"

Johann grinst, „geh wo, ich habe nur mit Möbel zu tun. Manchmal bessere ich auch Intarsien aus. Die Gemälde macht Gerhard. Der ist ein Naturtalent. Goldmann hat vor einem Jahr aufgejubelt als er es bemerkte."

„Sie wissen dass er Bilder fälscht?"

„Hörens, die Leute wollen betrogen werden. Romans Figuren gehen weg wie die warmen Semmeln. Obwohl sie nur zur Hälfte alt sind. Woher die Statuen stammen weiß ich nicht. Manchmal bekommt, bekam Goldmann die Lieferungen nachts."

Jürgen strafft sich und lauert, „sind die Statuen gestohlen?"
Johann zuckt mit der Achsel, „was weiß ich."
Gerlinde setzt fort, „gab es in letzter Zeit unzufriedene oder wütende Kunden?"
„Kunden kommen nur wenige zu uns. Goldmann lieferte selbst, auch Roman hat mehrmals geliefert. Ach so der Ami, der die Sachen aus der Kammer abgeholt hat, ist in den letzten Tagen bei uns herumgestreunt. Er wollte immer Goldmann treffen."
„Hat er ihn getroffen?"
„Das weiß ich nicht. Um Gerhard ist er dauernd herum. Ich glaube von dem will er mehr als normal."
Jürgen schließt ab. „Gut, Sie können jetzt gehen. Wegen dem Einbruch werden Sie angezeigt."
„Einbruch? Was für ein Einbruch?"
„Sie haben das Polizeisiegel aufgebrochen und sind in die Werkstatt eingedrungen."
„Das…, das hat doch dieser Ami gemacht." Protestierend wird Johann hinausgeführt.

Als Nächsten verlangt Jürgen Roman. „Der wurde am Abend freigelassen. Sein Anwalt legte Beschwerde ein."
Jürgen schäumt, „da wird ein Verdächtiger freigelassen und ich werde nicht einmal informiert."
„Ich habe dir vorhin eine Notiz auf den Schreibtisch gelegt", wendet Gerlinde ein.
„Gut, dann holen wir ihn uns wieder. Inzwischen her mit dem Hauswart."
Josef kommt ganz zerknittert in den Verhörraum. Er schleicht an Jürgen vorbei zum Stuhl, um sich nach dem Setzen mit den Händen an der Sitzfläche festzuklammern. Gerlinde lächelt ihm aufmunternd zu als sie seine Personalien aufnimmt.
„Herr Röhm, bei Ihnen wurde das Geld aus Goldmanns Kasse gefunden. Gestern haben Sie am Einbruch und Diebstahl in der Werkstatt mitgemacht. Was glauben Sie wieviel Jahre Sie erwarten?"

„Ich stehle sonst nie. Es ist nur wenn die Leute ihr Geld so herumliegen lassen."

„Verstehe, dann juckt es Sie in den Fingern. Was haben Sie noch aus der Firma entwendet?"

„Nichts…, nichts, ich zahle es Roman und Gerhard zurück. Das Geld vom Goldmann habt ihr eh schon."

„Goldmann wurde oft nachts beliefert. Wissen Sie wer da kam?"

„Ich kenne nur die Vornamen, Fridolin, Knut und Paul. Weil die sich so ansprachen."

„War einer der Drei am Freitag auch in der Werkstatt?"

„Alle drei waren da. Sie sind gegen sechs oder sieben wieder gegangen. Danach ist Roman gekommen. Er war der Letzte der Goldmann verließ."

Jürgen faucht los, „davon steht aber nichts im Bericht vom Freitag. Was verschweigen Sie uns noch?"

Josef sinkt immer mehr in den Stuhl. Gerlinde fürchtet schon dass er zu weinen beginnt. „Es war da noch ein dunkelroter Mercedes um zehn Uhr im Hof. Ich weiß aber nicht wem das Auto gehört, oder wer es war."

„Was für einen Wagen fährt der Amerikaner?"

„Der kommt immer im Taxi. Oder warten Sie, einmal kam er auch im Mercedes, allerdings war der schwarz."

Ein Beamter legt Jürgen einen Zettel vor. Roman Holmer wurde frisch eingeliefert. Jürgen grinst zufrieden.

„Danke Herr Röhm, vorläufig können Sie gehen, aber Sie sollten pünktlich zur Gerichtsverhandlung kommen."

Gerlinde wendet ein, „vorher will ich noch Phantombilder von den drei Lieferanten."

„Gut führen Sie Röhm zu unserem Zeichner", befiehlt Jürgen dem Wachbeamten.

Zu Gerlinde meint Jürgen, „nimm von Holmer die üblichen Daten auf und lass ihn dann schweigend schmoren. Max soll sobald er kommt das Verhör führen." Jürgen geht in sein Büro.

Roman kommt aufgebracht herein. Gleich an der Türe beginnt er zu brüllen: „Ich wusste nicht dass der Wagen gestohlen ist! Das ist die Schuld dieses Amis!"

„Setzten Sie sich. Ich nehme erst einmal Ihre Personalien auf. Wurden die Fingerabdrücke schon genommen?"

„Ja, ich war Gestern schon da. Mein Anwalt wird hoffentlich gleich hier sein."

„Haben Sie ihn verständigt?" Gerlinde will einfach nur die Zeit totschlagen.

„Wie den. Ich durfte doch nicht telefonieren."

„Richtig. Wir warten auf den Beamten der Sie festnahm." Gerlinde lächelt den mit rotem Kopf vor ihr sitzenden Mann freundlich an.

„Ich sag nichts, bevor nicht Melzer hier ist", faucht Roman Gerlinde an.

„Ach Doktor Kurt Melzer. Ist das Ihr Anwalt?"

Roman wird immer wilder. Er brüllt, „ja, verdammt nochmal! Das wissen Sie doch. Er war's doch, der mich gestern hier raus holte."

„Da wussten wir noch nicht, dass Sie den Einbruch mit einem gestohlenen Fahrzeug verübten."

„Es gibt keinen Einbruch. Die Sachen die wir holten gehören dem Kleinen."

„Das sehen wir anders. Es befinden sich unter den gestohlenen Sachen, auch zwei gefälschte Gemälde. Wo sind die Gemälde jetzt?"

„Na wo schon? In der Villa von dem Ami. Der hat sich den Jungen geholt. Ich glaube der ist pädophil."

„Der Junge?"

Roman schaut Gerlinde an als ob sie blöd ist. „Der Ami", raunt er. Langsam wird ihm klar das ihn Gerlinde nur hinhält.

„Natürlich der Ami", Gerlinde lächelt Roman an und spielt die verständnisvolle Polizistin. „Warten Sie einen Moment. Ich komme gleich wieder.

„Was?", schreit Roman wütend auf. Doch Gerlinde ist schon draußen.

Max fährt nach der Durchsuchung der Villa zur Detektei Guckloch. Man kennt ihn und die Dame am Empfang greift lächelnd zum Telefon, als er an ihr vorbei geht, um die Chefin Helene Schulze zu informieren.

„Hallo Max was führt dich zu mir?"

„Grüß dich Helene. Es geht um den, einem deiner Mitarbeiter, gestohlenen Wagen", grinst Max sie an.

Helene seufzt, „das passierte mir persönlich."

Max kichert auf, „schön wir haben ihn wieder."

Helene merkt dass Max neugierig ist und mehr wissen will. Sie erklärt: „Ich war bei meiner Freundin Josefine Lempers in der Innenstadt. Da ich im Halteverbot stand, habe ich den Schlüssel stecken gelassen. Ich wollte ja gleich weiterfahren."

„Das hatte der Dieb mitbekommen. Dein Pech. Momentan untersuchen wir deinen Wagen. Er wurde in einem Mordfall verwendet. Ich rufe dich an sobald er freigegeben wird."

„Danke, übrigens habe ich den Dieb gesehen. Er kam bei Helene raus als ich reinging."

„Ein Mann?"

„Ja, er hat ein markantes Gesicht ein kräftiges Kinn und hohe Stirne. Schütteres brünettes Haar und stechend blassgraue Augen."

„Danke, ich glaube ich weiß wer es war. Tschüss"

Max kommt ins Amt und setzt sich mit Gerlinde in den Verhörraum. „Hallo Herr Holmer. Gut geschlafen? Sie wollten letzte Nacht nicht bei uns bleiben."

„Was wollen Sie. Ich dachte der Wagen gehört dem Ami. Ich sollte ihn im neunzehnten Hieb beim Donaukanal abstellen und den Schlüssel stecken lassen."

„Ich nehme an gegenüber der Detektei Guckloch?", lauert Max.

„Ja", staunt Roman. Steve gab mir den Auftrag möglichst nahe des Eingangs der Detektei zu parken."

„Sie restaurieren Holzfiguren. Heilige und Madonnen. Woher stammen die wertvollen Objekte?"

„Von Goldmanns Freunden. Die kommen regelmäßig liefern. Von Paul bekomme ich auch das passende alte Holz um die Statuen auszubessern."

„An wen werden sie verkauft?"

„Das weiß ich nicht. Das war ja Goldmanns Geheimnis. Einem seiner Kunden habe ich öfter auf Parkplätzen die Figuren übergeben. Geld habe ich von dem nie bekommen. Das hat er sich mit Goldmann ausgemacht."

„Wer war dieser Kunde?"

„Ein junger Bursche. Er hatte in einem schicken Mercedes auf mich gewartet."

Sie werden unterbrochen. Doktor Melzer tritt ein. „Sie dürfen meinen Mandanten nicht ohne mich verhören", faucht er Max an.

„Nehmen Sie ihn halt wieder mit. Ob und welche Anklagen der Staatsanwalt stellt soll er entscheiden." Max ist klar dass es für eine Verhaftung nicht reicht. Es ist eine der üblichen Anzeigen auf freiem Fuß.

Auch diesmal besteht Gerlinde darauf, dass Roman zum Zeichner geht, um über die drei Lieferanten ein Phantombild zu erstellen.

Gerlinde ist, pünktlich um zwölf, als erste in der Kantine. Sie hat sich die Leberknödelsuppe, den Stefaniebraten und den Topfenstrudel geholt. Dazu trinkt sie Mineralwasser, da es in der Polizeikantine keinen Alkohol gibt. Nach und nach trudeln ihre Kollegen ein und setzen sich zu ihr.

Kauend meint Jürgen, „gibt es Erkenntnisse?"

Erwin strahlt. „Ja, der vermisste Landers ist der ermordete Goldmann."

„Oh, das erklärt weshalb wir keine Verwandten fanden", ist Jürgens Kommentar.

„Auch dieser Lord Simon ist in Wahrheit Stefan Simon ein Schweitzer", ergänzt Erwin.

„Und der Ami, und der Entführer von Gerhard. Ich finde wir sollten den Lord zur Fahndung ausschreiben. Er hat auch das Atelier in Meidling ausgeräumt." Für Max ist Simon der Hauptverdächtige, der Goldmann ermordete um die Fälscher Gruppe zu übernehmen.

Gerlinde erörtert, „die Fälscher Gruppe stiehlt auch. Ich gab die Bilder der drei Lieferanten schon zur Fahndung raus. Bin neugierig ob wir sie finden?"

„Diese Gutachterin? Stolperte die Dame wirklich nur über das Detail in der Unterschrift, oder ist sie ein Mitglied der Fälscher Gruppe?" Jürgen will nicht nur den Mörder sondern auch alle die sich an den Fälschungen beteiligten vor Gericht bringen.

„Landers ist, so wie ich es sehe, der Verkäufer, Hehler und was weiß ich noch?"

„Na der Mörder ist er wenigstens nicht", schmunzelt Karlheinz. „Ich glaube, er wusste nicht einmal etwas von der Werkstatt. Deshalb hatte Goldmann auch seinen Mädchennamen beibehalten." Bei „Mädchennamen" lachen alle auf.

„Er hat unserem Hauptverdächtigen ein Gemälde geliefert und das, nachdem Goldmann bereits ermordet war. Könnten die zwei es nicht gemeinsam geplant haben?" Jürgen denkt weiter. Er ist Max´ Meinung, dass der Lord, oder was er sonst ist, die Diebs und Fälscher Gruppe übernehmen will und es auch schon tat.

„Sebastian bekommt von Roman heute um sechs Uhr aus Holz geschnitzte Madonnen. Ich werde bei der Übergabe dabei sein." Karlheinz erklärt es nebenbei, wie wenn er eine Granate wirft.

Jürgen nickt nur. „Max, versuche mehr über den Aufenthalt Gerhards herauszufinden. Wenn wir den Jungen haben geht uns auch der Lord ins Netz."

Sie beenden ihr Mittagessen und verteilen sich wieder. Erwin meint noch, „es war heute wirklich gut. Nicht wie sonst das Kantinenessen."

Frau Kohn ruft Max an. „Gerhard ist heute zum Mittagessen heim gekommen. Wenn Sie ihn sprechen wollen? Er ist hier."
„Ich komme sofort. Danke für die Information."
Max eilt in die Hohenbergstraße. Er wird von Frau Kohn in das kleine Zimmer des Jungen geführt. Gerhard sitzt am Bett und macht einen verstörten unglücklichen Eindruck. Am Kopfende des Bettes stehen zwei fertige Gemälde, denen man ansieht dass sie frisch gemalt wurden.
„Guten Tag Gerhard. Ich will mit dir über den Tod von Herrn Goldmann sprechen."
Der 17-Jährige Bursche, hält einen mittelgroßen Teddybären im Arm, den er fest drückt. „Warum? Ich habe sonst keinen Freund", flüstert er.
„Was ist mit Steve? Er ist doch auch dein Freund."
„Der will von mir nur diese Bilder. Dass er mich liebt und mit in die USA nimmt, war alles gelogen. Ich bemerkte es, als er mit Roman um das Geld stritt."
„Die Zwei haben in der Villa gestritten? Dort hast du doch die Bilder fertig gestellt?"
„Steve rief mich an und bat mich, mit ihm die Bilder mit der Staffelei zu holen. Ich sagte zu, ich freute mich so. Ich liebe es so zu malen wie es mir Kurt beibrachte."
„Da haben dir die anderen Mitarbeiter Goldmanns geholfen."
„Natürlich Steve hat sie bezahlt. Er ist anschließend mit mir in seine Villa gefahren. Die ganze Zeit hat er mir erzählt, wie sehr er mich liebt und jetzt wo Kurt weg ist, will er mich nach Amerika mitnehmen. Er wird mich fördern. Ich wird aus mir einen großen Maler machen."
„Kam Roman mit?"
„Nein. Steve rief ihn an, nachdem ich mit den Bildern fertig war. Um acht in der Früh tauchte Roman auf und schrie sofort, dass er die Hälfte vom Rebbach haben will."
„Das ist viel. Ich verstehe dass das nicht geht, weil du mit Steve schon teilen musst."
„Das ist ja das entsetzliche. Roman meinte schon, dass ich nichts bekomme und Steve lachte und sagte, dass ich für ihn

nur ein paar Bilder malen soll, dann schickt er mich zu meiner Mutter zurück." Gerhard drückt den Teddy an seine Wange, über die ihm die Tränen laufen. „Kurt wollte von mir auch nicht mehr", schluchzt Gerhard und dreht sich von Max weg zur Seite.

Max begreift, dass der unschuldige naive Junge nur von den Männern, erst von Kurt und jetzt von Steve, ausgenützt wurde. „Du hast die Gemälde mitgenommen?"

„Sie gehören mir. Kurt sagte: Wenn mir etwas passiert dann gehören die Bilder dir."

„Wo ist Steve?"

„Nachdem Roman wegfuhr, schnappte er die Bilder und ist zu seinem Auto gerannt. Ich bin natürlich hinter ihm her und habe mich ins Auto gesetzt. Er wollte mich loswerden. Ich blieb fest und sagte ihm, dass ich bei den Bildern bleibe. Da ist er mit mir, er war fürchterlich nervös, in ein Hotel am Tulbinger Kogel gefahren."

Max staunt, „und wie bist du hierhergekommen?"

„Steve sagte, dass er nochmals weg muss. Ich solle auf ihn warten. Da bin ich nachdem er ging zur Rezeption runter und habe ein Taxi gerufen. Die Bilder hatte Steve dort abgestellt. Ich habe sie einfach genommen. Mama war entsetzt, als sie das Taxi zahlte."

Max nickt. Die Rechnung war sicher enorm. „Ich schätze dass Steve hier auftaucht. Darf ich bei dir auf ihn warten?"

„Ja, rede du mit ihm. Ich will ihn nicht mehr sehen."

Erwin ist alleine im Büro und hebt den Hörer ab obwohl Max′ Durchwahl gewählt wurde.

„Max, wann kann ich mein Auto abholen?"

„Hier ist Leutnant Loimer. Spreche ich mit Frau Schulze?"

„Ja Schulze von der Detektei Guckloch. Können Sie mir auch Auskunft geben?"

„Das Fahrzeug ist freigegeben. Wurden Sie nicht informiert?"

„Nein Herr Leutnant, aber es trifft sich gut dass ich Sie am Apparat habe."

„Wie kann ich Ihnen helfen?"

„Sie haben doch für die Depositbank ein Sicherheitssystem entwickelt. Ich bin daran interessiert. Können Sie zu mir kommen?"

„Das ist eigentlich von Herrn Wimmer für Kommerzialrat Klein entwickelt worden."

„Klar, ich weiß darüber Bescheid. Sie sind der Techniker der es verwirklicht hat. Deshalb sollten wir darüber sprechen."

„Gut ich werde Sie bei Gelegenheit aufsuchen."

Karlheinz sucht Marcus in der Bank auf. „Hallo Marcus, kannst du mir, obwohl Landers nicht zu deinen Kunden gehört etwas über seine Finanzen erzählen?"

„Du darfst mir über die Schulter schauen, wenn ich mir die Konten anschaue. Aber keine Notizen."

„Versteht sich. Am Abend bin ich mit Sebastian Madonnen kaufen."

„Was, das geht nicht! Wir sind bei Klemper eingeladen. Heute wird der Wein für Weihnachten in Flaschen abgefüllt. Wir dürfen an der Verkostung teilnehmen."

„Praktisch. Melzer ist Sebastians Anwalt."

„Du bist fürchterlich. Endlich sind wir mit den Leuten im Weinschlösschen versöhnt und du suchst dort schon wieder einen Mörder." Marcus schäumt. Für ihn sind Klemper und sein Freund Melzer gute Bankkunden.

„Den Mörder haben wir schon. Diesmal geht es um etwas anderes. Kunstfälschung."

„Landers? Na schauen wir halt. Die haben drei Konten. Ein Geschäftskonto, und je eines für Kurt und Sebastian."

Marcus öffnet die Konten nach und nach. Auf dem Geschäftskonto halten sich die Ein- und Ausgaben die Waage. Soweit es Karlheinz beurteilen kann, dürften die Gewinne des Handels eher dürftig sein. Auf Kurts Konto bewegt sich nur wenig.

Monatlich kommt ein kleiner Betrag vom Geschäftskonto und die Abhebungen sind kleine Beträge mit der Bankomatkarte. Anders schaut es bei Sebastians Konto aus. Die Einzahlungen, bar kommen nicht vom Geschäftskonto. Regelmäßig werden größere Summen als runde fünfstellige Zahl überwiesen. Die Betriebskosten der Villa und die größere Ausgaben wurden ebenfalls von diesem Konto abgebucht.

„Wohin gehen die regelmäßigen Überweisungen?" Karlheinz vermutet hier etwas Illegales.

„An ein Wertpapierdepot bei einer anderen Bank."

„Lässt sich von diesen Kontobewegungen etwas ablesen?", will Karlheinz wissen.

„Schwerlich. Die Einzahlungen könnten in den Geschäftsbüchern, durchaus als Barentnahme geführt werden. Schatz, das kann nur mit einem Gerichtsbeschluss ein Buchhalter, oder Wirtschaftsprüfer einsehen und klären. Vergiss es."

„Schön, ich kann nach dem Kauf mit Sebastian zur Weinkost kommen. Er ist vielleicht sowieso eingeladen."

„Bestens, dann lerne ich ihn kennen und kann ihn fragen, ob er nicht zu mir in die näher gelegene Filiale kommen will."

„Wann beginnt die Fete?"

„Wir sind für fünf Uhr geladen. Justus liefert das Buffet."

„Oh, das ist blöd. Die Warenübergabe ist um sechs."

„Kommt halt danach. Ich lasse dir ein Brötchen übrig."

Erwin sucht mit Doris die Gutachterin auf. „Guten Tag Frau Lempers. Der Spitzweg, den Sie gestern verkauft haben, soll angeblich doch eine Fälschung sein."

Josefine geht auf wie ein Germteig. Erwin fürchtet schon dass sie platzt. „Das ist eine Unverschämtheit. Ich habe das Bild genau untersucht und auch mein Kollege Herr Landers hat es als echt angesehen."

„Die Signatur des Künstlers soll es beweisen. Ist es Ihnen nicht aufgefallen?"

„Signatur? Ich habe ein Foto vom Gemälde. Zeigen Sie mir was Sie meinen." Empörung und auch Angst mischen sich in Josefines Stimme.

Sie gehen ins Büro und sehen sich das Foto am Bildschirm an. Erwin greift ein und vergrößert die Schrift. „Sehen Sie das i fehlt."

Ohne einen Ton von sich zu geben starrt Josefine das Bild am Bildschirm an. Nach einigen Minuten, ein Seufzer den man bis auf die Straße hört.

„Kann es gefälscht sein?", will Erwin wissen.

„Mein Gott, wie konnte ich das übersehen. Sebastian hat mir das Bild verkauft. Er behauptete, dass es aus einer Salzburger Villa kommt. Einmal hatte es angeblich bei Max Reinhard in Leopoldskron gehangen."

„Wie viele Bilder haben Sie von Landers gekauft?"

„Natürlich unzählige. Ich stand schon mit seinem Vater in Verbindung. Im letzten Jahr waren es sechs Gemälde. Davon zwei Spitzweg."

„Gut, ich brauche die Namen der Kunden, die von Ihnen diese sechs Bilder kauften."

„Sie wollen das doch nicht an die große Glocke hängen", stammelt entsetzt Josefine."

„Ich muss es der Staatsanwaltschaft melden. Es handelt sich um Betrug, an dem Sie beteiligt sind."

„Ja, ich gebe Ihnen sofort die Adressen, soweit ich sie habe." Josefines Hochnäsigkeit ist verschwunden. Besorgt sucht sie in ihrer Datei nach den Adressen der Kunden. „Erklären Sie bitte, wenn Sie mit den Kunden sprechen, dass ich für den Schaden aufkomme."

„Wir lassen die Bilder begutachten und dann entscheidet das Gericht, was weiter geschieht", antwortet Erwin trocken.

Karlheinz ist bereits um 16 Uhr bei Sebastian. Inzwischen hat sich Sebastian wieder beruhigt. Er hat sich für das Treffen sportlich angezogen. Jeans und Pullover, darüber wieder den Lammfellinnenpelz. Er begrüßt Karlheinz.

„Wir sollten deinen Wagen nehmen. Du hilfst mit doch falls der Kerl unverschämt wird?"

„Ich werde im Auto sitzen bleiben und mich nicht zeigen. Deine Madonnen kannst du in meinen Kofferraum laden."

„Fein, wir sollten rasch machen, da ich anschließend noch was vorhabe."

„Ich auch. Wein verkosten."

„Bei Klemper?" Sebastian schaut überrascht Karlheinz tief in die Augen. „Gehen wir gemeinsam hin", haucht er. „Dann lernen wir uns besser kennen."

Karlheinz muss schmunzeln. „Ja, da lernst du auch meinen Freund Marcus kennen."

Sebastians Gesicht verfinstert sich. Abrupt wendet er sich ab. „Wir treffen Roman beim Häuserl am Roan. Von dort können wir über den Radweg, der ist breit genug für dein Auto, direkt zum Weinschlösschen fahren."

„Aha, ich dachte wir treffen ihn auf einem Rastplatz auf der Autobahn?"

„Diesmal übergibt er mir die Madonnen auf der Höhenstraße." Sebastian wird wortkarg. Er hat sich scheinbar mehr von dem Treffen mit Karlheinz erwartet.

Sie plaudern noch über Kurt. Sebastian erzählt: „Kurz nach dem Tod meiner Eltern stand er plötzlich im Laden. Ich überlegte damals ob ich das Geschäft überhaupt weiter führen soll. Er bot mir geschnitzte Figuren an. Acht Heilige, alle aus dem achtzehnten Jahrhundert. Ich war begeistert. Er kam wieder und es wurde in kurzer Zeit mehr. Sehr bald ließen wir unsere Partnerschaft eintragen. Für mich war es wie ein Märchen."

„Hat er dir nicht auch Gemälde gebracht?" Karlheinz will wissen wie weit Sebastian bei den Fälschungen mitspielte und wieweit er selbst der Betrogene ist.

„Kurt ist es geglückt in Tirol den Erben eines Sammlers zum Verkauf zu bewegen. Zwölf Spitzweg, drei Waldmüller und einen Philipp Runge hat er mir im letzten Jahr gebracht."

„Zwei Spitzweg erwartest du noch?"

„Ja diese drei Bilder, nämlich mit dem das der Lord schon hat, stammen aus dem Schönborn Schloss bei Hollabrunn."

„Ist das sicher?"

„Wieso? Natürlich, Kurt hat es mir bestätigt."

„Kurt betrieb eine Werkstatt."

„Das verstehe ich nicht. Vor allem, dass er sich dort wieder Goldmann nannte. Er war damals auf seine Namensänderung erpicht."

Es wird Zeit. „Komm lass uns fahren. Wieviel Geld hast du bei dir?"

„Zwanzigtausend, das ist für die fünf Figuren genug. Anbieten werde ich ihm Fünfzehn."

Sie fahren auf die Höhenstraße zum Häuserl am Roan, einem Heurigen mit Restaurationsbetrieb. Sebastian deutet zu einem großen jetzt kahlen Kastanienbaum. „Dort unter dem Baum stell das Auto ab."

Kaum hat Karlheinz den Motor abgestellt taucht ein Schatten im schwarzen Kapuzenmantel neben dem Fahrzeug auf. Die Beleuchtung ist, an diesem Ende des Parkplatzes, mehr als schwach.

Sebastian steigt aus und raunt zu Roman: „Zeig mir zuerst deine Madonnen."

„Die habe ich bei mir im Kofferraum. Hast du genug Geld dabei?"

Beide gehen zu dem daneben stehenden Kombi. Die Heck-klappe wird geöffnet und Karlheinz kann sehen wie die zwei gestikulieren. Schließlich werden ihre Stimmen lauter.

Sebastian schreit, „das wirst du büßen. Was glaubst du. Ich habe immer im guten Glauben gekauft. Karlheinz!", brüllt er weiter. „Der Kerl verkauft gestohlene Ware."

Karlheinz saß sprungbereit im Wagen und stürzt nun raus auf Roman zu. „Ich nehme Sie fest. Langsam sind Sie es ja schon gewohnt."

„Der da ist der Betrüger! Er wusste schon immer, was mit den Figuren los ist!" Auch Roman brüllt.

Karlheinz ruft die Streife an: „Ich habe auf der Höhenstraße einen illegalen Handel aufgedeckt."

Sie müssen nur zehn Minuten warten. Dann kommt der Wagen mit den Uniformierten und nimmt Roman, der friedlich mit verbissenem Gesicht wartete, samt den Holzfiguren mit.

„Danke bitte ins Landeskriminalamt mit dem Herrn. Ach Herr Holmer, ich treffe jetzt gleich Ihren Anwalt. Was soll ich ihm ausrichten?"

„Geh Sch…"

Karlheinz lacht und fährt mit Sebastian den Schleichweg zum Weinschlösschen runter.

„Sebastian, woran hast du im Finstern erkannt das die Figuren Fälschungen sind?"

„Ich war durch deine Erzählungen vorbereitet und habe nach den Nahtstellen gesucht, wo er das alte Holz mit dem neuen verbunden hat."

Karlheinz denkt nach und sucht nach Erklärungen. Ihm ist klar das Sebastian lügt. Er will mit Doktor Melzer über Sebastian sprechen. Der Doktor wird mich wieder hassen, wenn er von meinen Gedanken erfährt.

Das Weinschlösschen ist überfüllt. Wer etwas sein will, ein paar Gäste sind tatsächlich etwas, ist gekommen. Marcus zieht gerade Ferdinand auf, als Karlheinz mit Sebastian das Stüberl betritt. Als Marcus Sebastian erblickt, sieht er rot. Mit diesem schönen Burschen war Karlheinz unterwegs?

Dementsprechend faucht Marcus auch ungehalten los: „Wo ward ihr solange?"

Karlheinz lächelt, „in Gedanken bei dir."

„Ha! Haben Sie Ihre Madonnen?", wendet sich Marcus an Sebastian.

„Die antiken Madonnen habe ich genau so wenig wie Karlheinz bekommen." Sebastian bemerkte sofort, dass Marcus eifersüchtig ist. „Wie ist der Weinachtswein?"

„Sauer wie ich", grunzt Marcus.

Karlheinz beruhigt. „Komm beherrsch dich, außerdem sind doch hier alle per du."

Marcus zerrt Karlheinz zum Buffet. Ludwig steht mit einem älteren Mann dahinter und hilft den Gästen bei der Wahl der Leckerbissen. Karlheinz stellt fest: Justus der das Arrangement aufgebaut hat, hat sich wieder selbst übertroffen. Auf dem vier Meter langen und über einem Meter breiten Tisch thront in der Mitte ein großer gebratener Sauschädel. Darum herum stehen exotische Salate, Schüsseln mit Kaviar, mehrere Käsesorten und Körbe mit unterschiedlichen Broten, von tiefschwarz bis hellgelb. Vom Weißbrot bis zum Bioknäckebrot. In kleinen Nischen befindet sich auf kleineren Tischchen kleines Gebäck, Salzstangerln, Oliven, Gurckerln und vieles mehr. Zusätzlich stehen noch viele Eiskübel mit den Weinflaschen herum. Ein gefülltes Glas hat jeder, beim Eintreten ins Gebäude, in die Hand bekommen. Es gibt auch Mineralwasser, allerdings mehr versteckt in Flaschen auf den Fensterbrettern.

Etwas später meint Karlheinz, „Ich muss Sebastian noch nach Hause bringen. Er ist ohne Auto hier."

„Der braucht dich nicht. Schau dort hinüber. Wenn daraus nichts wird?"

Sie sehen Sebastian in einer der Nischen wie er sich mit einem 40-Jährigen intensiv unterhält.

„Hm, mit Klaus muss ich noch sprechen, dann können wir gehen."

„Dort drüben ist er. Er bearbeitet, hoppla Gustav. Was macht der hier?"

„Wein kaufen, was sonst? Eile hin, wahrscheinlich braucht er einen Kredit", höhnt Karlheinz.

Sie nähern sich den heftig diskutierenden Männern. Karlheinz setzt boshaft fort, „akzeptiere ruhig den Preis. Marcus gewährt dir einen Kredit."

Gustav strahlt. „Du hast es erfasst. Wenn ich den irren Preis annehme, brauche ich einen Kredit. Ich kaufe schließlich mehr als drei Achtel."

„Arnold kann nicht billiger abgeben. Er hat Unkosten und liefert dir den Wein frei Haus."

Marcus mischt sich ein. „Was kosten die Flasche so unter Freunden?"

Beide schauen erbost und sind sich einig, als Klaus meint, „beim Geld hört sich die Freundschaft auf."

„So ist es? Dabei dachte ich immer man liebt die Bankiers", schmollt Marcus.

„Marcus dich liebe ich glatt, aber nicht als Bankier", grinst Gustav.

„Apropos lieben. Ich habe deinen Mandanten Roman Holmer vor einer Stunde festgenommen. Hole ihn morgen wieder raus."

Entgegen Karlheinz' Erwartung schüttelt Klaus nur lachend den Kopf. „Ich fürchte langsam summieren sich seine kleinen Fehltritte zu einer saftigen Strafe."

„Das scheint mir auch so. Vor einer Stunde hatte er versucht Sebastian gefälschte Madonnen zu verkaufen."

„Sebastian ist Gott sei Dank anständig. Seinem Freund dem traute ich nicht über den Weg. Seid ihr sicher, dass es der in Meidling ermordete Mann ist."

„Das steht fest, obwohl Sebastian ihn noch nicht identifiziert hat. Das müssen wir morgen nachholen. Hilfst du Sebastian wegen der Beerdigung?"

„Klar. Ich muss noch das Testament lesen. Soweit ich mich erinnre will Kurt verbrannt werden."

„Sebastian sagte mir, dass sowieso alles ihm gehört. Was steht denn im Testament?"

„Du hast Recht. Es ist so unwichtig, dass ich einfach vergaß nachzuschauen."

„Unwichtig? Was meinst du?"

„Kurt hatte keinerlei Besitz. Alles gehört Sebastian. Kurt kann nur etwas Kleingeld an seine Freunde verteilen."

„Verstehst du Sebastians Verhältnis mit Kurt?" Karlheinz wundert sich das Sebastian, selbst wohlhabend den älteren, scheinbar armen, Kurt geliebt haben soll.

Klaus Melzer schaut Karlheinz nachdenklich an. Nach einer Weile meint er: „Ich kenne überhaupt kein Verhältnis, das ich verstehe. Am wenigstens meins mit Arnold."

Marcus lacht auf. Für ihn ist es ein Witz. Karlheinz allerdings seufzt und versteht was Klaus meint.

Gustav jammert, „was braucht man verstehen. Allein sein ist eine Qual." Seinem vor Monaten beendeten Verhältnis mit Otto trauert Gustav noch immer nach.

Max musste lange warten bis endlich Gerhards Handy läutet.

„Mein Liebling, ich stehe vor deiner Türe kommst du bitte herunter?"

„Halte ihn etwas hin", raunt Max Gerhard zu. „Ich gehe wie zufällig raus und spreche mit ihm."

Gerhard stößt erregt hervor, „du, du liebst mich nicht. Du willst nur meine Bilder. Sogar meine Möbel hast du zu dir gebracht. Ich hasse dich."

Max, er hat bereits die Polizeistation verständigt, geht unauffällig wie einer der Hausbewohner auf die Straße hinaus. Schräg Visasvis sieht er in einer Einfahrt den telefonierenden Mann. Max geht langsam in dessen Richtung. Ein eisiger Wind macht Steve, in das Telefongespräch vertieft, unaufmerksam.

Kurz vor ihm spricht Max ihn an. „Ich muss Sie bitten mit mir mitzugehen."

Steve schreckt hoch, fast fällt ihm das Handy aus der Hand. „Was, was, wieso? Wer sind Sie?"

„Hauptmann Schubert vom Landeskriminalamt Wien. Ich nehme Sie wegen des Verdachtes Kurt Goldmann ermordet zu haben fest."

Steve sucht mit seinen Blicken einen Ausweg. Er begreift gleich dass er keine Chance hat an dem sportlichen Polizisten vorbeizukommen. Resigniert meint er, „Ich habe niemanden ermordet."

Da kommt auch schon die Polizeistreife und übernimmt Steve. „Liefert ihn im Landeskriminalamt ab", ordnet Max an.

Anschließend geht Max wieder zu Gerhard hinauf. „Ich habe Steve festgenommen. Du brauchst keine Angst mehr haben."
„Ich habe keine Angst. Bleibst du bei mir?"
Der flehende Blick des Jünglings irritiert Max. „Ich muss noch ins Landeskriminalamt. Deine Mutter ist hier."
„Ich bin in vierzehn Tagen achtzehn. Volljährig, dann darf ich mit einen Mann leben."
Max begreift was Gerhard will und ist unsicher wie er sich verhalten soll, ohne ihn zu verletzen. „Wollte Steve mit dir leben?"
„Steve hat gelogen. Kurt wollte mit mir nach Spanien. Er hatte eine Schachtel mit dem Geld im Aktenschrank aufbewahrt. Alles kann man nicht der Bank anvertrauen, lachte er als er es mir zeigte."
„Im Aktenschrank war Geld? Wir haben nur das Geld aus dem Schreibtisch gefunden."
„Im Schreibtisch ist nur etwas Kleingeld. Das große Geld ist in einem grauen Schuhkarton. Darin sind auch die Papiere von dem Haus in Llagostera, das ist in Spanien."
Max ruft erstaunt aus, „das war es was der Mörder suchte und wir dachten das Geheimnis muss in den Akten stehen."
Während des Gesprächs, klammert sich Gerhard fester an Max Arm. „Wir könnten nach Spanien fahren."
„Gerhard, du bist jung und der Partner den du brauchst wartet auf dich. Ich bin es nicht. Ich muss jetzt gehen. Leider muss ich auch die Bilder mitnehmen. Du bekommst sie aber wieder zurück."
Gerhard nickt traurig. Max geht mit den Bildern.

6 Mittwoch

Jürgen ist bester Laune. Der Mörder ist gefasst. Die Gruppe der Fälscher bekannt. Sie wurden einzeln angezeigt. Der Rest besteht nur mehr aus Berichte schreiben und die, von seinem Chef Brigadier Brenner geliebte Pressekonferenz abzuhalten. „Macht die Fenster auf. Wenn's auch kalt ist, frische Luft schadet nicht."

Gerlinde ist sofort bereit. Im Gegensatz zu Doris die immer etwas verfroren ist, macht es ihr nichts aus.

Doris murrt auch dementsprechend, „ich muss ja hier bleiben. Dein Büro drüben ist gut geheizt."

Jürgen nickt ihr verständnisvoll zu, „unser Verhörraum ist es ebenfalls. Bitte nimm mit Max unseren Lord... Wie heißt er wirklich?"

Erwin grinst, „Stefan Simon, sechsunddreißig Jahre alt, er ist Schweizer Staatsbürger und Berater einer großen Schweizer Versicherungsgesellschaft. Die Gesellschaft ist mit ihm sehr zufrieden. Er hat eine hohe Erfolgsquote."

Jürgen schüttelt missbilligend den Kopf. „Was heißt bei denen Erfolg?"

„Er holt die gestohlenen Wertsachen zurück. Vermutlich mit Geldbeträgen weit unter dem Versicherungswert."

„Eigentlich auch kriminell. Ich sprach gestern mit meinem Kollegen vom Betrugsdezernat. Ihm sind diese Aktivitäten ein Dorn im Auge."

„Geben wir denen unseren Akt hinüber. Die Befragungen der kleinen Gauner könnten doch die Kollegen machen", schlägt Max vor.

Jürgen verzieht unwillig sein Schnoferl. „Mich stört etwas. Goldmann soll der Chef gewesen sein? Ich glaube nicht dass sein Freund unschuldig ist. Was meinst du Karlheinz? Du bist mit ihm befreundet."

„Befreundet bin ich nicht mit ihm. Gestern am Abend sind auch mir Ungereimtheiten aufgefallen. Plötzlich wusste er den Namen Romans und obwohl es finster war, wusste er wie die

Figuren bearbeitet wurden. Ich will Roman über den Streit denn er mit Sebastian hatte befragen."

„Das tu. Nimm dir das Früchtchen mit Gerlinde vor. Ist sein Anwalt verständigt?"

„Ja, ich habe es ihm am Abend gesagt."

„Wie?", staunt Jürgen.

Karlheinz grinst frech. „Ich habe mit Romans Anwalt gestern noch ein Glas Wein getrunken."

„Du strapazierst meine Nerven. Mit Freund Roman bist du wahrscheinlich auch per du."

„Mit Roman nicht, aber mit Sebastian, einem verdächtigen Hehler."

Jürgen stöhnt.

Doris berichtet: „Ich konnte gestern noch Paul, einen der drei Lieferanten, festnehmen. Den Kollegen vom Diebstahl ist er als Opferstockplünderer bekannt."

„Dann Quetsch ihn aus", fordert Jürgen. „Er kennt sicher die anderen Brüder. Max, den Akt lassen wir vorläufig noch bei uns."

Max schmunzelt wegen Jürgens Euphorie. „Ich erledige es mit Doris. Komm Kollegin auf zum Verhör."

Erwin schaut erwartungsvoll. Er schlägt vor, „du willst sicher den Lord persönlich verhören. Darf ich dich unterstützen oder kommt Staatsanwalt Moser?"

„Natürlich kommt der Staatsanwalt zum Abschlussverhör. Der Fall ist abgeschlossen. Trotzdem ist es mir Recht, wenn du nebenan greifbar bist."

„Die Madonnen aus Romans Auto werden noch untersucht. Ich schätze gegen Mittag bekomme ich ein Ergebnis. Ich konnte, obwohl mir Karlheinz zeigte worauf es ankommt, nicht allzu viel feststellen", Erwin hatte, nachdem er zuerst selbst die Figuren mit der Lupe untersuchte, diese an die Technik weitergegeben.

„Wir sollten nochmals Simons Villa durchsuchen. Gerhard hat mir etwas von einem Schuhkarton voll mit Geld und Papieren erzählt. In der Werkstatt war das Geld nicht." Max berichtet ausführlicher was ihm Gerhard erzählte.

„Das hat Zeit. Jetzt verhören wir Simon, der erzählt uns schon wo das Geld ist." Jürgen vibriert erwartungsvoll dem Verhör entgegen.

Staatsanwalt Heinz Moser tritt beschwingt ein. „Jürgen bist du bereit? Steve Simon sitzt bereits mit seinem Anwalt Doktor Nagler in der Befragung. Der Anwalt hat mich böse angegrinst und gemeint: Ich werde mir eine blutige Nase holen."

„Ich komme schon." Jürgen eilt mit Moser in den Verhörraum.
Hinter der Glasscheibe beobachten Claudius und Erwin das Gespräch.

Claudius fährt Erwin an. „Guten Tag Herr Loimer. Sagen Sie mir, wieso ist der Anwalt so selbstsicher? Habt ihr wieder geschlampt?"

„Sicher nicht Herr Brigadier. Der Fall ist sonnenklar und kann heute abgeschlossen werden."

Im Verhörraum beginnt Jürgen mit den üblichen Personalien.
Danach verlangt Stefans Anwalt: „Was werfen Sie meinem Mandanten vor?"

Moser liest die von ihm verfasste Anklage vor. „Herr Stefan Simon wird verdächtigt Herrn Kurt Goldmann beziehungsweise Landers heimtückisch ermordet zu haben. Dann hat er sich widerrechtlich in Goldmanns Firma bereichert. Er hat Gemäldefälschungen an sich gebracht, um sie zu verkaufen. Außerdem hat er einen Minderjährigen entführt und bei sich gefangen gehalten."

Stefan lehnt sich schmunzelnd in seinem Sessel zurück und klopft mit seinen Fingern auf der Tischplatte.

Sein Anwalt grinst noch breiter, als während der Begrüßung.
„Fangen wir mit dem Minderjährigen an. Gerhard Kohn hat mit Herrn Simon seit einem Monat ein Verhältnis. Zugegeben der Junge ist erst siebzehn, doch erfolgte der Sex mit Herrn Simon freiwillig."

Moser hebt seine beiden Hände um sie unwillig zu schütteln. „Das klingt ja ganz schön. Tatsache ist, dass die erziehungsberechtigten Eltern nicht wussten wo sich ihr Sohn befindet."

„Ein Missverständnis. Die gefälschten Gemälde, von denen Herr Simon eines in einem renommierten Antiquitätengeschäft kaufte, hat er lediglich sichergestellt. Nachdem er sich überzeugte, dass es tatsächlich der Junge ist der sie malt, schickte er Gerhard mit den Bildern nach Hause zu seinen Eltern. Er hat ihn auch darauf hingewiesen dass er sie nicht anbieten oder gar verkaufen darf."

Moser schluckt. Die Erklärungen scheinen plausibel. Jürgen muss bis zum Prozess noch weitere Fakten sammeln. „Schön vertiefen wir uns in den Mordfall."

„Welchen Mordfall? Wann hat der stattgefunden?"

„In der Nacht von Freitag auf Samstag. Ungefähr um dreiundzwanzig Uhr. Herr Simons Fingerabdrücke, seine DNA sind in der Werkstatt vorhanden und sein Mercedes wurde vom Hauswart gesehen."

„Der Hauswart hat, wie ich dem Akt entnehme, einen roten Mercedes gesehen. Herrn Simons Auto ist schwarz."

Jürgen wirft nervös ein, „der Hauswart sagte, wahrscheinlich rot. Es war Nacht und finster. Sicher ist er nur, dass es ein Mercedes war."

„Wie auch immer. Herr Simon war in der Nacht von Freitag auf Samstag mit Gerhard zusammen. Gegen zehn Uhr haben die Beiden ein Restaurant in Mauer verlassen. Dafür findet die Polizei sicher Zeugen. Gegen elf lieferte ihnen ein Pizzabote Essen und Getränke in die Villa. Ich gebe Ihnen gerne die Adresse des Pizza Services Herr Pospischil", schließt nicht ohne Häme der Anwalt ab.

Jürgens gute Laune, die er bis vor kurzem hatte, ist restlos verschwunden. Moser verzieht säuerlich sein Gesicht. Wenn diese Angaben stimmen, können sie Simon überhaupt nichts nachweisen. Ob wegen des Verhältnisses mit dem siebzehnjährigen Gerhard eine Anklage möglich ist, bezweifelt Jürgen.

Nach einer längeren Schweigepause meint Nagler, „Ich glaube ich gehe jetzt mit Herrn Simon hinaus, oder wollen Sie zum Haftrichter?"

Moser schüttelt den Kopf. Er ist enttäuscht.

Jürgen fasst sich, „ich möchte Herrn Simon noch als Zeuge befragen."

„Zeuge? In welcher Angelegenheit? Über den Mord ist Herr Simon nichts bekannt."

„Es geht um die Fälscher Gruppe. Herr Simon seit wann sind Sie den Leuten auf der Spur?", wendet sich Jürgen an Stefan.

„Vor ungefähr einem halben Jahr wurden ein Waldmüller und ein Spitzweg in Kassel versteigert. Anschließend hatte der neue Besitzer sie um über Hunderttausend bei meiner Gesellschaft versichert. Nach fast einem Monat wurde bei einem Einbruch der Waldmüller gestohlen und kurz darauf bei einem Hehler sichergestellt. Eine genaue Untersuchung ergab dass es eine Fälschung ist. Deshalb nahm die Versicherung an, es würde auch der Spitzweg, der noch immer verschwunden ist, eine Fälschung sein. Meine Gesellschaft hat nicht ausbezahlt."

„Wie kommen Sie auf Wien?"

„Die Galerie Lempers hatte damals vier Gemälde zu dieser Versteigerung nach Kassel gebracht. Deshalb kaufte ich bei, der als Gutachterin und Kunstexpertin bekannten, Josefine Lempers vor kurzem einen Spitzweg und ließ es von unserem Wiener Experten prüfen."

„Wo ist dieses Gemälde jetzt? In ihrer Villa wurde es nicht gefunden."

Doktor Nagler schreit erbost dazwischen. „Das mit dieser Hausdurchsuchung wird noch ein Nachspiel haben. Gibt es dafür einen Gerichtsbeschluss?"

Moser erklärt: „Das war nicht nötig. Eine verdächtige Person, die inzwischen festgenommen wurde, verließ im gestohlenen Fahrzeug das Villengelände. Außerdem wurde der vermisste Gerhard Kohn im Gebäude vermutet. Hauptmann Schubert der verantwortliche Polizist musste schlimmstes befürchten."

Stefan lächelt über das juristische Geplänkel seines Anwalts.
„Das Bild habe ich, gleich nachdem ich die Expertise unseres Gutachters hatte, samt den Gutachten, das von Frau Lempers ist, an meinen Auftraggeber nach Frankfurt geschickt."
„Was wollte Herr Holmer bei Ihnen?"
„Er unterstellte mir das Gleiche wie Sie. Er bot sich mir als Bearbeiter der Gemälde an. Denn so wie sie der Junge malt kann man die Bilder nicht verkaufen, meinte er zu mir."
„Der Junge behauptete, Sie wollten ihn nach Amerika mitnehmen. Was hat es damit auf sich?"
„Ich habe Gerhard zufällig kennengelernt, als er mit seinem Chef Goldmann und der Lempers in einem Café saß. Ich folgte damals der Frau um ihre Bezugsquelle zu finden."
„Das haben Sie ja", Jürgen ist von dem Versicherungsermittler stark beeindruckt.
„Da ist mir aufgefallen, wie sehr der Junge an seinem Meister hängt. Bald hatte ich heraus wo er wohnt und ihm eben auch den Hof gemacht." Höhnisch meint er: „Ich hatte nie Sex mit ihm, dazu ist er mir einfach zu unreif. Außerdem bin ich nicht schwul. Als ich festgenommen wurde, wollte ich Gerhard auch klar machen, das es mit uns nichts wird."
„Sie wollten die Bilder", behauptet Jürgen.
„Eines hätte mir genügt. Ich wollte einen Beweis. Der Junge kann nichts dafür. Goldmann hatte ihn, genauso wie auch ich benützt. Dem ging es auch nur um die Bilder."
„Danke. Wenn ich noch Fragen habe melde ich mich." Jürgen ist fertig.

Als Jürgen raus auf den Gang ist fängt ihn Claudius ab. „Das bin ich von dir nicht gewohnt. Wieso habt ihr Gerhards Bilder noch immer nicht sichergestellt? Das mit dem Alibi ist mehr als schlampig. Leutnant Loimer ist bereits unterwegs um das fadenscheinige Alibi zu überprüfen."
„Die Bilder sind hier. Glaubst du das Alibi hält nicht?" Jürgen wundert sich über Claudius Aufregung.

„Na geh, ein minderjähriger Bub, der nicht einmal weiß was Sex ist, gibt doch seinem Idol jedes Alibi."

„Ob und mit wem der Junge Sex hatte, werden wir ihn noch fragen." Jürgen wendet sich ab und lässt seinen Chef stehen. Innerlich ist er verbittert. Der Tag fing doch so schön an.

Max und Doris haben mehr Erfolg. Paul hat die Nacht in der Zelle weich gemacht. Er ist bereit alles zu erzählen. Dabei betont er natürlich wie gering sein Beitrag zu den Diebstählen war.

„Kurt hat immer die Kirchen ausgeforscht. Meist sind wir abwechselnd zu zweit in die schlecht gesicherten Kapellen hinein und haben die von Kurt angegebenen Statuen, oft auch vom Altar, geholt. Ein paar Mal hatte er von uns verlangt Teile der Kirchenbank zu bringen. Angeblich weil das Holz passt."

„Was ist mit den Gemälden? Habt ihr die auch gestohlen?"

„Bilder? Aber nein nur Statuen. Wenn es ging auch Geschirr. Einmal eine Monstranz und mehrmals einige Silberleuchter."

„Schön wo finden wir deine Kumpel?"

Paul windet sich etwas, doch dann rückt er mit den vollen Namen und Adressen heraus. Zuletzt plaudert er noch wie ein Wasserfall und nennt die Orte wo sie gestohlen hatten. Doris ist nach zwei Stunden müde und fertig.

Max hat den Verhörraum schon vorher verlassen. „Mach bitte alleine weiter."

Max läuft Jürgen über den Weg. Jürgen schäumt, „Fall gelöst! Von wegen. Ach was habe ich mich diesmal blamiert."

Max kennt Jürgen und antwortet nicht, sondern verdrückt sich in sein Büro.

Karlheinz sitzt mit Gerlinde Roman und Klaus gegenüber.

„Warum haltet ihr Herrn Holmer fest. Er ist geständig und der Rest ist doch Sache des Gerichts." Der Anwalt will möglichst wenig Zeit vergeuden.

„Klaus, wir brauchen von deinem Mandanten noch einige Informationen. Ich verstehe nicht weshalb die gestohlenen Statuen zerlegt und dupliziert wurden. Ist das den Aufwand wert?"

„Natürlich das ergibt einen doppelten Ertrag. Zwei Statuen statt einer", lächelt Klaus. „Karlheinz, das warum ist doch wurscht."

Roman erklärt Karlheinz: „Ich machte aus einer Statue zwei verschiedene Figuren. Die neuen Objekte hatten dadurch mit den aus den Kirchen gestohlenen Figuren wenig Ähnlichkeit."

Selbst der Anwalt schaut verblüfft. „Wer die gestohlene Ware sucht, findet sie nicht mehr, weil es sie nicht mehr gibt."

„Dann soll uns Herr Holmer noch erzählen, wer aller davon wusste."

Klaus nickt seinem Mandanten zu, „sagen Sie es ruhig. Das Meiste steht bereits im Akt."

„Na unser Chef, der Goldmann, dann die Kerle die das Zeug anschleppten. Ich und Johann natürlich."

„Euer Lehrling hatte keine Ahnung?"

„Der ist so naiv, dass er das Ganze als ein Spiel betrachtete. Ich habe seine Bilder auf alt hergerichtet. So wie er sie malt, sieht doch jeder sofort, dass es neue Gemälde sind."

„Der Händler der eure Fälschungen verkauft hat. Was ist mit dem?"

„Klar Sbastian weiß es auch. Deshalb habe ich gestern mit ihm gestritten. Ich wollte einfach mehr haben. Vor allem weil Goldmann nicht mehr mitnascht."

„Goldmann war mit dem Händler verpartnert."

Roman schaut skeptisch und schüttelt leicht den Kopf. „Fesch ist der Kerl ja, aber Goldmann trieb es mit jüngeren Burschen. Drum hat er sich auch Gerhard angelacht."

„Goldmann und Gerhard waren ein Paar?" Karlheinz kann es nicht glauben, dass ein Mann, der den schönen Sebastian als Partner hat, sich in ein unreifes Bürscherl verliebt.

„Ja wir haben alle darüber gelacht. Goldmann wollte vor zwei Jahren unbedingt einen Lehrling ausbilden. Als der Kleine zu uns kam, hatte ihn keiner beachtet, doch so nach und nach machte sich der Bub an Goldmann ran. Wer da wen verführte ist nicht klar. Ich glaube: Gerhard war die treibende Kraft. Schließlich war Kurt dem Jungen total verfallen."

„Wahrscheinlich sucht Gerhard eine Vaterfigur", ist Gerlindes Meinung.

„Vielleicht. Kurt war ein beeindruckender Mann. Ich war auch in ihn verliebt, hatte aber nie eine Chance."

„Landers wollte die Figuren nicht kaufen. Weshalb also der Streit?" Karlheinz will von Roman die Wahrheit.

Roman bläst die Luft aus seinen Backen, er seufzt und gesteht: „Ich wollte eine Mille dafür, dass ich ihn nicht verrate. Dabei hat die Sau mich ans Messer geliefert."

„Was können Sie verraten?" Karlheinz und auch Gerlinde schauen angespannt.

Klaus räuspert sich. Er will etwas sagen schweigt aber.

„Ich habe ihn im Hof gesehen, da hat er Gerhard geohrfeigt. Da hatte Sebastian, was sonst nie geschah, selbst Ware bei mir in der Werkstatt abgeholt."

Karlheinz ballt die Fäuste. Der saubere Sebastian wusste doch alles über die Machenschaften seines Freundes. Er wirft einen wütenden Blick zu Klaus, der seine Lippen zusammenpresst.

Gerlinde bemerkt die Verwirrung ihres Kollegen und setzt fort. „Herr Sebastian Landers wusste also, was bei euch in der Werkstatt geschah?"

„Ich kenn ihn nur als Sebastian. Wie er noch heißt weiß ich nicht. Wenn's der Kerl auf der Höhenstraße ist. Ja der wusste über die Arbeiten in der Werkstatt Bescheid."

„Ich sag's Moser. Der soll entscheiden ob Sie auf freien Fuß angezeigt werden."

Gerlinde trifft Moser im großen Büro. Der ordnet an: „Ja, schickt ihn heim."

Erwin macht sich gleich, nachdem Anwalt Nagler das Alibi Simons präsentierte, auf um die Angaben zu überprüfen.

Das Restaurant in Mauer öffnet gerade als es Erwin findet. Sicherheitshalber hat er ein Foto von Simon dabei. „Guten Tag. Kriminalpolizei, ich benötige eine Information von Ihnen."

Die reife massige gute zwei Meter große Frau, die jüngere Frauen durchs Lokal scheucht, schaut ihn missbilligend an.

„Die Örtlichen haben schon für den Polizeiball gesammelt."

Erwin lacht auf, „ich will kein Geld. Ich will von Ihnen eine Auskunft."

„Schön, wir haben von elf bis elf geöffnet."

„War am vergangenen Freitag Herr Simon bei Ihnen zum Abendessen?"

„Simon? Ich kenne keinen Simon. Woher soll ich wissen, ob er hier war?"

Erwin zieht das Foto raus. „Dieser Herr. Er war mit einem Jüngling hier."

„Ach der Lord. Warum sagen Sie das nicht gleich. Er war mit einem Buben hier. Ich dachte mir noch, was soll das denn? Freitag? He, Hellene du hast doch letztens den Lord bedient. Wann war das?"

„Samstag, da war er mit diesem weinenden Burschen hier. Der hat die ganze Zeit geheult."

„Sie sind sicher, dass es Samstag war? Nicht am Freitag?"

„Freitag? Warten Sie. Ja da war er auch da, aber da hat der Bursche noch gelacht."

„Wissen Sie noch von wann bis wann?"

„Sie! Wir führen doch nicht Buch über unsere Gäste. Am Samstag habe ich die zwei zur Sperrstunde rausgeschmissen. Am Freitag da waren sie schon früher weg."

„Danke, Sie sperren um dreiundzwanzig Uhr?"

„Das habe ich Ihnen schon gesagt", murrt die Chefin.
„Danke vielmals. Auf Wiedersehen."

Erwin sucht den Pizzaservice auf. Er kennt Justus noch nicht und auch nicht den Zusammenhang mit Karlheinz.
Ein junger Mann begrüßt Erwin. „Was darf's sein?"
„Kriminalpolizei, ich will eine Auskunft über Hauslieferungen am vergangenen Freitag. Wer kann mir helfen?"
„Kriminalpolizei? Da besucht uns sonst ein Anderer."
Erwin schaut den Burschen erstaunt an. „Kommt die Polizei oft zu euch?"
Der Bursche lacht, „gehen Sie bis zum Ende durch die Türe und dann die Treppe rauf. Hinauf, nicht hinunter, da geht's zum Darkroom", zwinkert er Erwin noch zu.
Erwin schüttelt verständnislos den Kopf, aber er befolgt die Anweisung. Er geht die Stiege hinauf und findet rechts an der Türe ein Schild Privat und links eines mit Büro. Er geht ins Büro und wiederholt bei dem Mann seinen Satz, den er schon im Lokal sagte.
Justus, einen Berg von Rechnungen vor sich, schaut unwillig über die Störung auf. „Worum geht's denn? Wir beliefern nachts duzende Kunden. Die drei Boten arbeiten selbständig. Ich bekomme nur ihre Rechnungsbelege."
„Dann wissen Sie nicht wer beliefert wurde?"
„Wer weiß ich nicht, aber die Adressen wohin geliefert wurde, stehen auf den Belegen. Damit ich auch die Fahrten abrechnen kann."
„Wunderbar. Es geht um eine Adresse draußen in Hietzing Kuppelwiesergasse."
„Haben Sie eine Karte, dass ich weiß wer Sie sind?"
„Klar, Leutnant Loimer Landeskriminalamt." Erwin reicht Justus die Karte.
Justus reißt es hoch. „Gewaltdelikte? Ist Karlheinz böse auf mich, dass er nicht selbst herkommt?"
„Sie kennen Bezirksinspektor Wimmer?"

„Wir sind befreundet. Laufend sucht er bei mir Mörder. Sie auch?"

„Ja, ich suche auch einen Mörder und es geht um das Alibi eines Verdächtigen."

„Einen Mörder, der in der Kuppelwiesergasse meine Pizza aß. Bin ich jetzt Beihelfer oder Hehler?" Justus sucht in seiner Lieferdatei. „Da, ich hab's. Um zweiundzwanzig Uhr fünfzig. Es wurde mit Bankomatkarte bezahlt. Na der hat ordentlich gefressen, fast fünfzig Euro."

„Was der Kunde bekam, haben Sie auch", fragt Erwin zum Spaß.

„Klar ich druck Ihnen die Rechnung aus. Die Adresse des Boten schreibe ich Ihnen dazu."

„Jaah", meint zögerlich Erwin. „Na schadet nicht."

„Sie sollten dem Boten ein Bild des Verdächtigen zeigen, denn wer weiß, ob der oder ein anderer Kerl die Ware entgegen nahm."

Erwin nickt Justus anerkennend zu. „Sie kennen sich wirklich aus."

„Sicher, Karlheinz hat mich geschult", lacht Justus.

Erwin ist mit Justus zufrieden, wenn auch enttäuscht. Stefan Simons Alibi ist dicht.

Er trifft den Pizzaboten zu Hause an. „Guten Tag, ich brauche eine Auskunft über eine Lieferung am vergangenen Freitag."

„Ich liefere nachts an die fünfzig Fressen aus. Was wollen Sie wissen?"

„Können Sie sich an diesen Herrn erinnern?"

Der Bote bläst die Luft raus, schaut das Foto genau an und meint: „Schon. Der bekommt öfter von mir eine Pizza. Ob am vergangenen Freitag weiß ich nicht."

„Ich habe die Rechnung hier. Sie lieferten mehrere Pizzas in die Kuppelwiesergasse."

„Na also, dann wissen Sie es eh."

„Schon. Nur hat dieser Mann von Ihnen die Pizza persönlich entgegen genommen?"

Der Bote schaut länger auf das Foto und nickt dann mit dem Kopf. „Wenn ich dort war, ist er immer persönlich raus vor die Tür gekommen und hat die Ware entgegen genommen. Am Freitag sicher genauso, sonst wäre es mir aufgefallen."
„Danke, das war es."

Erwin ruft Jürgen an um ihm Simons Alibi zu bestätigen.

Jürgen ordnet an: „Verdammt wir haben etwas übersehen. Jeder von euch soll nochmals alle Berichte der Kollegen durchlesen und nach Hinweisen suchen. Morgen früh will ich von euch Konkretes hören."

Karlheinz studiert die Berichte und versucht sie mit Sebastians Angaben abzugleichen. Sein Ziel ist es, diesem Burschen seine Mitwisserschaft bei den Fälschungen nachzuweisen. Als er Max´ Bericht der Befragung des Hausmeisters liest, stößt er auf den vermutlichen roten Mercedes.
„Ich habe Sebastian doch in einem roten Mercedes nach Hause gefahren", fällt ihm ein. War doch Sebastian am Freitag Kurts letzter Besucher? fragt sich Karlheinz.

Zu Hause fragt Karlheinz vorsichtig Marcus. „Was hältst du von Sebastian?"
Marcus verzieht schmollend seinen Mund. „Warum gefällt er dir?"
„Nein ich fürchte er ist ein Gauner."
„Sebastian ist ein verwöhntes Bürscherl, der nie etwas leisten musste."
„Aha, so wie du?"
Falls es Karlheinz darauf anlegte Marcus in Wut zu versetzen, so ist es ihm geglückt. „Du hast keine Ahnung was es heißt von einem erfolgreichen Vater abhängig zu sein! Ich muss ihm täglich meine Daseinsberechtigung beweisen!"

„Verzeih, so habe ich es nicht gemeint. Ich meine nur dass du nie Geldsorgen hattest. Sebastian hatte, so wie er lebt, auch nie dergleichen. Außerdem beerbte er seine Eltern früh und braucht niemanden etwas beweisen."

Marcus ist noch nicht ganz beruhigt und schaut Karlheinz vorwurfsvoll an. „Trotzdem muss auch er sich beweisen. Wenn mein Vater stirbt, werde ich ihm auch weiterhin über alles Rechenschaft ablegen. Es ist, als drückt einem eine Schuld."

Karlheinz versucht Marcus zu verstehen. Oft bekam er mit, wie Marcus nervös zittert, obwohl sie nur zum sonntäglichen Essen bei seinen Eltern eingeladen waren. Karlheinz ist ohne Vater bei einer verständnisvollen Mutter aufgewachsen. Sein Problem war nur der ständige Geldmangel. Er versteht nicht was er beweisen sollte. Da Karlheinz sich mit Marcus Vater gut versteht, wundert es ihn, dass es Marcus anders empfindet.

Erwin treibt die Neugierde. Nach der Befragung des Pizzaboten fährt er nach Heiligenstadt zur Detektei Guckloch.

„Guten Tag, ich bin Leutnant Loimer. Frau Schulze hat gemeint…, sie sagte…, ich wollte sie fragen."

Die schöne junge Dame am Empfang lächelt zuckersüß den stotternden Erwin an. „Ich melde Sie der Chefin an. Warten sie bitte dort drüben. Dort finden Sie Schriften über unsere Firma."

Erwin nickt. Er ist sich nicht sicher was er überhaupt will. Deshalb geht er zu dieser bequemen mit breiten Sesseln ausgestatteten Nische, setzt sich und greift zu einer der Broschüren. Er braucht nicht lange Warten, kaum fünf Minuten und Helene Schulze kommt zu ihm.

„Hallo Erwin. Es freut mich dass du zu mir gefunden hast. Ich zeige dir gerne meinen Betrieb und du erzählst mir deine Wünsche."

Erwin stottert schon wieder, „es ist weil Sie gestern…, Sie meinten…, ein Sicherheitssystem gibt es schon. Was brauchen Sie?"

Helen lächelt, „ich will dass Sie zu mir in die Firma kommen. Vergessen Sie den Polizeidienst. Ich zeige Ihnen worum es bei uns geht."

Erwin geht unsicher hinter der selbstbewussten Helene durch die Räume der Detektei. Es überrascht ihn, als er die perfekten technischen Einrichtungen sieht. Das ist ja mehr als ihm im Landeskriminalamt zu Verfügung steht. Langsam taut er auf und kann bestimmt über allfällige Probleme und Lösungen sprechen, kaum dass er sich in seinem Fachgebiet befindet.

Helene lockt ihn, „bei uns verdopple ich Ihren derzeitigen Polizeigehalt, außerdem bekommen Sie ein Spesenkonto und bei Abschlüssen eine Provision."

„Ich muss es mir noch überlegen. Ihr Angebot ist überwältigend, doch ich wollte schon immer Polizist werden."

„Das verstehe ich doch. Die Beamtenlaufbahn hat auch etwas für sich. Bei uns hätten Sie allerdings auch mehr Freiheiten"

Erwin nickt und Helen ist zufrieden. Sie hat Erwin den Floh ins Ohr gesteckt und sie ist überzeugt, dass Erwin nachdenkt und schwach wird.

Erwin verabschiedet sich.

7 Donnerstag

Die Stimmung ist gedrückt. Obwohl es ein milder Wintertag wird, fröstelt es die Mitarbeiter der Abteilung bei der Morgenbesprechung.

Jürgen erklärt zur Eröffnung: „Die Kunstfälscher sollen die Kollegen des Betrugsdezernat weiter bearbeiten. Der Junge hat einen Anwalt genommen, obwohl er sicher kaum belangt wird. Simon, den ich weiter verdächtige, lacht sich ins Fäustchen. Moser hat mir sogar eine weitere Hausdurchsuchung bei ihm verweigert. Er meinte zu mir, nur weil Gerhard behauptet es war ein Karton mit Geld im Aktenschrank, blamiert er sich nicht nochmals."

Gerlinde schüttelt den Kopf. „Ich habe mir alles nochmals durchgesehen und miteinander verglichen. Es scheint als ob es doch ein Einbruch mit Todesfolge war. Prüfen wir doch wer, außer Gerhard noch, von dem Geldkarton wusste."

Karlheinz reckt sich stolz. „Der Hauswart hat einen roten Mercedes im Hof gesehen. Sebastian Landers fährt einen roten Mercedes. Roman wollte Sebastian erpressen da er bestätigen kann, dass Sebastian in alle Aktivitäten Goldmanns eingeweiht war. Gerhard erwähnte, dass Goldmann mit ihm nach Spanien wollte. Goldmann hat Geld, das zur Hälfte Sebastian gehört, abgezweigt. Was wenn Landers all das mitbekam? Außerdem gibt es bei ihm in der Wohnung eine Sammlung orientalischer Stichwaffen."

Karlheinz wird von den Kollegen erstaunt angesehen. Jürgen stimmt überrascht ein. „Ja, schauen wir uns den Herrn einmal näher an."

Auch Max nickt zustimmend. „Für das Geschäft und das Haus dieses Sebastians bekommen wir sicher den Durchsuchungsbeschluss. Er hat die gefälschten Meister verkauft und wir suchen offiziell weitere Werke."

„Also auf. Ich hole von Moser was wir brauchen. Karlheinz du gehst mit Erwin in das Wohnhaus und du Max mit Doris ins Geschäft."

Erwin bittet, „darf ich Conrad Mayr mitnehmen. Er kennt sich aus. Er hat die Spitzweg-Fälschung entdeckt."

Jürgen winkt ab. „Besser nicht. Ihr kennt den Fehler in der Signierung und die Bilder sind nur ein Vorwand. Sucht nach dem Geld."

Gerlinde ergänzt, „und Unterlagen über ein Haus in Spanien."

Max fordert von Gerlinde, „klar auch die Stichwaffen schauen wir uns an. Komm jetzt."

„Doris folgt dir. Ich halte die Stellung. Sobald ihr etwas findet ruft mich an." Jürgen will noch zum Amtsleiter um ihn wegen des gestrigen Flops zu besänftigen.

Erwin und Karlheinz holen Sebastian aus dem Bett.

Karlheinz spöttelt, „ist es gestern wieder spät geworden?"

„Ja. Ich war in der Hinterbrühl. Gustav hat mich am Dienstag eingeladen. Er ist auch sehr alleine."

„Was sagte Horst als du aufkreuztest? Von wegen Gustav ist alleine." Karlheinz vermutet, dass sich Sebastian nach Kurt den wohlhabenden Hotelier anlachen will.

„Das geht dich nichts an. Was wollt ihr überhaupt?" Sebastian bemerkt weitere vier Beamte hinter Karlheinz.

Erwin zeigt ihm seinen Ausweis. „Ich habe einen Durchsuchungsbeschluss. Es geht um die gefälschten Gemälde." Den Beschluss kann er noch nicht zeigen, da ihn Jürgen erst besorgt.

„Bei mir hier sind garantiert alle Kunstgegenstände echt. Die Antiquitäten sind fast alle von meinem Vater."

„Schön, dann werden wir sicher rasch fertig", höhnt Erwin.

Erwin empfindet in Gegenwart des schönen Sebastian etwas Unbehagen.

Die Polizisten strömen ins Haus. Sie wurden von Karlheinz instruiert, wonach sie wirklich suchen sollen. Sebastian lässt sich, bekleidet mit einem Schlafrock in einem der bequemen Polstersessel nieder. Unbekümmert schenkt er sich ungeachtet der morgendlichen Stunde einen Whisky ein.

„Wollen Sie auch einen Schluck, das schärft das Auge", bietet er Erwin an.

Erwin ist bei Sebastian geblieben. Er lehnt das Angebot ab und beginnt mit seinen Fragen.

„Sie haben uns bisher öfter die Unwahrheit gesagt. Wir haben Zeugenaussagen die bestätigen, dass Sie über die Werkstatt, die Diebstähle, sowie über die Umarbeitungen der Holzfiguren und Fälschungen von Gemälden voll Informiert waren."

„Pha, was dieser Roman behauptet ist alles gelogen. Er wollte mich erpressen und deshalb erfindet er diese Märchen."

„Stefan Simon ist schon länger hinter euch her. Er sagte das Gleiche aus."

„Der Lord?" Sebastian lacht auf, „der hat mir ein dreckiges Angebot gemacht. Er bot mir an, die Bilder noch hochwertiger zu versichern und dann lässt er sie stehlen."

„Herr Simon arbeite für eine Schweizer Versicherung. Er steht auf der anderen Seite."

„Hat er euch das weisgemacht? Er stiehlt und betrügt seine Auftraggeber. Lasst euch das angeblich gefälschte Bild, das er mir abkaufte, doch zeigen. Das hat der edle Lord schon längst weiter verkauft."

„Das Bild dass Simon bei Lempers kaufte ist auch gefälscht. Ich habe ein Foto davon gesehen."

„Meinen Sie das fehlende i? Das ist allgemein bekannt. Wo ist dieses Bild inzwischen?"

Erwin wird unsicher. Hat Sebastian Recht und der wahre Übeltäter ist Simon?

Karlheinz der durchs Haus geht kommt freudig strahlend mit einem grauen Schuhkarton in den Wohnraum. „Ich habe das Geld gefunden", jubelt er. „Woher hast du das?"

Sebastian zuckt mit den Achseln. „Ja, es ist Schwarzgeld. Ich kann doch nicht jeden Verkauf voll angeben, dann bleibt mir doch nichts zum Leben."

Karlheinz öffnet den Karton und fragt, „wieviel ist es?"

„Das steht in dem roten Buch, das obenauf liegt. Ungefähr zweihundert Tausend."

Erwin wirft ein, „war der Karton nicht am Freitag in der Werkstatt in Meidling?"

„Dieser Karton bestimmt nicht, aber Kurt hat sicher auch so einen Karton in seinem Büro, da er die Lieferanten alle bar bezahlt. Ich habe auch einen weiteren Karton im Geschäft bei der Peterskirche. Denn dort bekomme ich meistens das Geld von den Kunden bar. Die wollen es ebenfalls nicht über ihr Konto laufen lassen."

Karlheinz entfernt sich wieder um weiter zu suchen.

„Ihr roter Mercedes wurde vom Hausmeister am Freitagabend im Hof gesehen. Wie lange waren Sie in der Werkstatt?"

Sebastian grinst Erwin höhnisch an. „Ich war nie in dieser Werkstatt. Ich wusste nichts von Kurts Firma. Das dieser Hausmeister rot sieht wundert mich allerdings, denn meistens ist er blau."

„Woher wissen Sie dass der Hausmeister trinkt?"

„Sie haben es mir gesagt. Wie sagten Sie genau? Ach ja, den Hausmeister haben wir in der Nähe, in seiner Schnapsbude aufgegriffen."

Erwin ist verwirrt, sollte er das wirklich zu Sebastian gesagt haben? Stimmen tut es jedenfalls.

Karlheinz kommt mit dem nächsten Fund. Ein Stilett frisch poliert. „Die anderen Messer in der Lade waren alle leicht angerostet", lauert Karlheinz. „Kannst du das erklären?"

„Nein, ich greife diese Sachen nicht an. Kurt hat ein paar Mal mit den Dolchen gespielt."

„Das Stilett nehme ich jedenfalls mit." Karlheinz steckt es in eine Plastiktüte.

„Wenn ich mich richtig erinnre müssen es zwei Messer sein. Sie hingen einmal gekreuzt im Vestibül. Ich hatte vor Monaten alle abgenommen und in die Lade geschmissen."

„Es war in der Lade nur das eine Stück."

Sebastian wird neugierig. „Was erwartest du? Ist das spitze Ding etwa die Mordwaffe? Haltet ihr mich für den Mörder meines Lebenspartners?" Sebastian rückt empört von Erwin weg.

„Das Stilett ist ein vierkantiger dünner und langer Stahl, so wie die Mordwaffe sein soll. Aber du hast sicher ein Alibi. Wo warst du in der Nacht am vergangenen Freitag auf Samstag?"

„Hier zuhause. Ich habe auf Kurt gewartet."

„Kann das wer bezeugen?"

„Ich habe alleine gewartet. Wie wartest du auf Marcus? In Gesellschaft anderer Kerle?", Sebastian regt sich auf und Karlheinz ist überrascht wie Sebastians Wut sein so schönes Gesicht entstellt.

Erwin steht auf um mit den Kollegen über die Ergebnisse zu sprechen. „Wie weit seid ihr?"

„Mit den Räumen sind wir jetzt fertig. Wimmer hat die zwei verdächtigen Funde sichergestellt. Ich schaue mir nur noch in der Garage den Wagen an."

„Macht Fotos vom Mercedes, das zeige ich dem Hausmeister."

Erwin hofft dass sich auf dem Stilett Blutspuren befinden. Damit hätten sie die Mordwaffe. Das Geld müssen sie bei Sebastian lassen. Fotos vom Karton und das rote Buch werden mitgenommen.

„Für eine Festnahme reicht es nicht. Im Haus gibt es keinen Spitzweg bei dem wir die Signatur prüfen könnten. Ob sonst gefälschte Gemälde vorhanden sind, konnten wir auch nicht feststellen." Erwin ist sauer weil Jürgen ihm die Hilfe Mayrs ablehnte.

Karlheinz bittet höflich Sebastian: „Ziehst du dich bitte an. Ich will dass du mit mir mitfährst und Kurt identifizierst. Ich fahre dich auch wieder zurück."

„Ich komme in die Gerichtsmedizin. Fahre aber selbst, da ich noch einiges für meine Ausstellung erledigen muss."

Bitter meint Karlheinz, „die bei dir stehenden Madonnen überprüfen?"

„Auch und vor allem von hier ein paar Statuen ins Geschäft mitnehmen. Das darf ich doch?"

„Ja, wir sind fertig", seufzt Karlheinz.

Max ist mit Doris in das wegen „Trauerfall" geschlossene Geschäft mit Unterstützung eines Schlossers eingedrungen. Auch sie werden von vier Polizisten unterstützt.

Doris fotografiert die ungefähr dreißig Gemälde die zum Teil an den Wänden hängen, oder hintereinander an der Rückwand stehen. Nach zwei Stunden haben sie nichts gefunden das der Aufklärung des Mordes dient.

Max will schon abbrechen, da meint Doris die immer wieder zu einem aufwendig verarbeiteten Barocksekretär zurückkommt, „diese alten Möbel haben immer versteckte Geheimfächer. Dieser Schrank muss doch mehr haben als nur die aufklappbare Schreibplatte?"

„Ich habe alle Unebenheiten in den Furnieren untersucht, da war nichts", erklärt einer der Helfer.

Max rückt den schweren Schrank mit dem Helfer nach vorne. „Vielleicht finden wir die Lösung auf der Rückseite?"

Doris die ebenfalls gespannt schaut, „nichts, die Kastenfläche ist glatt."

„Ich glaube ich habe da einen falschen Waldmüller", jubelt einer der Polizisten auf. „Ich habe mir die Signaturen auf den Gemälden angesehen und habe drei mit Waldmüller angeschriebene Bilder gesucht. Zwei davon haben keine Signatur und am dritten Gemälde steht Wadmüller. Das l fehlt."

Doris ist begeistert. „Das muss uns Herr Landers erklären."

Max lässt der Barocksekretär keine Ruhe. Er ruft Erwin an. „Wir haben hier einen Schrank, in dem ich ein Geheimfach vermute. Kannst du wenn ihr fertig seid herkommen?"

„Warte ich frag den Herrn einfach." Erwin geht in den Wohnraum den Sebastian gerade verlässt um in sein Schlafzimmer zu gehen. Sie stoßen zusammen.

„Gibt es in dem Sekretär im Geschäft ein Geheimfach?"
Sebastian meint erstaunt, da Erwin vergaß ihn auf die Durchsuchung des Geschäftes hinzuweisen, „ach, suchen Sie dort
auch nach Mordwaffen? Ja dieser Barockschrank hat sogar
drei Geheimfächer."
„Drei? Sind sie bereit meinem Kollegen alle drei Fächer zu
verraten?"
Sebastian murrt, „muss ich das?"
„Nein, wir können den Schrank auch mitnehmen um ihn in
unserer Werkstatt zu zerlegen."
„Geben Sie mir den Kollegen. Der Schrank ist ein Juwel, den
lass ich nicht zerlegen." Sebastian reißt Erwins Handy an sich
und faucht die Anweisung, zum Öffnen der Fächer, durch.
Max bedankt sich höflich.

Er öffnet die drei Fächer. In einem befindet sich ein grauer
Schuhkarton mit ungefähr Fünfzigtausend. Im zweiten ein
Testament und ein Grundbuchsauszug. Das dritte Fach ist leer.
Max belässt es bei Fotos und dem Auflisten im Bericht.
„Es reicht nicht für eine Anschuldigung. Lass uns abbrechen",
murmelt Max zu Doris.

Sebastian hat in der Gerichtsmedizin seinen Lebenspartner
Kurt Landers identifiziert. Anschließend geht er, in Begleitung
von Doktor Klaus Melzer, zu Brenner dem Leiter des Landeskriminalamtes.
„Mein Mandant legt eine Beschwerde wegen der zweifachen
Hausdurchsuchung ein. Falls er wegen etwas beschuldigt wird,
muss das erklärt werden und ich als sein Anwalt bestehe auf
die Teilnahme an den Verhören."
Brigadier Brenner ist etwas überrascht. Er hat die Notiz nur
flüchtig gelesen und wartet noch auf Jürgens Berichte.
„Selbstverständlich, lassen Sie uns im Besprechungszimmer
die Sache abklären."
Claudius steht auf und führt die Besucher in den Verhörraum.

Seiner Sekretärin gibt er noch den Auftrag, „rufen Sie Jürgen an, er soll mit den neuesten Erkenntnissen des Goldmannfalls kommen."

Jürgen erfuhr auf die Schnelle, dass bei den Durchsuchungen nichts Wesentliches gefunden wurde. Die Schuhkartons sind kein Beweis, da es mehrere gibt. Das Stillet ist noch bei der Untersuchung. Dass Sebastian wusste, dass der Waldmüller gefälscht ist, kann man nicht beweisen. Es bleibt nur der Inhalt des Testaments, den Sebastian erklären muss.

Kurz nachdem sich Claudius und die zwei Besucher in den Verhörraum setzten, erscheint auch Jürgen mit dem Akt. Er setzt sich dazu und schaut Melzer freundlich an.

„Guten Tag Herr Doktor. Was führt Sie mit Ihrem Mandanten zu uns?"

Melzer schaut Claudius vorwurfsvoll und Jürgen grimmig an: „Diese Hausdurchsuchungen in der Villa und im Geschäft. Was sollte das?"

„Es geht um den Verdacht der Kunstfälschung. Ein Gemälde haben wir sichergestellt und es wird begutachtet. Sowohl der Mitarbeiter des Lebensgefährten von Herrn Landers als auch ein Versicherungsermittler beschuldigen die Galerie Landers Fälschungen zu verkaufen."

Melzer beugt sich angriffsbereit vor. „Es wurden aber auch andere Beweismittel gesucht? Wessen wird Herr Landers noch verdächtigt?"

„Im Zuge der Durchsuchung fanden die Ermittler ein Stillet, das zum Töten des Kurt... eh, sagen wir Landers geeignet scheint."

„Jetzt haben Sie sich verhaspelt", Melzer schlägt mit der Faust leicht auf den Tisch. „Ich verlange von Ihnen, dass Sie meinen Mandanten nicht weiter belästigen."

Jürgen setzt sein schmalzigstes Lächeln auf. „Natürlich. Wir haben Herrn Landers auch nicht vorgeladen, aber da er mit seinem Anwalt hier ist, habe ich ein paar Fragen? Als Zeuge natürlich."

Sebastian nervt das blöde herum Gerede er brummt, „ich kann zum Mord nichts sagen."

„Ich weiß. Das der rote Mercedes, der in der Mordnacht im Hof gesehen wurde nicht der Ihre war, sagten Sie schon. Mich interessiert was Sie zum Inhalt des Testaments sagen?"

„Was soll ich dazu sagen. Wenn Kurt Geld zum Verteilen hat, soll er es tun."

Melzer schaut unwissend von Sebastian zu Jürgen und dann zu Claudius. Claudius zuckt mit den Schultern. Auch er kennt das Testament noch nicht.

„Sicher. Aber im Testament sind Kurts Helfer Namentlich mit Adresse angeführt. Johann, Roman und Gerhard bekommen je fünfzigtausend und Fridolin, Knut und Paul je zehntausend. Außerdem soll Gerhard ein Haus im Wienerwald bekommen."

„Ich habe nie gefragt, wer die Leute sind. Grundsätzlich hatte Kurt wenig Geld und er hatte auch kein Haus im Wienerwald."

„Verstehen Sie das?", wendet sich Jürgen an Melzer.

Melzer lehnt sich zurück. Er ist nachdenklich geworden. „Das Testament habe ich aufgesetzt. Mir hat Kurt lediglich erklärt, dass es sich um Freunde aus seiner Jugendzeit handelt, denen er einiges Schuldet."

„Es stehen, wie es sich gehört, auch die Geburtsdaten dabei. Der junge Gerhard wird kaum ein Freund aus Kurts Jugendzeit sein?"

„Ja, ich habe es weder beachtet, noch ist es meine Pflicht die Beweggründe eines Erblassers zu hinterfragen."

„Was ist mit dem Haus?"

„Das existiert. Ich habe in dem bei mir hinterlegtem Kuvert auch den Grundbuchsauszug. Das Geld muss sich, wenn nicht am Konto, so im Büro befinden."

„Sie wussten von dem anderen Betrieb in Meidling?"

„Nein, davon wusste ich nichts. Es befindet sich auch in dem Antiquitätengeschäft ein Büro."

Sebastian wirft höhnisch ein, „Kurt hatte auch in unserer Villa ein Büro. Das haben Sie ja durchsucht und ebenfalls Geld gefunden."

„Ist das nicht Ihr Geld?" Jürgen will auch über dieses Geld sprechen.

„Nein, ich habe keine Schwarzgelder. Ich wusste nur dass Kurt im Büro Geldbeträge in einem grauen Karton hat. Das habe ich auch erklärt."

Jürgen merkt, der saubere Herr Sebastian schlüpft immer mehr und mehr aus dem Netz. Schwarzgeld hatte nur sein Freund. Mit den Kunstfälschungen wurde er selbst betrogen. Mord das darf man ihm nicht unterstellen. Der Anwalt hat Landers gut beraten.

„Danke, wenn Sie noch Fragen haben. Ich bitte Sie nur noch das Protokoll zu unterzeichnen." Jürgen steht auf.

„Verfassen Sie auch ein Protokoll über unsere Beschwerde", ruft ihm Melzer nach.

Claudius erhebt sich auch, „die Beschwerde leiten wir an Staatsanwalt Moser weiter, der den Durchsuchungsbeschluss ausstellte. Auf wiedersehen."

Im Büro empfängt Gerlinde Jürgen. „Das Stillet ist nicht die Mordwaffe. Es passt zwar genau in die Wunde, es befinden sich aber keine Blutspuren darauf."

„Hm, wer wenn nicht der Lord und wer wenn nicht Landers? Ich nähre mich der Verzweiflung."

Gerlinde muntert ihn auf. „Gehen wir zu Landers Ausstellung. Mich interessiert wer aller dort ist."

„Warum nicht. Ich werde Lisa mitnehmen."

Karlheinz schlägt es Marcus vor. „Gehen wir zu Sebastians Ausstellung?"

Marcus setzt sein Spitzbubengesicht auf. Karlheinz wird bang, denn immer wenn Marcus es aufsetzt, plant er einen Unsinn.

„Ja, es wird sicherlich ein eleganter Empfang. Lass uns in den weißen Anzügen hingehen. Sozusagen wir als die Sauberen und Reinen, zwischen all den schwarzen Schafen."

Sie fahren pünktlich um 19 Uhr vor Landers Laden vor. Sie sind die Ersten. Sebastian steht im schwarzen Smoking an der Türe. Neben ihm Justus in schwarzer Hose und weißem Hemd. Er hält das Tablett mit den Sektgläsern.

„Sekt mit Orange oder pur?", bietet Justus an.

Marco deutet ihm ein Küsschen hinüber und fordert, „pur, ich will mich betrinken und dann den Gastgeber vernaschen."

Sebastian ist unangenehm berührt. „Bitte nicht so auffällig. Ich erwarte Kunden aus der Gesellschaft."

Karlheinz beruhigt ihn. „Keine Sorge noch sind wir unter uns. Ich nehme nur Orangensaft."

„Warum? Du musst doch nicht Autofahren", schmollt Marcus.

„Nein aber nüchtern bleiben, falls du wirklich über Sebastian herfällst."

Sebastian schüttelt nur missbilligend den Kopf. Da kommt Max mit seiner Frau Irene um die Ecke des Petersplatzes.

Sebastian seufzt, „noch mehr Polizei?"

Karlheinz lacht, „ja wir werden alle kommen. Heute wagt es keiner, dich zu bestehlen."

Marcus zieht Karlheinz ins Innere. „Du ich glaube wir sollten uns auch ein gutes, allerdings modernes Bild leisten."

Auf einem langen Tisch stehen die Heiligenfiguren aus dem 18. Und 19. Jhd. Mittendrin eine 80cm große Marienfigur aus dem 17. Jhd. Dazwischen und daneben geschliffene Glasschalen mit Justus´ Brötchen.

„Seine Brötchen werden auch immer kleiner", meint Marcus und greift zu.

„Wir haben doch gerade gegessen", bremst Karlheinz den Verfressenen.

Nach und nach füllt sich der Raum mit Besuchern. Jürgens Gruppe, ist mit Ausnahme Doris vollzählig erschienen. Melzer fällt es auf.

Er nähert sich Jürgen, der mit Lisa eine Kommode bewundert.

„Suchen Sie hier einen Mörder, oder sind Sie diesmal privat hier?"

„Herr Doktor", strahlt Jürgen, „ich frage mich immer, auch wenn ich privat bin, wen vor allem wie viele hat mein Gegenüber beseitigt."

„Das bin ich eigentlich nur von Karlheinz gewohnt."

„So sind wir Polizisten eben. Heute gibt es hier sicher keine Fälschungen, dazu ist die Ausstellung zu öffentlich."

„Nein, es sind auch die Presse und dieser Versicherungsmann hier. Frau Lempers schaut sich diesmal genau die Exponate an."

„Frau Lempers ist hier nicht die Einzige die mit der Lupe die Figuren betrachtet. Sind das alles Fachleute?"

Melzer lacht auf, „eher Liebhaber, die sich auch als Fachleute ausgeben. Der Verkauf hat schon begonnen."

Melzer wendet sich anderen Besuchern zu. Jürgen murmelt ihm unverständliches nach. Lisa lächelt still vor sich hin.

„Ich verstehe das Ganze nicht", murmelt Jürgen nur für Lisa verständlich. „Dieser Lord war es nicht. Er hat ein stichfestes Alibi. Der Lebensgefährte war es nicht. Obwohl er kein Alibi hat, haben sich die Anschuldigungen in Luft aufgelöst. Wer hat sonst noch ein Interesse am Tod Goldmanns gehabt?"

Lisa kichert, „deshalb hast du mich hergeschleppt."

„Ich hoffte, dass sich der Mörder hier befindet und er sich mit irgendetwas verrät."

„Du glaubst dass es mit den Geschäften zusammenhängt? Was wenn es eine einfache Beziehungstat war?"

„Eifersucht? Das habe ich schon vermutet. Sebastian kann ich es aber nicht nachweisen."

„Wer will noch diesen Jungen haben, um den es geht?"

„Simon, aber der hat ein Alibi."

„Sind das Alle? Was weißt du vom Umfeld des Burschen?"

Jürgen nickt nachdenklich. Wieder einmal weist ihm seine Frau den Weg.

Max trifft im Gewühl auf Karlheinz. „Schau dir unseren Erwin an. Ich glaube er ist bisexuell."

Karlheinz schaut in die Richtung und sieht Erwin zwischen Josefine Lempers und Helene Schulze. Die drei sitzen am Sofa und amüsieren sich königlich. Gerade lacht Josefine wieder hell, fast kreischend, auf.

„Wieso? Er unterhält sich doch mit zwei Frauen."

„Josefine ist eine zarte Dame, aber Helene ist mehr Kerl als Erwin", kichert Max boshaft.

Karlheinz wendet sich von Max unangenehm berührt ab.

Stefan Simon rempelt unabsichtlich Gerlinde am Sekttisch an. „Entschuldige", murmelt er.

„Ich bin Revierinspektor Sorel. Wir kennen uns noch nicht persönlich."

„Ja? Ach Sie gehören zur Polizeitruppe."

„Richtig. Ich habe Leutnant Loimers Bericht von ihrem Alibi geschrieben. Waren Sie mit Gerhard in der ganzen fraglichen Nacht beisammen?"

„Das spielt doch keine Rolle", knurrt ungehalten Simon. „Ich hörte, der Pizzabote konnte euch meine Anwesenheit zu Hause bestätigten."

„Ihr Alibi ist gesichert. Mich interessiert nur wie kamen Sie vom Restaurant in Mauer heim. Im Taxi?"

Simon wird nachdenklich. „Das ist… Es hat nichts mit dem Mord zu tun… Gerhard ist vor mir raus aus dem Lokal und gegen zwölf Uhr bei mir in der Villa aufgetaucht."

„Wo war er?"

„Bei seinem Vater. Gerhard hat ein sehr gestörtes Verhältnis zu seinem Vater. Einmal hatte ich ihn getroffen da sah man noch die Spuren der Schläge, die der Alte ihm verpasste."

„Bisher wurdeaber ausgesagt, die Mutter sei der dominante Elternteil."

„Ja, heißt es das? Wissen Sie ich kenne Gerhards Eltern nicht persönlich."

„Danke", Gerlinde sucht Jürgen im Gewühl um ihm ihren Verdacht mitzuteilen. Sie findet man sollte sich auch Gerhards Eltern ansehen.

Gerlinde findet Jürgen nicht und geht mit ihrem Mann Roland nach Hause.

Roland macht ihr allerdings Vorwürfe. „War das wirklich für dich wichtig? Die Leute fand ich alle verrückt und die Preise für das wurmstichige Zeug wahnsinnig."

„Ja das ist eben die feine Gesellschaft und auch diese mordet."

Erwin schäkert mit Josefine und Hellene, obwohl ihm bald klar wird, dass diese sich über ihn lustig machen. Nach einigen Worten interessiert Helene wie das Sicherheitsprogramm der Depositbank entstand. Die drei duzen sich bereits.

„Du hast doch mit Wimmer das System entwickelt. Warum machst du nicht weiter?"

„Was kann ich weiter machen? In der Bank erledigt alles Karlheinz. Weitere Aufträge erledigen die Hersteller. Das Programm selbst ist Maßgeschneidert und nur nach einer Überarbeitung auf andere Bankgebäude übertragbar."

„An mich haben sich bereits andere Firmen gewendet. Nicht nur Banken brauchen Sicherheit. Komm endlich zu mir."

Erwin lacht: „Du willst mich mit einem tollen Angebot von der Polizei weglotsen. Kommerzialrat Klein versucht es auch ständig bei Karlheinz."

„Mein Angebot kennst du. Ich jedenfalls brauche dringend einen Fachmann in meiner Firma."

„Es gibt genug Leute die sich auskennen."

„Es muss jemand sein der es auch erklären kann."

„Das hat immer Karlheinz gemacht. Komisch auch in der Compositbank haben mich die Leute oft blöd angeschaut, bis ihnen Karlheinz sagte was ich meinte."

„Du sprichst viel von Karlheinz. Liebst du ihn?"

Erwin schaut konsterniert. „Wie? Was? Nein! Ich mag ihn als Kollege. Marcus scheint hier auch etwas miss zu verstehen."

Helene lässt nicht nach. „Mein Angebot steht. Du bekommst vom ersten Tag an Provisionen für jeden Auftrag."

„Provisionen bekomme ich derzeit auch. Der Hersteller hat unser System bereits bei anderen Banken installiert." Erwin sucht das Weite. Die Damen beengen ihn bereits.

Er geht heim und kann nicht schlafen. Hellene hat ihn bereits zum dritten Mal die Vorzüge eines selbständigen Handelns schmackhaft gemacht.

8 Freitag

Doris ist als erste im Büro. Sie nimmt Simons Anruf entgegen.
„Hier Stefan Simon. Gerhard ist mit seinem Vater hier. Er will
seine Staffeleien und den Schreibtisch abholen. Die Kästen
meint er soll ich behalten."
„Ja, gut. Weshalb rufen Sie an?"
„Wem gehören den diese Sachen? Mir habt ihr ja Diebstahl
unterstellt."
Doris ist ratlos. „Ich kann das nicht entscheiden. Rufen Sie
Herrn Landers, oder besser seinen Anwalt Doktor Melzer an."
„Gut. Mir ist es ja egal, aber der Kohn steht unten bei seinem
alten Mercedes und will den Schreibtisch auf den Dachträger
laden."
Doris ist nicht klar weshalb sie es fragt, „ein roter Mercedes?"
„Ja! Richtig, ein altes rostrot, mehr matt als glänzend. Auf
Wiederhören."
Doris legt auf und bleibt wie vom Blitz getroffen am Schreib-
tisch neben dem Apparat stehen. Ein roter Mercedes? Ist es
dieser Wagen den der Hauswart sah?

Als Karlheinz kommt erzählt sie ihm sofort vom Gespräch.
„Gerhards Vater fährt einen roten Mercedes."
Karlheinz zuckt erst mit den Achseln, dann reißt er die Augen
auf. „Du meinst? Daran hat noch keiner gedacht."
Erwin kommt beschwingt. Er hat, nachdem er doch einschlief,
gut geträumt. Er sah sich im Traum in einem hallenartigen
Büro in dem er nach Herzenslust elektronischen Experimenten
nachgeht.
Er hört Doris kurz zu. „Erzähl es Jürgen, der braucht eine
Aufmunterung", danach zieht er sich in sein Büro zurück.
Jürgen muntert es wirklich auf, als er kommt und es hört.
„Schauen wir uns das Umfeld des jungen Künstlers genauer
an."
Als Gerlinde hereinstürzt und zu Jürgen reinplatzt. „Gerhard
war in der Nacht nicht beim Lord."

„Warum hat Gerhard es behauptet?", Jürgen glaubt Gerhard gab Simon ein Alibi.

„Weil Simon ein Alibi brauchte, behauptete er, dass der Junge die ganze Nacht über bei ihm war."

„Das klären wir. Du kommst mit mir, du hast den besten Draht zu Gerhard", fordert Jürgen den soeben herein kommenden Max auf.

Sie kommen gerade zurecht als Vater und Sohn, von einer zeternden Mutter angewiesen, einen Schreibtisch vom Dachträger eines roten Mercedes herunter holen.

Jürgen stellt sich vor. „Major Pospischil, Kriminalpolizei. Guten Tag. Herr Kohn?"

„Ja?" Kohn, ein kräftiger großer Mann, schaut Jürgen drohend an.

„Hallo Max", jubelt Gerhard. „Ich werde ein eigenes Atelier aufmachen. Vater hat es genehmigt."

„Ihr seid von der Polizei? Warum? Steve hat sich von einem Anwalt die Genehmigung geholt. Die Sachen gehören Gerhard."

Jürgen geht auf den am Gehsteig stehenden Schreibtisch zu.

„Das die Möbel Gerhard gehören bestreiten wir nicht. Wir wollen nur den Schreibtisch untersuchen. Er wurde vorzeitig vom Tatort weggeholt."

Während Herr Kohn mit einer einladenden Handbewegung auf den Schreibtisch zeigt, meint er: „Nur zu. Was wollen Sie finden?"

Da wirft sich Gerhard über die Tischfläche und schreit, „das ist alles mein. Kurt hat es mir versprochen."

Max, der in Goldmanns Büro, den Schreibtisch und auch sein Geheimnis kennen lernte, zieht bei diesem Schreibtisch die fragliche Lade auf und sucht den Schnapper zum Geheinfach. Es ist an der gleichen Stelle wie beim Büroschreibtisch. Drei Bündel Banknoten fallen heraus.

„Wieviel ist es?", fragt Max Gerhard.

Der schluchzt, „alles mein. Kurt wollte mir fünfzigtausend geben."

„Das ist aber mehr. Außerdem hat er dir im Testament das Geld vermacht. Du musst nur warten bis es dir der Anwalt gibt. Inzwischen gehört es noch dem Toten." Max versucht väterlich Gerhard klar zu machen, dass er sich nicht einfach etwas holen darf.

Papa Kohn schüttelt nur den Kopf. „Gerhard was machst du denn schon wieder?" Zu Jürgen meint er beschwichtigend, „das sein Chef ermordet wurde, hat ihn ganz durcheinander gebracht."

„Wo waren Sie?", fragt Jürgen Kohn.

„Vergangene Woche? So wie immer auf Montage, diesmal in Slowenien. Ich bin heute heimgekommen und habe von dem Mord erfahren. Entsetzlich."

„Der Mord fand am vergangenen Freitag in der Nacht auf Samstag statt."

Die Augen Kohns weiten sich. Er wird blass. „Wann sagten Sie? Um wieviel Uhr?"

„Dreiundzwanzig Uhr. Ein roter Mercedes wurde am Tatort gesehen."

Während Kohn sich schwer atmend am Schreibtisch festhält, steht Gerhard weinend beim Auto und schaut Max trotzig an.

Auch Max wird bewusst, was vermutlich geschah. Er geht auf Gerhard zu und fragt, „willst du mir nicht erzählen, was in der Nacht geschah?"

„Du sagst nichts!", schreit Vater Kohn. „Ich verständige einen Anwalt."

Jürgen versucht es deshalb beim Vater. „Sie waren in der Nacht mit Gerhard in der Werkstatt. Dafür gibt es Zeugen."

„Ich muss nicht aussagen. Ich bin der Vater." Kohn, der sonst kein gutes Verhältnis zu seinem Sohn hat, will ihn in dieser prekären Lage nicht in Stich lassen.

Gerhard der sich inzwischen an Max schmiegt schluchzt, „sei mir nicht böse. Ich habe es nicht gewollt. Kurt war in dieser Nacht so gemein."

„Ich bin dir nicht böse. Dein Vater hat Recht, du brauchst jetzt einen Anwalt."

Jürgen über Max´ Rat irritiert höhnt, „am besten empfiehlst du ihm Reinhard."

Max entgegnet, „fahren wir ins Landeskriminalamt und verständigen wir Moser."

„Ich kann den Schreibtisch nicht am Gehsteig stehen lassen", murrt Kohn. Er denkt bereits wieder praktisch. Zu Max meint er, „ist dieser Reinhard ein guter Anwalt? Ich meine auch nicht zu teuer?"

Max nickt mit dem Kopf, „gut und preiswert. Meine Kollegin hat seine Nummer und wird ihn verständigen."

Kohn und Max schleppen den Tisch in die Wohnung hinauf. Dort schaut Max auch in die übrigen Laden und findet ein, in ein blaues Tuch gewickeltes, Stilett. Jürgen beschlagnahmt das Geld und setzt Gerhard in den Polizeiwagen der gerufenen Streife.

Gerlinde und Max verhören Gerhard den Reinhard Schreiner vertritt. Jürgen, Moser und der Vater, da Gerhard noch nicht achtzehn Jahre alt ist, beobachten hinter der Glasscheibe.

„Es war für dich eine fürchterliche Nacht. Warum bist du im Restaurant nicht bei Steve geblieben?" Max sagt absichtlich Steve, da sich Simon unter diesem Namen Gerhard näherte.

„Steve hat mir eingeredet, dass es Kurt nicht ernst mit mir meint. Deshalb habe ich Vater angerufen, dass er mich abholt und nach Meidling zu Kurt bringt."

„Du wusstest, dass Kurt noch in der Werkstatt ist?"

„Ja, er hatte noch mit Paul ein Treffen. Da ging es um diese hässlichen Holzfiguren. Ich habe ihn gefragt, was an Stevens Vorwürfen wahr ist und er hat gelacht und gemeint –langsam wirst du erwachsen-. Ich habe ihm natürlich vorgeworfen, dass er mich ausnützt. Da meinte er als Rechtfertigung –für dich habe ich ein Haus im Wienerwald und eine Menge Bargeld bereitgestellt-. Vor einem Monat wollten wir nach Spanien. Er hat mir Fotos gezeigt." Gerhard beutelt es vor Jammer. Max tut der Junge leid.

„Was hat dein Vater gesagt?"

„Der hatte draußen im Auto gewartet. Ich hatte nicht mehr gewusst was ich tun soll. Steve hatte schon im Restaurant zu mir gemeint, ich sollte es nicht ernst nehmen."

„Was meinte er damit?"

„Er sagte zu mir: -Du bist nur ein grüner Bub. Male und kümmre dich nicht um Männer, dazu bist du zu jung."

„Er wollte deine Bilder? Hat er gesagt was er damit machen will?" Jürgen hofft dass Gerhards Aussage Simon belastet.

„Ja er wollte dass ich die zwei Gemälde fertig mache und ihm weitere Bilder male."

„Steve wusste also von den zwei halbfertigen Bildern?"

„Das hat ihm Roman verraten. Roman arbeitet bereits länger für Steve."

„Weiter. Was geschah in der Nacht?" Max wird ungeduldig.

„Kurt spielte die ganze Zeit mit so einem spitzen Ding. Ich weiß nicht, plötzlich entriss ich es ihm und stach nur nach vor. Er starrte mich aus weit aufgerissenen Augen an und kippte zur Seite. Ich hielt mich an dem Ding fest und rührte etwas herum bis Kurt am Boden lag und ich nur mehr das Ding in der Hand hatte."

„Er hatte einen Schnellhefter in der Hand."

„Das waren die Lieferscheine, damit machte er mir weis, dass ich nur Verluste machte."

„Warum die Verwüstung im Büro?"

„Ich suchte nach dem grauen Karton. Das Geld steckte ich in meinen Schreibtisch in der Kammer. Danach ging ich raus und bat Vater mich zu Steve zu bringen."

„Warum gingst du trozdem zu Steve?" Max kann Gerhard nicht verstehen. Wollte er Steve auch töten?

„Ich sagte Steve, dass ich mit Kurt Schluss gemacht habe und nun ganz ihm gehöre."

„Er wollte doch nichts von dir?"

„Doch, er wurde ganz verrückt und wir hatten eine herrliche Nacht. Besser als die paar Mal mit Kurt."

Jürgen grinst, da hatten die Beiden also doch Sex mit dem Jungen. „Danke Gerhard. Leider musst du bei uns bleiben. Was sagen Sie Herr Doktor?"

Reinhard ist stumm neben seinem Mandanten gesessen und nickt. „Ich habe vorhin Gerhard die Folgen seiner Tat erklärt. Das ich einen Psychiater hinzuziehe verstehen Sie doch, Herr Oberstleutnant."

„Ja, auch für mich ist es ein zwiespältiger Fall. Ich will Herrn Kohn noch als Zeuge befragen. Bleiben Sie bitte hier und nehmen Sie teil?"

Reinhard stimmt zu. „Der Vater braucht nicht auszusagen, doch ich werde vorher mit ihm sprechen. Seine Aussage kann eventuell Gerhard helfen. Ich will ein mildes Urteil erreichen."

Nach einer halben Stunde ist Kohn bereit auszusagen. Neben ihm sitzt Doktor Schreiner.

„Ich bin schuld. Ich habe ihn immer hart angefasst weil ich ihn für eine Memme halte. Dass er sich so nach einem Vater oder Mann sehnt verstand ich nicht und wollte es unterdrücken. Da ich immer nur am Wochenende zuhause bin, habe ich erst sehr spät das Verhältnis mit Goldmann mitbekommen. Ich wollte mit dem Herrn sprechen. Ihn zur Rede stellen, doch habe ich es immer wieder hinausgeschoben. An dem Abend hat mich Gerhard angerufen und mir gesagt dass er mit Kurt Goldmann Schluss macht und woanders arbeiten will. Deshalb habe ich ihn hingefahren. Als er danach zu Steve wollte, wurde ich natürlich wütend. Denn mir wurde klar dass Gerhard nur von einem Mann zum nächsten ging."

„Hatten Sie nichts von dem was in Goldmanns Büro geschah mitbekommen?"

Kohn schüttelt den Kopf. „Ich habe auch nichts gehört. Keine lauten Stimmen, keinen Schrei."

„Danke, auf Wiedersehen." Jürgen ist zufrieden. Endlich hat er den wahren Täter.

„Tötung im Affekt", meint Reinhard als er sich verabschiedet.

Max weiß nicht wie er dem wegen des Erfolges strahlenden Karlheinz sein Versehen erklären soll. Er kramt den Ordner und den Stick den er vor mehreren Monaten von Helene Schulz bekam aus der untersten Lade seines Schreibtisches heraus und steckt es in ein großes Kuvert. Darauf schreibt er: Für Karlheinz von einem zerknirschten Kollegen. Das legt er auf den Schreibtisch des Bezirksinspektors. Karlheinz hat sich gerade sein Lob vom Staatsanwalt Moser geholt und stutzt als er im Büro zurück das Kuvert vorfindet.

Nachdem Karlheinz das Kuvert länger schweigend in der Hand hielt steckt er es lächelnd in seinen Aktenkoffer.

„Marcus hat Max also bereits den Kopf gewaschen", murmelt er, „dann tu ich so als war nichts."

Danach

Jürgen strahlt. Er hat der Staatsanwaltschaft eine ordentlich dicke Akte übermittelt. Wieder konnte Jürgen beweisen, wie sinnvoll die Aufstockung des Personals, in seiner Abteilung war.

Doktor Reinhard Schreiner hat viele mildernde Argumente ins Treffen geführt. Trotzdem musste Gerhard zwei Jahre in den Jugendstrafvollzug.

Gegen Stefan Simon hat seine Versicherungsgesellschaft die Klage erhoben. Der von ihm bei Landers gekaufte Spitzweg ist verschwunden. Stefan kann sich noch einmal herauswinden. Ein Jahr später wird er in seiner Heimat, in Bern erwischt und überführt. Er ließ wertlose aber hoch versicherte Kunstgegenstände von seinen Freunden stehlen und kassierte von der Versicherung für die Wiederbeschaffung.

Josefine Lempers verlor ihren Ruf als gute Sachverständige. Viele Käufer der Gemälde mit ihrer Expertise meldeten sich nicht. Nur wenige Kunden forderten Schadenersatz. Es scheint, es floss viel Schwarzgeld.

Sebastian Landers konnte keine Mitwirkung den Fälschungen und Betrügereien Kurts nachgewiesen werden. Im Zweifel für den Angeklagten. Doktor Kaus Melzer war in seinem Element. Sebastian bietet den bestohlenen Kirchen die Rückgabe von zwei, statt einer Figur an. Rückarbeiten geht nicht.

Marcus profitiert. Er bietet sowohl Josefine als auch Sebastian einen günstigen Kredit an. Beide benötigen größere Summen, um den Schadensersatz, für die verkauften und gefälschten Kunstwerke zu leisten.

Roman Holmer trifft es am härtesten. Er bekommt für seine angesammelten Delikte 5 Jahre.

Die anderen Mittäter werden wegen Betrug oder Diebstahl zu durchschnittlich 3 Jahren verurteilt.

Tod in der Buchhandlung

1 Dienstag

Lukas kommt, kurz nach acht Uhr, um sein Geschäft, eine Buchhandlung im 4. Bezirk, aufzusperren. Er führt den Buchladen gemeinsam mit seinem Bruder Matthias. Ihre Eltern hatten es mit der Bibel und gaben ihnen deshalb die heiligen Vornamen.

Es hat an diesem Februarmorgen um die null Grad. Wenige Passanten hasten, die Umwelt kaum beachtend, von der Paulanerkirche zum Rilkeplatz und weiter zur technischen Universität. Lukas ist früh dran, denn üblicherweise öffnet er das Geschäft erst um zehn.

Lukas steckt seinen Schlüssel ins Schloss und stutzt. Die Buchhandlung ist nicht versperrt. Er betritt, mit einem flauen Gefühl im Bauch, das Geschäftslokal. Es ist ruhig, alles wirkt wie sonst.

„Hat Matthias vergessen zuzusperren?", fragt sich Lukas. Er geht, an der Kassa vorbei durch das Verkaufslokal hinter in den kleinen Büroraum.

„Oh Gott! Was ist passiert?", schreit er auf.

Er stürzt zu dem neben dem Schreibtisch liegenden Bruder. Er rüttelt, er zerrt, doch er muss erkennen: Matthias ist tot. Lukas verweilt länger bis er sich wieder gefasst hat, dann greift er zu seinem Handy um den Notarzt zu rufen.

„Mein Bruder liegt tot am Boden. Können Sie kommen?"

„Tod? Was ist mit ihrem Hausarzt?"

„Wir, das heißt mein Bruder, wohnt in Neustift. Er liegt hier im Geschäft."

„Na gut, es kommt wer zu Ihnen."

Es dauert mehr als eine halbe Stunde bis ein Arzt kommt und den Toten untersucht.

„Sie, das war kein natürlicher Tod", stellt der Doktor fest. „Ich rufe die Polizei. Haben Sie hier im Raum etwas verändert oder angefasst?"

„Natürlich ich wollte Ordnung machen. Es lagen verschiedene Papiere hier verstreut. Was heißt nicht natürlich? Ich sehe nichts?"

„Der Tote wurde erstickt. Wahrscheinlich mit einem Lappen oder Kissen. Wie auch immer, das ist nicht mein Bier."

„Aber", Lukas wird erst jetzt die Tragweite dieser ärztlichen Behauptung bewusst. „Es wird ihn doch niemand ermordet haben? Wir…, das heißt er…, hatte keine Feinde."

Der Notarzt verständigt das Landeskriminalamt und geht als der Gerichtsmediziner kommt. Zehn Minuten später kommt Oberstleutnant Pospischil mit Gruppeninspektorin Nussbaum.

Doris Nussbaum ist im November zu Jürgens Team gestoßen. Sie gibt gleich ihrem ehemaligen Kollegen der Spurensicherung Anweisungen. „Schau ob du ein Polster eine Decke oder ein dickes Tuch findest. Unter den Nägeln findest du wahrscheinlich Spuren vom Täter. Der Tote hat sich sicher gewehrt."

„Mache ich Doris. Du bekommst alle unsere Ergebnisse auf deinen Schreibtisch", lacht der Kollege. Er kennt Doris die in ihrem neuen Aufgabengebiet voll aufgeht.

Jürgen kontaktiert Doktor Müller. „Was kannst du mir zum Toten sagen?"

„Todeszeitpunkt gestern am Abend zwischen acht und zehn Uhr. Genaues erfährst du noch. Erstickt wurde er vermutlich mit einem getränkten Lappen. Womit getränkt, muss ich noch untersuchen. Deshalb hat er sich auch nicht gewehrt."

„Hm", Jürgen sinniert. „Meinst du der Tote wurde von hinten angefallen und man hat ihm den Lappen vorne vor Mund und Nase gepresst?"
„Von hinten umarmt, das ist sehr wahrscheinlich. Ich liefre nur Fakten. Der Rest ist deine Sache."
„Danke."

„Doris frag in den Geschäften nebenan, ob wer gegen Abend etwas bemerkt hat. Die letzten Kunden die den Buchladen verlassen haben sind wichtig."
„Ja, Jürgen. Ich bin schon unterwegs."

Nun wendet sich Jürgen dem Bruder des Toten zu. „Geht es Ihnen besser?"
„Danke, es ist schrecklich. Nicht nur dass er Tod ist, sondern auch ermordet?" Noch immer kann Lukas das Geschehen nicht fassen.
„Ja er wurde sicherlich ermordet. Wer kommt in Frage? Hatte er Feinde?"
„Nein das ist es doch. Er lebte doch friedlich und auch die Buchhandlung, die sein Lebensinhalt ist, läuft ohne Probleme ab."
„Sie betreiben das Geschäft zu zweit?"
„Ja ich bin für die technischen Fachbücher zuständig. Mein Bruder für die spezielle Literatur, für einen kleinen exklusiven Kundenkreis."
Jürgen übergeht den exklusiven Kundenkreis und stößt weiter.
„Wie steht es mit seiner Familie?"
„Matthias lebt..., lebte mit Gerhard in einer eingetragenen Partnerschaft. Ein sehr harmonisches Paar."
Jürgen reißt es. „Gerhard wie noch?" Dann begreift Jürgen dass es nicht der Junge sein kann, der vor drei Monaten zum Mörder wurde.
„Rosak, er nahm den Namen von Matthias an. Gerhard schreibt selbst Kurzgeschichten, führt den Haushalt und hilft hier im Geschäft aus wenn's nötig ist."

„Ihre Familie?"

„Ich? Ja meine Frau Emilia und zwei Kinder zwölf und fünfzehn. Die haben doch nichts damit zu tun."

„Nein wahrscheinlich nicht. Ich mache mir nur ein Bild vom Umfeld des Toten. Wie stand er zu Ihrer Familie?"

„Ja bestens. Er war der beliebte Onkel Matthias. Oh Gott ich kann mich nicht daran gewöhnen, dass er nicht mehr da ist."

„Danke das war's fürs erste. Für Heute muss ich Sie bitten das Geschäft zu schließen. Ich werde schauen ob Sie es morgen wieder betreten dürfen. Es ist ein Tatort und den müssen wir vorläufig versiegeln."

„Aber ich muss aufsperren. Die Studenten kommen wegen der Kolloquien und wollen prompt ein paar Bücher."

„Tja, das tut mir leid. Ich rede mit der Spurensicherung. Sie haben ja, wie mir gesagt wurde, bereits etwas am Tatort verändert."

„Ich wusste ja nicht was los ist. Ich habe nur ein paar Papiere geordnet."

„Fehlt etwas? Ist etwas Besonderes in den Papieren die Sie auflasen?"

„Nein nur Lieferscheine. Zwei Kataloge und eine Vorbilanz von unserer Buchhaltung."

„Bilanz? Ist sie Positiv?"

„Wie? Ich glaube. Ich habe sie nicht angesehen. Mein Gott was hat das alles mit Matthias zu tun?"

„Das weiß ich nicht. Noch habe ich kein Motiv. Sie sollten auch darüber nachdenken. Was ist der Grund? Wer profitiert von seinem Tod."

„Ich kann mir keinen Grund vorstellen. Er war vor allem bei seinen Kunden sehr beliebt, für die er viele seltene Bücher herbeischaffte."

„Sie sagten etwas von einer speziellen exklusiven Literatur? Was verstehen Sie darunter?"

„Es geht um homosexuelle Bücher. Deshalb auch der separate Verkaufsraum, darin können diese Kunden ungestört stöbern. Einige kritische Werke liefert er auch ins Haus. Bei Freunden hält er auch Lesungen. Ich fürchte in diesem Kreis suchen Sie seinen Mörder vergeblich."

„Hm, können Sie mir trotzdem ein paar Adressen, vor allem von seinen Freunden, geben?"

„Natürlich, das geht einfach. In seiner Kundenkartei sind die Gruppen, Freunde, spezielle Bezieher und Laufkunden mit Farbreiter gekennzeichnet."

„Fein, wo ist diese Kartei? Ich nehme sie mit und lasse sie von unserer Spezialistin durchsehen."

Lukas geht zu einem Aktenschrank und zieht eine Lade auf. „Oh..., aber..., da", stammelt er, „die Kartei ist weg."

Jürgen nickt zufrieden, „da haben wir schon eine Spur und ein Motiv. Jetzt müssen Sie uns helfen, die Namen der Kunden heraus zu bekommen."

„Ja, aber wie?" Lukas schaut Jürgen hilflos an.

„Die Namen der Freunde werden Sie doch im Kopf haben? Schreiben Sie sie mir auf und ich fange dort an."

Lukas nickt, setzt sich an den Schreibtisch und schreibt erst sechs, dann nach einer Nachdenkpause weitere fünf Namen mit Adresse auf. Dazu schaut er auch in seinem PC nach, um mit Hilfe der Geschäftsabläufe die Adressen zu finden.

Jürgen schaut ihm zu und bemerkt verwundert, „Ihr Bruder hatte seine Kunden in einer altmodischen Papierkartei? Sie haben Elektronik. Weshalb hatte er sie nicht im PC?"

„Das war so eine Macke von ihm. Er lachte einmal zu mir: Wenn ich es elektronisch erfasse braucht der Dieb nur einen Stick an den Speicher stecken und hat in zwei Sekunden alle meine Daten. Er war nicht nur um zwei Jahre, er war um ein Jahrhundert älter als ich." Wehmütig schaut Lukas vor sich hin, als ob ihm erst jetzt der Verlust bewusst wird.

Jürgen nimmt die Liste mit den elf Namen und Adressen an sich. „Danke, mit diesen Leuten werde ich sprechen. Vielleicht kann mir jemand weiter helfen."

„Ich verstehe es nicht. Geld war keines in der Kasse, das habe ich gestern um sieben zur Bank gebracht."

„Ich glaube auch nicht, dass es ein Raubmord war. Hatte er nicht doch Probleme? In seiner Partnerschaft zum Beispiel?"
Lukas schüttelt nachdenklich den Kopf. „Mir ist wirklich nichts bekannt. Wenn Sie Gerhard sprechen werden Sie auch verstehen, dass er sicher nicht der Täter ist."
„Sie kennen Gerhard gut?"
„Natürlich, er gehört seit vier Jahren zur Familie. Anfangs war meine Frau etwas reserviert, aber wir akzeptierten und verstanden die Zwei. Oh, Gott, überlassen Sie es bitte mir, Gerhard das…, das Schreckliche zu erzählen."
Jürgen gefällt es zwar nicht, da ihn die Reaktion des Freundes interessiert, doch stimmt er zu. „Gut fahren wir gemeinsam zu Gerhard. Ich möchte dabei sein."

Jürgen steigt zu Lukas ins Auto, dass dieser im Hof hinter dem Geschäft geparkt hat, und fährt mit ihm nach Neustift. Vorbei an mehreren Heurigen, etwas abseits in einer kurzen Sackgasse, befindet sich inmitten von Baumgruppen das schmucke Haus mit Gewächshaus und Schwimmbecken im Freien. Sie steigen aus.
„Lassen Sie mich vorgehen. Ich habe richtig Lampenfiber. Wie sage ich es ihm?"
Jürgen versteht Lukas Bedenken. Es ist sehr schwer einem Menschen den man schätzt eine schlechte Nachricht zu überbringen.
„Gehen Sie nur. Ich spreche nur wenn es nötig ist."
Ein junger Mann im Jogginganzug, Jürgen schätzt ihn auf höchstens fünfundzwanzig, öffnet mit einem strahlenden charmanten Lächeln. „Hallo Lukas. Was machst du hier um diese Zeit?"
Lukas stammelt los: „Matthias, es ist ihm was passiert. Komm lass uns rein, setzen wir uns."
Gerhards Lächeln wirkt wie eingefroren. Er geht, eigentlich taumelt er, hinter Lukas in den großen Wohnraum. Erst als sich Lukas auf das Sofa setzt, dreht sich Gerhard abrupt zu Jürgen um.

„Wer sind Sie?"

„Setz dich bitte", befiehlt scharf Lukas.

Gerhard sinkt auf den Sessel neben dem Sofa. „Was ist mit Matthias? Ist er im Krankenhaus?"

Lukas beugt sich nach vor, legt seine Hände auf Gerhards Schenkel und sagt tonlos, „er ist tot. Ermordet."

Jürgen hat schon viele Reaktionen auf eine solche Mitteilung gesehen, doch Gerhard überrascht ihn. Der Bursche lehnt sich im Sessel zurück und schaut starr ins Leere.

Lukas spricht weiter. „Der Herr ist von der Polizei. Er will wissen wer mit Matthias Streit hatte."

Gerhard dreht seinen Kopf Jürgen zu. Jürgen hat das Gefühl, dass ihn Gerhard trotzdem nicht sieht.

„Mit Matthias konnte man nicht streiten. Hat Ihnen das keiner gesagt?", murmelt Gerhard.

Jürgen versucht möglichst langsam und ruhig zu sprechen. „Er hatte gestern im Geschäft noch länger gearbeitet. Wann haben Sie ihn zurück erwartet?"

„Überhaupt nicht. Er wollte die Nacht in Melk verbringen. Dort im Stift vermutete er eine alte Schrift, oder war es eine Aufzeichnung?"

„Wissen Sie mit wem er sich treffen wollte?"

Jetzt beginnen die Tränen Gerhard über das Gesicht zu laufen. Der Schock scheint nachzulassen. „Es ist Professor Steiner. Harald stöberte in den alten Dokumenten um homosexuelle Geschehen in der Geschichte aufzudecken."

Lukas wirft ein, „die Adresse habe ich Ihnen auf die Liste gesetzt."

„Danke. Wie lange wollte Herr Rosak in Melk bleiben?"

„Bis heute früh. Ich sollte ihn um zwölf in der Buchhandlung abholen. Wir haben…, haben…, es werden heute fünf Jahre. Ich muss die Tischreservierung abbestellen."

Jürgen legt seine Visitenkarte auf den Tisch. „Mein herzliches Beileid. Wenn Ihnen etwas einfällt was zur Klärung beiträgt, rufen Sie mich bitte an." Jürgen steht auf.

Lukas folgt ihm und meint, „ich würde gerne hierbleiben. Wie kommen Sie zurück?"
„Bleiben Sie ruhig. Ich nehme ein öffentliches Verkehrsmittel. Auf wiedersehen."

Doris klappert inzwischen die Lokale und Geschäfte rund um den Rilkeplatz ab. Es sind nur wenige Verkäufer die noch um zwanzig Uhr in ihrem Geschäft waren und die haben nichts bemerkt. In einem kleinen Restaurant am Eck erinnert sich die Kellnerin.
„So um halb acht ist ein grüner BMW auf dem Gehsteig zum Brunnen vorgefahren. Ich dachte noch: Ist der verrückt? Der muss vorne beim Brotgeschäft auf den Fußgängerbereich rauf gefahren sein."
„Haben Sie gesehen wohin der Autofahrer ist?"
„Natürlich ich konnte meine Augen nicht von ihm lassen. Der kleine dicke Mann ist in die Buchhandlung hinein. Gerade als ich mich abwendete, um einen Gast zu bedienen, kommt er schreiend wieder raus und fährt davon."
„Was schrie er?"
„Das konnte ich nicht genau verstehen. Er fuchtelte mit seinen Händen und drohte mit der Faust zurück zum Eingang der Buchhandlung."
„Würden Sie den Mann wiedererkennen?"
„Klar, er war schon öfter in dem Geschäft und bei mir hat er ein paar Mal Kaffee getrunken."
„Können Sie bei uns ein Phantombild erstellen?"
„Wozu? Fragen Sie in der Buchhandlung nach dem Professor. Die sagen Ihnen wie er heißt."
„Oh, danke."

In einer anderen Gastwirtschaft wird Doris das Geschehen bestätigt. „Ich bin ja froh dass es jetzt im Winter war. Im Sommer haben wir unser Tische und Blumenkästen draußen stehen. Erst dachte ich es ist Lukas, der Depp ist manchmal rücksichtslos, doch der Kerl war wesentlich älter und dicker."

„Würden Sie den Mann wiedererkennen?"

„Kaum, ich habe ihn nur von hinten gesehen, als er an meinem Fenster vorbei ging und ins Auto stieg."

In einem anderen kleinen Laden wartete bereits aufgeregt die Besitzerin. „Sie wollen sicher wissen, was da gestern Nacht los war?"

Doris schmunzelt die Dame an. „Ist ihnen etwas Besonderes aufgefallen?"

„Unglaublich was es heute alles gibt. Erst ist einer mit seinem Wagen in den Fußgängerbereich gefahren und später so gegen neun oder war es schon zehn? Stand einer mit seinem Lieferwagen drüben beim Hotel halb auf den Straßenbahnschienen. Der Tramfahrer hat wie wild gepimmelt, deshalb wurde ich aufmerksam."

„Was und wem der Fahrer geliefert hatte, haben Sie das auch gesehen?"

„Natürlich Bücher. Was sonst? Der gut zwei Meter lange Kerl kam aus der Buchhandlung als er wegfuhr."

„Was war es für ein Lieferwagen? Stand ein Firmenname drauf?"

„Firmenname? Warten Sie. Der Wagen war gelb so wie ein Postfahrzeug. Die Schrift war blau. Ein Firmenname stand nicht darauf, nur diskret und vertraulich."

„Blau? Diskret und vertraulich?" Doris bohrt weiter. „Blockschrift oder Schreibschrift?"

Die Dame denkt angestrengt. „Was soll ich sagen es war so eine moderne geschwungene Schreibschrift mit großen D und großem V, die doppelt so groß wie der übrige Text waren."

„Danke."

Doris sieht sich die Plätze an, auf denen der BMW und der Lieferwagen geparkt waren. Der BMW ist fast bis in die Buchhandlung hineingefahren. Der Fahrer des Lieferwagens musste aber mindestens fünfzig Meter bis zum Buchladen laufen.

Doris beginnt mit den Wohnparteien. Im Haus über der Buchhandlung trifft sie in der vierten Wohnung einen mürrischen älteren Pensionisten. Am Türschild steht Schober.
„Ist Ihnen gestern am Abend etwas aufgefallen haben Sie was gehört?"
„Das fragen Sie noch? Ich habe bei euch angerufen", faucht Doris der nicht mehr rüstige Mann an der Türe an. „Heute am Tag ist es ruhiger als letzte Nacht. Wieso kommen Sie erst jetzt daher?"
Doris versucht den Mann zu beruhigen. „Wann haben Sie bei der Polizei angerufen? War es wegen des Geschreis unten in der Buchhandlung?"
Doch nun wird der Mann erst richtig wild. Er will die Türe zuwerfen, doch Doris hält sie auf.
„Wollen Sie mich frotzeln? Natürlich! Das Gebrüll dieses Verrückten hat doch sogar den Lärm der Gasstätten, die wir hier zu Hauff haben, übertönt. Das habe ich dem Polizisten alles am Telefon erzählt."
„Haben Sie verstanden worum es ging?"
„Verstanden habe ich nicht was der Trottel meinte. Er schrie mehrmals dass der Kodex ihm gehört. Später schaute ich raus da bimmelte die Glocke der Straßenbahn wie wild. Ein Wagen stand auf den Schienen. Ein schmieriger Typ grölte nur, als der Straßenbahnlenker ihn anschrie."
„Grölte? War er betrunken?"
„Was weiß ich. Warum fragen Sie heute herum? Die Leute sind längst weg."
„Weil der Buchhändler ermordet wurde."
Der Mann reißt erst seine Augen und dann seine Türe ganz auf. „Kommen Sie rein, über die Leute kann ich Ihnen einiges erzählen."
„Danke Herr Schober." Doris folgt ihm in ein kleines mit viel Möbel an geräumtes Wohnzimmer.

„Ich heiße nicht Schober. Das war mein Stiefvater. Ich bin Klaus Sauer."

Doris denkt: Sauer passt zu ihm. Sie setzt sich auf das Sofa. Klaus beeilt sich und stellt ihr ein Wasserglas hin.

„Wasser oder Fruchtsaft?"

„Danke nein. Ich will mir nur Ihre wichtigen Informationen anhören, dann muss ich schnell weiter."

„Welcher der Zwei ist es denn? Der Lukas hat schon länger Probleme mit den Studenten. Einige beschwerten sich, dass er zu viel für die Bücher verlangt."

„Sie meinen die Fachbücher für die Universität?"

„Ja, da sie bestellt werden, können die Kunden die Preise nicht vergleichen."

„Es ist der ältere, der Matthias."

„Ach der. Der ist nicht ganz, na wie soll ich sagen? Da kommt immer sein Freund, da steckt mehr dahinter."

„Glauben Sie dass er homosexuell ist?"

„Ich habe nichts gesagt. Doch der Professor, der angeblich in der Nationalbibliothek arbeitet, ist auch seltsam."

„Professor? Hatte Matthias Streit mit ihm?"

„Das sag ich doch dauernd. Hören Sie mir nicht zu? Es war seine Stimme die ich gestern schreien hörte."

„Verstehe, dass war um acht. Später war noch jemand in der Buchhandlung. Könnten Sie mir den Lieferwagen genauer beschreiben?"

„Gelb, zitronengelb, irgendwie hässlich. Die blaue Schrift, die ich gerade noch von oben entziffern konnte passte dazu."

„Was haben Sie gelesen?"

„Auf der Seite war in riesiges D mit etwas kleinem dran und ein ebenso großes V. An der Türe hinten stand Mohács. Ich dachte noch: Kommt der aus Ungarn?"

„Beschreiben Sie mir den Mann."

„Von oben ist es schwierig. Er war ziemlich groß, schlank und ungefähr dreißig. Wenig Haare, das habe ich gesehen weil ihm die Kappe, als er sich bückte, runterfiel."

„Danke, Sie haben mir viel geholfen." Doris macht dass sie zum Nächsten kommt.

Alle weiteren Personen, die sie befragt, können nichts sagen, oder nur das was sie bereits erfahren hat bestätigen. Am frühen Nachmittag beendet sie die Befragungen und fährt ins Landeskriminalamt.

Jürgen trifft in der Kantine gegen zwölf Uhr Karlheinz. „gut dass ich dich treffe. Wir haben einen neuen Mord. Der Tote war homosexuell. Sein Freund ist erheblich jünger. Kannst du dich umhören?"
„Sicher passt gut. Der Raubmord am Laaer Berg ist geklärt. Max schreibt gerade den Bericht. Die zwei Burschen sitzen. Staatsanwalt Moser war beim Verhör dabei."
„Ich komme gerade von der Familie des Toten. Gerlinde muss ich noch informieren. Doris erwarte ich auch. Sie befragt die Leute in der Nähe des Tatortes."
„Wann willst du die Besprechung abhalten? Heute noch oder morgen früh?"
„Ich gebe dir ein paar Adressen, die ich notierte. Besprechung wie üblich morgen um neun."
Karlheinz stutzt als er die Liste mit den elf Namen liest. „Da kenn ich doch ein paar. Wie heißt den das Opfer?"
„Ach ja, die Namen der Familie Rosak muss ich noch dazuschreiben." Jürgen schreibt auch diese noch auf die Liste die Lukas Rosak ihm gab.
„Matthias Rosak? Ein komischer Kauz. Wir waren einmal bei einer seiner Lesungen dabei. Marcus hat so auffällig gegähnt, dass ich mich genierte."
„Sein Bruder sagte mir, dass Matthias sehr konservativ war."
„Sein Thema damals handelte von Männerliebe im vierzehnten Jahrhundert. Ich denke das ist konservativ genug", lacht Karlheinz. „Allerdings war es auch ein starker Seitenhieb gegen

die Kirche. Ich fand die Parallelen, die er zur Situation der heutigen Kirche zog, interessant."
„Prüfe, ob er öfter gegen die Kirche polemisierte. Vielleicht hat aus diesen Reihen einer überreagiert."
„Bin gleich unterwegs." Karlheinz isst in Ruhe fertig, dann verabschiedet er sich.

Jürgen hatte die Liste schon in der Buchhandlung vorsorglich kopiert und bringt die Kopie zu Gerlinde.
„Die Adressen der Kunden des Opfers. Überprüfe was du in unseren Daten findest. Meinen Bericht mit den Namen der Familie bekommst du in zehn Minuten."
Gerlinde reicht Jürgen ein paar Blätter. „Das Verhörprotokoll vom Raubmord am Laaer Berg. Max ist wegen der Schlägerei in der Prater Allee unterwegs."
Jürgen nickt. „Dein Bürokollege Erwin?"
„Auch unterwegs. Er schaut sich die Sicherheitseinrichtungen am Tatort an. Angeblich gibt es eine Kameraüberwachung."
„Hat die nicht die Spurensicherung untersucht?"
„Sie finden kein Aufnahmegerät. Es muss über Funk mit der Kamera verbunden sein. Es gibt kein Verbindungskabel."
„Ruf Erwin an. Er soll Herrn Rosak fragen, was es damit auf sich hat."

Karlheinz sucht wie immer wenn er Informationen benötigt zuerst seinen Freund Marcus in der Bank auf.
Mit verbissenem Gesicht empfängt ihn Marcus. „Du suchst einen Mörder? Wer ist der Tote?"
„Matthias Rosak. Sein Bruder Heißt Lukas und sein Freund Gerhard. Wie schaut es finanziell mit der Buchhandlung aus?"
„Rosak? Buchhandlung? Matthias? Ist das dieser Langweiler der während seiner Lesung zwischendurch immer aufbrüllte, so dass ich nicht einmal ruhig schlafen konnte."
„Richtig, der wurde in seinem Geschäft ermordet."

„Na dann schaue ich mal was wir über ihre Finanzen haben. Wie heißt Gerhard noch?"

„Auch Rosak. Er hatte, als sie ihre Partnerschaft eintragen ließen, den Namen des Partners angenommen."

Marcus grinst herausfordernd. „Sollten wir nicht auch endlich unser Verhältnis regeln?"

„Willst du dass ich Klein heiße, oder willst du als Wimmer durch die Gegend rennen?"

„Du hast Recht. Ich sollte mir einen anderen Partner suchen. Es gibt schönere aussagekräftigere Namen."

Lachend macht sich Marcus an seine Datenbank. Er braucht wie meist, nicht lange um Karlheinz die gewünschten Auskünfte über die Familie Rosak zu geben.

„Die Buchhandlung gehört Emilia Rosak. Die drei Herren sind nur ihre Angestellten. Die Gehälter sind durchschnittlich. Die Buchhandlung läuft mehr schlecht als recht. Dafür sind die Eigentumsverhältnisse der zwei Villen interessant."

„Was ist damit?"

„Eine Villa gehört laut Grundbuch Gerhard Sebek und das zweite Haus je zur Hälfte Matthias und Lukas. Verstehst du das?"

„Ich weiß nicht könnte Sebek der", jetzt lacht Karlheinz, „der Knabenname Gerhards sein?"

„Warte, lass mich nachsehen. Da, ja, auf seinem Gehaltskonto wurde vor drei Jahren der Name geändert. Sebek auf Rosak."

Karlheinz meint nachdenklich, „Gerhard erbt, falls es kein Testament gibt, die Hälfte von Lukas Wohnhaus. Wenn das nicht irre ist?"

„Ich habe ein Testament bei Reinhard hinterlegt. Damit du nicht überrascht bist wenn mir etwas passiert."

Karlheinz meint verwirrt, „wozu? Hast du mich enterbt?"

„Hast du denn nie darüber nachgedacht? Solange wir unsere Partnerschaft nicht eingetragen haben, erbst du nichts. Ich will nicht dass dich Papa aus unserer Wohnung auf die Straße wirft."

„Hör auf. Es wäre mir dann egal." Karlheinz reagiert nervös und ungehalten und wendet sich ab. Gespräche über Tod und Erben irritieren ihn.

„Nun zu deiner Liste. Elf Leute dass braucht seine Zeit. Gib sie mir bis morgen."

„Gut. Ich schau nur noch bei Justus vorbei. Dann geh ich heim und mach uns was Gutes."

Marcus schmatzt, „fantastisch, ich freu mich schon jetzt auf unser gemeinsames Essen."

In Justus Pizzeria hat Karlheinz Pech. Weder Justus noch Ludwig sind anwesend.

„Ludwig kommt erst gegen acht vorbei und unser Chef ist erst morgen früh um sieben wieder hier", teil man Karlheinz mit.

Leutnant Erwin Loimer ist am Tatort. Obwohl die Polizisten der Spurensicherung alles untersuchten und fotografierten, überprüft Erwin nochmals und sucht nach Verborgenem. Er beginnt bei den Türschlössern, ob vielleicht doch eines mit Gewalt geöffnet wurde, öffnet jedes Fenster und tastet die Fensterrahmen ab. Er entdeckt eine leichte Absplitterung an einem der Hoffenster. Erwin fotografiert und sichert die Faserspuren am Fensterrahmen. Das Fenster wurde den Spuren nach bereits früher einmal aufgebrochen, deshalb wurden von der Spurensicherung die frischen Holzsplitter übersehen. Anschließend geht Erwin an die Tischladen und räumt jede aus und wieder ein. Danach streift er sachte über die Buchrücken der in den Regalen stehenden Bücher. So kann er spüren wenn eines der Bücher nicht exakt steht und vor kurzem bewegt wurde. Oberflächlich liest er die Titel, ob eines der sorgfältig sortierten Bücher am falschen Platz steht.

Die Kamera die er, da von den Kollegen bereits entdeckt, schnell findet, ist so wie er es beurteilen kann auf ein Regal im Nebenraum gerichtet. Der Schreibtisch im Büro, neben dem der Tote lag, liegt außerhalb des Aufnahmebereichs. Erwin legt die Kamera frei und findet bestätigt, dass es keine Kabelverbindung gibt. Er baut das Gerät aus um es im Büro auf Sender und Frequenz zu untersuchen.

Bald bemerkt er eine Unregelmäßigkeit in einer der untersten Buchreihen. Zwischen humorigen Büchern von Kishon und Roda Roda steht Dantes Inferno, der erste Teil der göttlichen Komödie. Erwin zieht das Buch heraus, greift tief in das Regal hinein und zieht ein kleines Gerät mit Empfänger und Sender heraus. Einen externer Datenspeicher findet Erwin ebenfalls.

In einem anderen Regal registriert er eine Lücke, Platz für zwei bis drei Bücher, obwohl daneben wegen Platzmangel bereit einige Bände quer obenauf liegen. Erwin macht Fotos von der Lücke und den anschließenden Buchrücken um mit dem Buchhändler über die fehlenden Werke zu sprechen.

Zuletzt geht er an den Firmen Computer der, Erwin beutelt es entsetzt, nicht abgesichert ist. Mit einem einfaches Kennwort, dass ihm Jürgen der Lukas beobachtete verriet, ist Erwin ohne Hindernis im PC.

Eine Stunde lang surft Erwin in den Dateien. Er findet nichts Außergewöhnliches, nichts was auf ein Mordmotiv hinweist. Er geht die Mails durch. Auch hier nichts.

Erwin will schon abbrechen, da findet er ein Mail von Fridolin an Matthias. „Es reicht! Wenn du den Codex nicht nach Melk zurück bringst, erwürge ich dich."

Es ist das einzige Mail dass Fridolin sendete und auch das einzige Mail das an Matthias gerichtet ist. Den übrigen Schriftverkehr wickelte immer Lukas ab. Erwin kopiert Mail und Absenderadresse und macht Schluss.

Gerlinde bekommt von Doris den Bericht und stöbert sofort im Netz ob sie etwas über Mohács, Person oder Firma findet. Es dauert eine halbe Stunde und sie filtert drei Mohács in Wien und Niederösterreich heraus. Einen Janos, einen Laszlo und einen Istvan. Istvan betreibt einen Kunstbuch Vertrieb in der Landstrasser Hauptstraße. Bald hat Gerlinde auch von der

Meldestelle die Kennzeichennummern seiner zwei gelben Lieferwägen.

Die Namen auf Lukas Liste ergeben zwei Treffer:

Professor Harald Steiner wurde der Unterschlagung und des Diebstahls verdächtigt. Es fehlte Geld und zwei alte Schriften sind aus der Nationalbibliothek verschwunden. Nach seiner Befragung durch die Polizei erfolgte keine Anzeige und er blieb weiter in der Nationalbibliothek beschäftigt.

Johannes Kowrat wurde vor drei Jahren wegen Ladendiebstahl in einem Antiquariat bedingt verurteilt. Das gestohlene Buch ist nicht wieder aufgetaucht. Kowrat hatte einen finanziellen Ersatz geleistet.

Überrascht findet Gerlinde auch Sebastian Landers, der ihr von einem früheren Fall bekannt ist und Arnold Klemper, den Freund von Anwalt Melzer, auf der Liste.

2 Mittwoch

Die um acht Uhr eintreffenden Mitarbeiter der Abteilung für Gewaltdelikte schreiben ihre eigenen Berichte und lesen die Berichte der Kollegen. Um neun Uhr treffen sie sich im Büro zur Besprechung.

Jürgen beginnt mit einer Zusammenfassung. Dann erklärt er seine Theorie. „Der Letzte, der bei Matthias war, ist der Fahrer des Lieferwagens. Doris such die Firma auf und stell fest wer dort war. Den Professor übernehme ich. Der könnte ja nochmals zurückgekommen sein. Max und Karlheinz, ihr fangt an die Liste abzuarbeiten. Erwin besuche Lukas und frag ihn was er über die Kameraaufnahmen und das Mail weiß. Zu Mittag tauschen wir uns aus."

Gerlinde reckt sich hoch, „was ist mit mir?"

„Du gehst dem Absender des Mails, diesem Fridolin nach. Schaust ob etwas von der Kamera aufgenommen wurde, das für uns wichtig ist und so weiter."

Entgegen der Vorschrift nur zu zweit zu befragen, schwirren sie einzeln aus. Jürgen geht es darum, möglichst rasch viele Informationen zu sammeln, egal ob sie vorschriftsmäßig erfragt werden.

Doris findet Istvan Mohács nicht in der kleinen Firma auf der Landstrasser Hauptstraße sondern in einem Imbisstand am Rochusmarkt. Eine ungepflegte Mitarbeiterin im Büro teilt es Doris mürrisch mit.

„Sie suchen den Chef? Der nimmt sein zweites Frühstück am Rochusmarkt ein."

„Wissen Sie wer von den Mitarbeitern am Montagabend mit den Lieferwägen unterwegs war?"

„Am Abend? Niemand. Unsere zwei Fahrer müssen die Autos pünktlich bis um sieben im Hof abstellen. Der Chef ist da sehr genau. Wenn einer privat einen Wagen verlangt, gibt das jedes Mal ein fürchterliches Geschrei."

„Einer der zwei Wagen wurde aber zwischen neun und zehn Uhr am Abend in Margareten gesehen."

Die Frau verzieht abfällig ihren Mund. „Das war der Chef. Der liefert oft persönlich an die Brüder. Fragen Sie mich nicht warum?"

„Brüder?"

„Na die Rosak Buchhandlung."

„Ich danke Ihnen. Ich werde Herrn Mohács am Rochusmarkt suchen."

„Meist ist er in dem Beisel gegenüber der Kirche."

In dem Beisel sieht Doris den jungen großen Mann mit der beginnenden Glatze an einem der kleinen Tische sitzen. Sie geht auf ihn zu. „Herr Mohács?"

„Ja? Wer will was?"

„Gruppeninspektor Nussbaum, Kriminalpolizei. Darf ich mich setzen?"

„Von mir aus. Worum geht's?"

„Matthias Rosak wurde ermordet."

„Hab's gehört. Ich kenn ihn kaum."

„Sie waren am Montag bei ihm in der Buchhandlung. Was machten Sie dort?"

„Was? Wieso? Ach ja, ich habe Fotobände und Werkzeug für seinen Umbau geliefert." Istvan lehnt sich aufrecht zurück und verschränkt abwehrend seine Arme.

„Worum ging es bei dem Streit?" Doris geht, wie sie es von Max gelernt hat, direkt vor.

„Streit? Ah… Wieso?" Istvan presst seinen Mund unwillig zusammen.

„Ja der Streit. Worum ging es?"

„Unter den gelieferten Büchern war auch ein altes Protokollbuch dabei. Es geht in dem Buch um geheime Strafprozesse zur Barockzeit."

„Schön, weiter!"

„Ich wollte für das Buch mehr Geld haben. Das war es auch schon."

„Sie haben aber auch noch auf der Straße herumgeschrien."

„Das betraf den Straßenbahnfahrer, der schrie mich an."

„Wer war noch in der Buchhandlung?"

„Nur Matthias. Er gab mir etwas Geld, natürlich nicht so viel als ich verlangte."

„Um diese Zeit, als Sie bei ihm waren, wurde Herr Matthias ermordet."

Istvans Arme sacken herab. Schreckensbleich schaut er Doris an. „Er hat gelebt als ich ging."

„Warum beliefern Sie die Buchhandlung Rosak persönlich?"

„Es ist ein guter Kunde."

„Haben Sie einen Katalog, oder Liste über die Büchern die Sie liefern?"

„Nein, ich liefere individuell. Meine Kunden sind Antiquare, die mir mitteilen was sie suchen und ich besorge es."

„Rosak verkauft doch Fachbücher. Wieso besorgen Sie ihm antiquarische Bücher?"

„Lukas macht die Fachbücher. Matthias suchte alte spezielle Schriften. Meistens Rechtsangelegenheiten."

„Er war schwul. Waren es seine Bücher ebenfalls? Meinen Sie das?"

„Genauso meine ich es. Matthias suchte vor allem in alten Büchern wie sich früher die Gesellschaft zur Homosexualität stellte. Er meinte da gebe es immer ein auf und ab. Ausgenommen die römische Kirche, die immer heftig gegen die Schwulen war und immer noch ist."

„Matthias wollte noch am Montag nach Melk. Wollte er da ins Stift?"

„Ach der Blödsinn. Ich glaube er wollte mit Harald zu Pater Ambrosius."

„Harald? Meinen Sie Professor Steiner?"

„Sicher, er ist genau so ein Spinner. Er hatte vor Jahren in der Nationalbibliothek ein Buch gefunden das zur Zeit von Josef dem Zweiten von einem schwulen Prior handelt. Das Buch verschwand dann."

Doris wird hellhörig. „Ist es das Buch, wegen dem man ihn des Diebstahls beschuldigte?"

Istvan lacht auf, „Sie wissen eh schon alles. Harald hatte, wenn Sie mich fragen, mehr als nur dieses Buch entwendet. Warum man bei ihm keine Hausdurchsuchung machte ist mir schleierhaft."

„Was wollte Matthias im Stift Melk?"

„Fragen Sie Harald. Ich weiß es nicht."

„Danke. Halten Sie sich zu unserer Verfügung. Sie sind einer der Verdächtigen", schließt Doris ab.

Jürgen muss lange suchen bis er den Professor im Haus der Geschichte findet. Jürgen empfindet es als Chaos, denn die Eröffnung steht kurz bevor. Dementsprechend störend wird sein Besuch empfunden.

„Oberstleutnant Pospischil vom Wiener Landeskriminalamt. Ich komme wegen Matthias Rosak."

„Schrecklich, ah, guten Tag. Ich habe ihn noch am Montag um zwanzig Uhr gesprochen."

„Sie haben mit ihm gestritten. Worum ging es?"

„Gestritten? Nein das war kein Streit. Ich wurde nur laut weil ich schon auf der Straße war, als ich noch etwas Wichtiges zu ihm sagte."

„Was sagten Sie zu ihm?"

„Es geht um einen Kodex, den sollte er haben. Er vertröstete mich und sagte, dass er ihn jeden Augenblick erwartet. Das Werk gehört eigentlich mir."

„Kodex? Worum geht es darin?"

„Ach das ist nicht ganz klar. Eigentlich ist es eine Gesetzesanwendung zur Zeit Maria Theresias. Ich habe ihm den Kodex geborgt."

„Angeblich wollte Herr Rosak am Montag nach Melk fahren. Sie auch ?"

„Ich bin nach Melk gefahren. Pater Ambrosius kann es ihnen bestätigen. Ich war gegen zweiundzwanzig Uhr bei ihm. Aber leider ohne Kodex."

„Ohne Herrn Rosak?"

„Matthias versprach mir, dass er sobald er das Werk hat, nachkommen wird."

„Wie? Er hat soviel ich weiß keinen Führerschein", behauptet Jürgen auf gut Glück, da er an die konservative Einstellung von Matthias denkt.

Prompt stutzt Harald und öffnet betroffen seinen Mund. Nach einer kurzen Nachdenkpause: „Ja das weiß ich jetzt auch nicht. Ich habe jedenfalls, nachdem Matthias nicht kam, in Melk übernachtet."

„Wer hat noch Interesse an den Kodex? Könnte man Herrn Rosak deswegen ermordet haben?"

Harald schaut Jürgen mit weit aufgerissenen Augen an. Seine Hände die gefaltet am Tisch liegen zittern. „Ich fürchte das könnte sein."

„Also wer?", stößt Jürgen neugierig nach. Endlich hat er das Motiv gefunden.

„Ambrosius hat mir angedeutet, dass es Leute gibt, die nicht wollen, dass wir in diesen alten Sachen stöbern."

„Konkret welche Leute? Die Kirche?"

„Möglich, aber es könnte genauso die Familie des Priors sein", haucht Harald. Flüsternd setzt er fort, „die Glaubenheims fürchten um ihren Ruf."

Jürgen lacht auf, „ein Vorfall der Jahrhunderte zurück liegt. Das hat doch heute keine Bedeutung mehr."

„Es geht da um Geschehnisse die bis in unsere Zeit reichen. Wegen dieser Geheimnisse wollte uns Ambrosius auch nicht am Tag empfangen."

Jürgen ist sich nicht im Klaren ob er das Gespräch fortführen soll. Er glaubt Professor Steiner verliert sich in dämonische Märchen.

„Danke, das ist für Heute alles. Ich komme nochmals auf Sie zurück."

„Kommen Sie, wann immer Sie wollen. Auf wiedersehen."

Erwin geht in die freigegebene und wieder geöffnete Buchhandlung. Dort trifft er sowohl den Bruder Lukas als auch den Lebensgefährten Gerhard an.

„Guten Tag, ich bin Leutnant Loimer. Ich habe noch Fragen bezüglich des Todesfalls."

Lukas eilt ihm nervös entgegen. „Grüß Gott. Was wollen Sie wissen?"

„Es geht um die Kamera. Die auf ein Regal gerichtet ist und kaum das Geschäft absichert. Erklären Sie mir bitte, welchen Sinn hat diese Überwachung?."

„Gerhard erklär du das dem Herrn Leutnant."

Gerhard erklärt Erwin. „In dem überwachten Regal befinden sich seltene Werke. Deshalb habe ich die Kamera installiert."

„Der Speicher wurde versteckt in einem Regal aufbewahrt. Weshalb?"

„Der Datenspeicher ist weg. Hat ihn die Polizei?"

„Ja, ich habe ihn. Weshalb versteckt? Warum war er nicht im Büro?", fragt Erwin wiederholt.

Gerhard schluckt, „Matthias sollte es nicht wissen. Er hasste die Elektronik."

„Es fehlen Bücher. Konnten Sie feststellen um welche Titel es geht?"

Lukas schaut Erwin erstaunt an. „Woher wissen Sie das? Ich habe das Fehlen der Bücher selbst erst vor ein paar Minuten bemerkt."

„Was fehlt?" Erwin stößt hart nach.

„Es sind eigentlich wertlose historische Romane. Es sind Übersetzungen aus dem Französischen und handeln am Hofe Ludwigs des Sonnenkönigs. Alles alter Klatsch", Gerhard schüttelt den Kopf als ob er nicht versteht warum diese Bücher weg sind.

„Kennen Sie den Inhalt der Bücher?" Erwin ist sicher, dass es in diesen Büchern einen Hinweis auf das Motiv des Mordes gibt.

„Alle zwei beschreiben das Leben von Philip dem Herzog von Orleans den Bruders Ludwig des Vierzehnten. In dem einen Band kommt ein österreichisches Bruderpaar vor. Matthias fand es lustig da er einen der Nachkommen des Brüderpaars kennt."

„Wer ist es?"

„Ich weiß es nicht. Ich habe nicht hingehört." Gerhard stößt Lukas an, „hat er nichts zu dir gesagt?"

„Er sprach von einer alten Familie. Irgendwelche Heims. So wie Guggenheim aber anders. Mir waren diese Geschichten nie wichtig."

„Sind diese Titel nicht vermerkt? Können Sie mir die Bücher besorgen?"

„Matthias hat seine Antiquare nicht in die Lagerdatei der Buchhandlung eingegeben. Er war strikt dagegen", murmelt Lukas. Erwin bemerkt wie ungehalten Lukas über die verschrobene Art seines Bruders war.

„Ich habe eine Datei auf meinem Computer. Ich suche ihnen die Titel heraus und beauftrage Istvan." Gerhard lächelt verschmitzt. Er hat was Elektronik betrifft seinen Freund hintergangen.

„Bitte suchen Sie die Titel heraus" fordert Erwin.

„Oh, meinen Speicher haben ja Sie", ruft Gerhard empört nachdem er sich zu dem Versteck wendete.

„Kommen Sie bitte mit ins Landeskriminalamt. Gehen wir die Dateien gemeinsam durch. Danach können Sie ihre Sachen mitnehmen", bietet Erwin an.

Gerlinde hat als Erwin mit Gerhard kommt bereits die Bilder der Kamera durchgesehen. Mehrere Personen haben eines der Bücher aus dem Regal genommen darin geblättert und sie wieder zurückgestellt. Gerlinde druckt von den sechs Männern auf dem Video eine Fotogalerie aus.

Danach hat sie auf der Festplatte weitere Dateien gefunden. Eine beinhaltet die Lagerkartei der romantischen Werke, die andere eine Kundenkartei mit den gelieferten Büchern.

„Fein dass Sie hier sind", strahlt Gerlinde Gerhard an. „Ich verstehe nicht weshalb diese Kartei doppelt geführt wurde?"

Gerhard erklärt es: „Matthias war etwas eigen. Ich durfte die Bücher und Kunden nicht elektronisch erfassen. Er selbst trug immer Anzüge im Schnitt des neunzehnten Jahrhunderts. Sonst war er ein wunderbarer Mensch."

Gerlinde nickt, „dann ist auf der Festplatte auch die Kundenkartei die aus der Lade verschwunden ist?"

„Ja, der Dieb muss Matthias gut gekannt haben. Doch dass ich die Daten trotz Matthias Verbots in einen Computer eingab ahnte der Dieb nicht."

Erwin mengt sich ein. „Gerlinde bitte kopiere die Daten von der Festplatte und dann geben wir Herrn Rosak die Geräte zurück."

Gerlinde kopiert fast zehn Minuten. Inzwischen trinken Erwin und Gerhard einen Kaffee.

„Sobald meine Kollegin fertig ist, suchen Sie bitte die Titel der zwei Bücher und denken darüber nach, was Ihnen sonst noch auffällt oder ungewöhnlich vorkommt."

„Ja das tu ich. Falls die Bücher verliehen wurden, kann ich Ihnen auch sagen an wen."

Erwin nickt zufrieden.

Die zwei Buchtitel werden von Gerhard schnell gefunden: Phlippe de Loraine, der Günstling und Primi Visconti, die Brüder von 1680. „Ich kenne den Inhalt nur flüchtig, habe ihn wie man so sagt Quergelesen. Er enthält schlüpfrige Details sowohl sexueller Art aber auch was unerlaubte Geldflüsse betrifft."

„Wenn etwas strafbares geschah so ist es wohl verjährt", lacht Erwin. „Hat sich jemand die Bücher ausgeliehen?"

„Nein. Beide Bücher wurden vor einem halben Jahr von Istvan geliefert. Der Hinweis sie zu besorgen kam vom Professor."
„Besorgen Sie zwei andere Exemplare. Sind sie teuer?"
„Überhaupt nicht. Beide kommen auf knapp fünfzig." Gerhard geht ohne sie zu Fragen an Gerlindes PC und sucht dort eine Antiquariatsseite auf. Gerlinde will zuerst protestieren, lässt ihn aber dann arbeiten.
„Da, das Buch von Visconti ist nicht greifbar, aber das von Philippe bestell ich gleich. Darin steht auch wer der Günstling war."
„Fein wann werden Sie es haben?" Erwin gefällt die Art wie Gerhard spontan reagiert.
„Ich habe die Sendung an das Landeskriminalamt adressiert. Zahlen müssen Sie es auch."
Gerlinde geht es nun doch zu weit. „Also wie kommen Sie dazu?"
Gerhard schmunzelt sie kokett an. „Es ist doch besser wenn niemand mitbekommt dass ich das Werk bestelle. Deshalb habe ich auch nicht Istvan eingeschaltet."
„Was machen wir wenn wir bei Philippe nichts finden?" Erwin will beide Bücher haben.
„Dann kann ich noch immer Istvan bitten. Der besorgt das zweite Buch sicher."
„Wieso kann Istvan Bücher besorgen, die Sie nicht finden?" Gerlinde kann nicht verstehen wie man Bücher auftreibt die sich nicht am Markt befinden.
„Istvan hat seine Quellen, die er natürlich niemanden verrät. Ich nehme an es sind Bibliothekare in einer großen Bibliothek. Manchmal werden die Bücher auch entwendet. Matthias hatte früher auch einen solchen Lieferanten."
„Johannes Kowrat?", vermutet Gerlinde.
„Ja, damals konnte der Anwalt Matthias raushalten. Matthias hat sich danach auch von Johannes distanziert."
Gerlinde rät weiter, „Ich nehme an der Anwalt war Doktor Melzer?"
„Richtig. Wie sind Sie darauf gekommen?"

„Weil der Lebensgefährte von Doktor Melzer auf Matthias Kundenliste steht."

„Benötigen Sie noch weitere Auskünfte?"

„Danke, Sie haben uns weiter geholfen", verabschiedet ihn Erwin.

„Ich will dass Sie sich noch die Fotos ansehen." Gerlinde legt Gerhard die sechs Fotos von der Kamera vor.

„Das ist Kowrat. Was machte der in unserer Buchhandlung?", staunt Gerhard. „Die anderen sagen mir nichts. Doch warten Sie, den da kenn ich auch. Ich weiß aber nicht wie er heißt." Gerhard deutet auf einen ca. 30-Jährigen mit Brille.

„Falls es Ihnen einfällt, sagen Sie es mir bitte. Ach, nehmen Sie die Bilder mit und zeigen Sie sie auch Herrn Rosak."

Gerhard nickt und verlässt das Landeskriminalamt mit seiner Kamera, dem Speicher und den Fotos.

Max und Karlheinz teilen sich die Liste und jeder beginnt die einzelnen Personen aufzusuchen.

Auf Karlheinz' Liste stehen Sebastian Landers, Johannes Kowrat und Arnold Klemper.

Kowrat findet Karlheinz in einer Buchhandlung am Graben. Er wartet bis Johannes den Kunden fertig bedient hat und spricht ihn dann an. „Guten Tag. Kriminalpolizei. Ich habe ein paar Fragen bezüglich des Todes von Matthias Rosak."

Nachdenklich sieht der junge, magere, leicht nach vorn gebeugte Mann Karlheinz mit düsterer Mine, durch seine dicke Brille an, dann setzt er ein breites Grinsen auf und meint, „kommen Sie setzen wir uns ins Büro. Hermine, machst du hier weiter!", ruft er einer Frau mittleren Alters zu. Dann geht er voraus in einen schmalen, langen, mit alten Büchern vollgestopften Raum.

Nachdem Johannes hastig zwei Stühle von den Büchern freimacht nehmen sie Platz.

„Was wollen Sie wissen? Ich kenne Matthias nur flüchtig. Vor Jahren habe ich ihm Bücher besorgt."

„Legal?", grinst nun Karlheinz.

Nun verfinstert sich Johannes Gesicht wieder. „Darüber werde ich nicht mit Ihnen sprechen. Meine Strafen dafür habe ich bekommen und abgesessen."

„Verzeihen Sie, die alte Sache interessiert mich auch nicht. Ich suche Matthias Mörder."

„Dass er ermordet wurde verstehe ich nicht. Er hatte soviel ich weiß keine Feinde."

„Angeblich hat er in alten Schriften nach Verfolgern gesucht. Er stöberte homophobe Gruppen auf."

„Lächerlich. Klar, er versuchte altes und neues zu verknüpfen. Er meinte, die bösen Inquisitoren der Vergangenheit existieren noch immer."

„Inquisitoren? Also meinte er damit die katholische Kirche?"

Johannes lacht auf, so dass er sich verkutzt. „Ach, ach, ja, dabei hat er Priester und Mönche als Freunde."

„Matthias wollte am Montagabend nach Melk ins Stift fahren. Wissen Sie etwas darüber?"

„Nein, ich habe seit meiner Verurteilung keinen Kontakt mehr zu ihm."

„Verstehe, Tschau." Karlheinz verabschiedet sich.

Er sucht die Galerie bei der Peterskirche auf. Sebastians Freund wurde vor zwei Monaten ermordet, daher kennt Karlheinz ihn persönlich.

„Hallo Sebastian. Ich komme wegen Matthias Rosaks Tod."

„Klar, es ist bekannt dass du immer einen Mörder suchst. Ich war es nicht. Genügt dir das?"

„Nicht ganz, sag mir bitte wer es war?"

„Unter seinen Freunden suchst du vergeblich. Ich fürchte er hatte mit seinen Nachforschungen etwas aufgedeckt."

„Nachforschungen? Wonach?"

„Wenn ich das wüsste. Es war sehr schwer, ihm bei seinen Lesungen zu folgen. Ich bin öfter hingegangen, da immer nette Kerle gekommen sind. Ich bin alleine, seit, seit." Sebastian hält gerührt inne.

Karlheinz begreift. Der Bursche ist noch immer nicht über den Verlust seines Partners hinweg gekommen. „Gab es Leute die mit ihm diskutierten, die nicht ganz seine Ansichten teilten?"

„Ich habe nichts bemerkt. Als ich mit ihm über die Gemälde Fälschungen sprach, meinte er: Solchen Leuten bin ich auch auf der Spur. Sie führt von Frankreich nach Wien."

„Gemäldefälschungen? Damit meinte er sicher antiquarische Bücher?"

„Eben nicht. Das hat mich überrascht. Er sprach von alten Gemälden und kannte sich darüber auch gut aus. Er kannte vor allem die geschichtlichen Hintergründe mancher Maler"

„Kannst du dich erinnern welche Gemälde er meinte?"

„Natürlich, ich habe ihm praktisch eine Expertise erstellt", lacht Sebastian. „Es waren zwei Bilder von Georges de Latour. Eines soll die Büßende Magdalena sein und das andere Bild einen Bettler darstellen, ähnlich dem Drehorgelspieler. Du bist verrückt habe ich ihm gesagt. Er aber grinste nur verschmitzt und meinte zu mir: Wer weiß schon welches Gemälde das Original ist."

Karlheinz fragt etwas verschämt, „ist Latour ein bekannter Maler?" Jetzt wäre es gut wenn er Marcus dabei hätte.

„Teils, teils. Eine Zeit lang wurde sein Drehorgelspieler sogar berühmteren Malern, wie Velásquez, Ribera und weiteren Künstlern zugeschrieben."

„Es gibt also nicht allzu viele Bilder von ihm", mutmaßt Karlheinz.

„Man schätzt so um die achtzig Werke und vermutet dass es noch weitere nicht bekannte Bilder gibt. Genau das macht es Fälschern leicht, sie können eigene Bilder als Neuentdeckung anbieten."

„Danke, hast du eines von ihm hier?"

„Zu alt für meine Galerie. Ich glaube auch nicht, dass jemand in Wien einen Franzosen aus dem siebzehnten Jahrhundert anbietet."

„Gut, wenn dir noch etwas einfällt, sag's mir bitte." Karlheinz geht.

Arnold Klempers Weinschlösschen liegt, in der schwach durch die Wolken dringenden Wintersonne, ruhig und verschlossen am Waldrand. Krähen flattern auf als Karlheinz mit dem Auto vorfährt. Karlheinz zieht an dem Strang der die alte Türglocke betätigt. Lange muss er warten. Er will schon gehen, da öffnet sich die Türe und Ferdinand schaut ihn verwundert an.

„Oh Gott, du schon wieder. Habe ich schon wieder jemand ermordet?"

„Diesmal bin ich mir absolut sicher. Schlaft ihr noch? Es ist bereits Mittag."

„Komm halt rein. Arnold schläft. Er hat gestern bis in die Nacht hinein Flaschen abgefüllt. Klaus ist bei Gericht, dort boxt er einen deiner Mörder frei."

Ferdinand spaßt ein gutes Zeichen. Karlheinz lächelt, „du bist alleine?"

Ferdinand schaut Karlheinz teils traurig, teils verlangend an. „Mich will halt keiner."

Karlheinz überlegt ob er ihn nicht mit Sebastian, der auch alleine ist, zusammen bringen soll. Er verwirft den Gedanken aber gleich wieder.

„Du darfst dich nicht verkrampfen. Ich meinte nur, ob du jetzt alleine im Weinschlösschen bist? Übrigens wo ist Ella, dein Hund?"

„Ella schläft ebenfalls und wir sind hier alleine. Weshalb bist du hier?"

„Wie immer. Ich suche einen Mörder?"

„Wer wurde ermordet? Beerbe ich ihn?"

Karlheinz lacht, „vielleicht. Der Mann ist allerdings mit einem anderen Kerl verpartnert. Das Opfer heißt Matthias Rosak. Arnold ist einer seiner Kunden. Kennst du ihn auch?"

„Matthias kenn ich nur vom weckschauen. Sein Freund Gerhard allerdings gefällt mir."

„Da habe ich schon das Motiv. Du hast deinen Nebenbuhler beseitigt", schmunzelt Karlheinz.

„Übrigens ist es eher umgekehrt. Matthias ist, eh war einer von Arnolds Kunden. Er und Lukas bezogen monatlich an die hundert Flaschen."

„Das ist viel. Tranken die Buchhändler die Flaschen alle selbst aus?"

„Könnt ihr das nicht bei der Obduktion feststellen?"

„Weckst du bitte Arnold? Ich will etwas mehr über Matthias wissen."

„Klar, darf ich dir inzwischen ein Glas füllen. Arnold reagiert sauer, wenn du nur rein dienstlich hier bist. Warum weißt du doch?"

„Ein kleines Glas darf ich ja", schränkt Karlheinz ein. Bei einem renommierten Weinbauer muss man eine Ausnahme machen.

Ferdinand schenkt ein Glas, mit dem in der letzten Nacht auf Flaschen gefüllten Riesling, voll. Dann holt er Arnold.

Arnold kommt zehn Minuten später frisch und munter in den Empfangsraum. Neben ihm schwanzwedelnd Ella. „Hallo Karlheinz. Matthias hat man umgebracht? Wie denn?"

„Erstickt. Er hat bei dir Wein gekauft, hast du auch bei ihm Bücher erworben?"

„Natürlich, hin und wieder. Das muss man bei guten Kunden tun. Gelesen habe ich wenig."

„Verstehe, deshalb bist du in seiner Kundenkartei."

Arnold lacht schallend auf. „Geht ihr jetzt die Kartei Karton für Karton durch. Matthias war richtig mittelalterlich. Ich habe mich jedes Mal amüsiert wenn er, nachdem ich eins seiner Bücher kaufte, die Karte aus der Lade zog, um sorgfältig mit der Hand den Kauf einzutragen."

„Du kennst die Kartei? Machte er seine Eintragungen immer im Beisein der Kunden?"

„So war es. Er schrieb immer einen ganzen Roman auf seine Kartons."

„Ja was denn?" Karlheinz kann sich nicht vorstellen was man außer dem Buchtitel und dem Datum noch vermerkt.

„Persönliches. Ich habe ihm immer kleine Geschichten erzählt. Da blühte er richtig auf."

Ferdinand brummt auf, „das war richtig widerlich. Ich habe einen Sexroman bei ihm gekauft, da wollte er von mir wissen ob ich…, na ja…, eben widerlich."

Arnold kichert, „ja kleine schmutzige Sachen liebte Matthias. Die vermerkte er in der Kartei. Du solltest seine Eintragungen lesen. Anregend."

„Wie war sein Verhältnis zu Gerhard?"

„Wie das eines strengen Herrn zu seinem Dienstboten", lacht Arnold schallend auf. „Gerhard musste Matthias immer herumfahren. Der Snob hatte nicht einmal einen Führerschein. Ich habe mich jedes Mal kaputt gelacht, wenn Gerhard von ihm wie ein Sklaven herumgescheucht wurde."

„Dann war es ein angespanntes Verhältnis?"

„Nein überhaupt nicht. Ich glaube Gerhard liebte das. Aber man kann nie in den anderen hineinsehen."

„Wie war dein Verhältnis zu ihm?"

Arnold deutet ein Küsschen an und schmunzelt, „besser als zu dir."

„Du hast mit ihm?"

„Nein, mit dir doch auch nicht. Gerhard hat mit Ferdinand liebevoll gespielt und Matthias hat zugesehen." Arnold wendet sich an Ferdinand. „Habt ihr das öfter?"

Ferdinand ist rot angelaufen. „Ich habe Karlheinz schon gesagt dass mir Gerhard gefällt."

Karlheinz wird nachdenklich. Könnte es hier ein Motiv geben? Gerhards Alibi muss er noch überprüfen. Zuerst einmal zu Ferdinand.

„Ferdinand verzeih, aber ich muss dich der Ordnung halber doch nach deinem Alibi fragen. Wo warst du am Montag um zehn Uhr nachts?"

Arnold amüsiert sich. „Bis um acht war Ferdinand hier", er wendet sich Ferdinand zu, „doch dann bist du mit Sebastian abgehauen. Habt ihr den Alten zu zweit erledigt?"

Ferdinand wird wütend. „Das geht dich überhaupt nichts an. Mit Sebastian das ist nichts Ernstes."

„Du warst mit Sebastian Landers zusammen?" Karlheinz kann es nicht glauben.

Ferdinand reagiert pampig, „ja, na und?"

„Wenn du mir sagst wohin ihr seid, genügt mir das für dein Alibi. Mehr interessiert mich nicht."

„Mich schon", wendet Arnold ein.

„Warum?" Karlheinz versteht nicht was Arnold von Ferdinand will. „Ferdinand wohnst du hier? Was ist mit deiner Wohnung in Donaustadt?"

„Dort bin ich sehr selten. Hier beim Wein verkosten hoffe ich einen Freund zu finden."

„Na viel Glück." Karlheinz streichelt noch den Hund und will sich verabschieden.

„Ich war bei Meinrad im Gefängnis", erwähnt Ferdinand.

„Ach was hast du dort gemacht? Ihr kennt euch doch nicht."

„Er hat mich angeschrieben und sich nach Ella erkundigt. Da habe ich ihn aufgesucht und von dem Hund erzählt. Es sind dem armen Kerl die Tränen in den Augen gestanden."

„Geht es ihm so schlecht?"

„Nein wegen Ella, ich durfte sie ja nicht mit hinein nehmen. Ihm geht es prächtig. Er ist als Mörder von Staatsanwälten und Polizeigenerälen im Häfen ein Star."

Karlheinz muss lachen, „nun gleich mehrere Herren der Justiz. Jedenfalls mobben sie ihn nicht wieder als Kinderschänder."

„Nein das ist vorbei. Er bekam übrigens auch von eurem obersten Chef besuch."

„Wem?"

„Na Brenner glaub ich heißt er."

„Oh, dem Brigadier. Hat dir Meinhard gesagt, was Brenner wollte?"

„Nicht direkt. Meinrad erzählte mir nur, das es ein sehr freundschaftliches Gespräch war und es euer Chef bedauert, dass er Meinrad nicht früher gekannt hat."

„Aber das verstehe ich nicht", murmelt Karlheinz.

„Ich auch nicht, aber Meinrad verstand es. Euer Chef meinte wenn Meinrad zu ihm gekommen wäre, hätte es der Morde nicht bedurft."

„Sicher dieser Meinung bin ich auch. Selbst wenn er bereits nach dem ersten Mord mit uns gesprochen hätte, wären wir der Sache nachgegangen."

„Meinhard meinte niemand hätte ihm zugehört. Servus Karlheinz."

„Servus Ferdinand."

Max besucht vier, der auf der Liste stehenden, Kunden. Einer davon ist Fridolin Scheuer. „Ob dieser Fridolin der Absender des Mails ist?", fragt sich Max.

Er findet Fridolin an seiner Wohnadresse in Wiens Innenstadt. Das alte Renaissancegebäude am Fleischmarkt überrascht Max, als er eingelassen wird. Die mittelalterliche Fassade täuscht. Im Inneren ist es ein modernes Gebäude mit viel Licht, Lift und glatten rechtwinkeligen Wänden.

„Guten Tag, ich komme wegen Matthias Rosak. Er ist am Montag verstorben."

„Das sagten Sie schon an der Sprechanlage. Was wollen Sie von mir?"

„Sie kannten Herrn Rosak?"

„Die Bücher hier sind von der Buchhandlung Rosak." Fridolin deutet auf die hunderten Bücher an der Längswand seines Wohnzimmers.

Max nickt beeindruckt. „Sie haben Herrn Rosak wegen eines Kodex ein Mail geschickt", versucht es Max.

„Diese Sauerei meinen Sie? Professor Steiner hatte sich diese Handschrift in Melk ausgeborgt. Ich habe sie leichtfertiger Weise Matthias gegeben, da er mit Ambrosius befreundet ist und er schon vor einer Woche behauptete, er fährt ins Stift nach Melk und gibt sie ihm zurück. Getan hat er es nicht."

„Warum hatte Professor Steiner die Handschrift Ihnen gegeben?"

„Ich habe die Echtheit, das heißt das Alter des Pergaments geprüft und eine Kopie hergestellt. Harald, das heißt Professor Steiner meinte, ich soll den Kodex anschließend an Ambrosius zurückstellen."

„Sie haben eine Kopie des Kodex?"

„Ja mehrere. Eine hat bereits der Professor und eine übergab ich mit dem Original an Matthias."

„Kann ich auch eine Kopie haben?"

„Wozu?" Fridolin reagiert empört. „Das sind private interne Unterlagen. Das kann und darf ich nicht einfach hergeben, oder veröffentlichen."

„Es handelt sich um einen Mordfall. Es könnte in der Handschrift das Mordmotiv stecken. Also bitte eine Kopie." Max spricht zum Schluss nachdrücklich.

„Gut, gut. Ich druck Ihnen ein Exemplar aus. Es sind aber fünfundsechzig Seiten."

„Bitte", meint Max etwas freundlicher.

Fridolin geht in einen anderen Raum und kommt gleich darauf zurück. „Der Drucker läuft und es dauert etwas. Darf ich Ihnen etwas anbieten?"

„Danke, ein Glas Wasser."

Fridolin stellt Max ein Glas hin und stellt dazu einen Flakon mit Wasser. „Bedienen Sie sich."

Max nimmt den Glasstöpsel vom Flakon und gießt das Wasser ins Glas.

„Der Ordnung halber: Erzählen Sie mir, wo Sie in der Nacht vom Montag auf Dienstag, so gegen zehn Uhr waren?"

Fridolin schaut erstaunt Max an. „Hier."

„Alleine?"

„Nein, aber das geht Sie jetzt wirklich nichts an."

Max seufzt auf und holt tief Luft. „Nochmals, es geht um Mord und ich will lediglich Ihr Alibi."

„Ich hatte Damenbesuch. Es war Frau Josefine Lempers. Bitte behandeln Sie das vertraulich."

„Josefine Lempers die Galeristin?"

„Ja", staunt Fridolin. „Sie kennen Josefine? Ist sie in diesen Fall verwickelt?"

„Nein ich kenne die Dame, doch ich verstehe nicht…", Max ist nun in einer Zwickmühle. Wie kann er Fridolin beibringen, dass Josefine die Freundin von Helene Schulz ist?

Fridolin beginnt zu grinsen und lacht schließlich auf. „Deshalb bitte ich Sie es vertraulich zu behandeln. Josefine ist vielseitig. Ihre Freundin soll es nicht erfahren."

„Oh, Sie wissen?" Max ist verblüfft.

„Ich kenne auch Helene. Sie ist sehr dominant und Josefine fühlt sich manchmal etwas eingeengt. Ich, ach das gehört jetzt wohl nicht zum Mordfall?"

„Nein, das gehört nicht zum Mordfall. Danke, ich muss ohnehin mit Frau Lempers wegen ihres Kontaktes zu Herrn Rosak sprechen, da ergibt es sich, dass sie mir ihr Alibi gestehen muss."

„Die Kopien müssten fertig sein. Ich hole sie." Fridolin geht und bringt Max ein Päckchen.

Max verabschiedet sich. „Danke, ich rühre mich wenn ich wieder etwas brauche."

Bei den anderen drei Adressen erfährt Max nichts dass ihm für den Fall relevant erscheint. Dementsprechend ist der Bericht in dem er lediglich das jeweilige Alibi der Personen, soweit es vorhanden, festhält.

Max kommt eine halbe Stunde verspätet zur Besprechung. Jürgen knurrt deshalb, „ich sagte zu Mittag."

Karlheinz der ebenfalls verspätet, kurz nach zwölf, ankam warf er noch einen finsteren Blick zu.

Gerlinde berichtet: „Die Obduktion bestätigt die Todeszeit mit neun Uhr. Die Todesuhrsache ist ein Gas, das durch Einatmen in wenigen Sekunden Atemnot erzeugt und zum Tode führt. Vermutlich wurde es ihm ins Gesicht geblasen. Wir konnten Faserspuren hinter dem rechten Ohr sicherstellen. Schafwolle, hellblau. Drei fremde forensische Spuren befinden sich am Anzug. Unter den Fingernägeln der rechten Hand befinden sich Hautpartikeln. Die Spurensicherung fand in der Buchhandlung jede Menge Fingerabdrücke und Spuren. Es bringt nichts sie zuzuordnen."

„Natürlich nicht", wirft Jürgen ein. „Ein Geschäftslokal dass von vielen Menschen frequentiert wird. Was ist mit den Aufnahmen auf der Kamera?"

„Da wurde bisher nur Herr Kowrat identifiziert."

„Kowrat?" Max wird hellhörig. „Der behauptete doch, er hat seit seiner Verurteilung keinen Kontakt zur Buchhandlung Rosak."

Karlheinz will mehr über das Gas wissen. „Wie kann man Gas ins Gesicht blasen?"

Erwin erklärt es. „Wie ich im Bericht sehe, ist es Argon. Das gibt es in Metallflaschen, allerdings sind die sehr schwer, um Metalle zu schweißen."

„Verstehe so wie ein Pfefferspray", nickt Jürgen.

„Kaum, die Flaschen mit dem Gas müssen auf einem Gestell stehen. Das Opfer muss es gesehen haben."

„Dann hat Matthias seinen Mörder gekannt", stellt Gerlinde fest.

„Sicher, die letzten Besucher waren Freunde von Matthias."

Jürgen grenzt nun die Verdächtigen ein. „Die zwei Besucher, der Lebenspartner und der Bruder, sind für mich verdächtig. Nehmen wir sie uns nochmals vor."

„Ich überprüfe das Alibi von Gerhard" bietet Karlheinz an.

„Dieser Galerist, bei dem er angeblich war, hat uns schon einmal zum Narren gehalten."

„Ja, ja, Sebastian Landers", grinst Jürgen. „nimm dir diesmal Gerlinde mit. Doris du fährst mit Max mit nach Melk. Dort soll dieser Pater euch erklären was es mit diesem Kodex auf sich hat."

„Kopien des Kodex liegen auf deinem Schreibtisch", wendet Max ein.

„Sicher ich habe es durchgesehen, doch gebe ich zu, ich habe nichts davon verstanden." Jürgen deutet mit dem Zeigefinger auf Gerlinde. „Hast du etwas über die Familie Glaubenheim herausgefunden?"

„Ja, ein altes Adelsgeschlecht. Ein alter Familienvater und drei seiner erwachsenen Kinder leben in einem alten Schloss am Wagram. Wenn Max nach Melk fährt, könnte er dort vorbei schauen."

„Eine gute Idee. Max macht das auf der Rückfahrt."

„Heute? Das wird länger dauern."

Jürgen holt tief Luft um ganz ruhig zu fragen, „hast du am Abend noch etwas vor?"

„Ja, Irene ist im achten Monat. Unser Sohn wird erwartet."

„Gut, dann soll Erwin nach Melk", Jürgen hält inne. „Nein es ist besser wenn ich selbst hinfahre. Wir müssen dort härter auftreten."

Erwin schmollt enttäuscht. „Traust du mir nicht die nötige Härte zu?"

„Schon. Sei mir nicht böse. Eigentlich nicht. Ich kenne die Brüder und weiß wie sie unsereins an der Nase herumführen. Auch die Hochwohlgeborenen muss man speziell behandeln."

„Was mache ich dann?"

„Du bearbeitest mit Gerlinde die noch offenen Freunde auf der Liste. Max soll mit Karlheinz, Landers und die uns bekannten Personen nacharbeiten."

„Na dann auf", Max zieht Karlheinz am Ärmel hoch.

Auch die restliche Gruppe bricht auf.

Max fängt mit Karlheinz bei Sebastian an.

„Hallo, das ist Hauptmann Schubert", stellt Karlheinz seinen Begleiter vor.

„Wir kennen uns", murmelt Sebastian. „Warum kommt ihr zu zweit? Geht es noch immer um Matthias Tod?"

„Richtig. Wir wollen wissen, wo Sie am Montag auf Dienstag waren?", schmunzelt ihn Max an.

Mit aufgerissenen Augen schaut Sebastian Max ängstlich an.
„Wieso, bin ich verdächtig? Ich kannte Matthias doch kaum."
„Es geht nicht um dich, also sag uns wo du warst?", beruhigt
Karlheinz.
„Zuhause. Worum geht es denn?"
„Alleine?", lauert Max.
„Nein, jetzt ist es ja egal. Ich war mit Ferdinand und Gerhard
zusammen."
„Von wann bis wann?"
„Von ungefähr sechs an bis in den Morgen. Gerhard vermutete
Matthias in Melk."
„Na also", lächelt Karlheinz. „Um Gerhards Alibi geht es. Er
war also bei dir in der Neustifter Villa. Was hatte es mit den
Gemälden auf sich? Darüber hast du mir nicht alles erzählt?"
„Doch dass es um zwei Gemälde geht, habe ich dir erzählt.
Was willst du noch darüber wissen?"
„Wo sind diese Bilder jetzt?"
„In einem Schloss am Wagram. Ehemalige Grafen haben es
von ihren Vorfahren geerbt. Diese wieder haben die Gemälde
aus Frankreich gebracht."
„Glaubenheim?", ruft Max.
„Genau! Ihr wisst eh schon alles. Ich verstehe nicht was ihr
von mir wollt?"
„Wir doch auch nicht", grinst Karlheinz Sebastian an. „Wir
suchen nur ein Motiv und müssen jeder Spur nachgehen. Hatte
Matthias Kontakt zu den Glaubenheims?"
„Das weiß ich nicht. Warum fragt Ihr nicht Gerhard?"
„Den fragen wir schon auch", faucht Max. „Verdammt warum
verweist uns jeder, den wir fragen, zu einen anderen?"
Sebastian hebt trotzig seinen Kopf. „Wahrscheinlich weil Ihr
dem Falschen, die falschen Fragen stellt."
Karlheinz beschwichtigt wieder, „bleiben wir bei den Bildern.
Wieso interessierte sich Matthias für alte Gemälde?"
„Er behauptete, dass sie Teil eines entwendeten Schatzes sind,
der vor zweihundert Jahren nach Wien gebracht wurde. Von

mir wollte er wissen, ob die im Schloss befindlichen Gemälde überhaupt Originale sind."

„Und sind sie?"

„Ich habe die Gemälde nur kurz gesehen und kann es nicht sagen. Dazu müsste ich sie bekommen um sie zu Josefine zu bringen."

„Du hast die Bilder gesehen? Warst du im Schloss?"

„Ja, ich habe mich angemeldet und gesagt, dass ich mich für die Gemälde interessiere."

„So einfach?", wundert sich Karlheinz.

„Sicher, Hubert war sehr freundlich, doch als ich die Echtheit überprüfen wollte wurde er wild. Er hat mich fast physisch rausgeworfen."

Max grinst. „Er hatte Gewalt angewendet?"

„Nur etwas geschubst."

Karlheinz setzt fort. „Hat Glaubenheim etwas über die Bilder erzählt?"

„Er hat geprahlt, dass seine Urvorfahren es vom Herzog dem Bruder des Sonnenkönigs bekamen."

„Sagte er wofür?"

„Für wichtige persönliche Dienste. Ich hatte überlegt ob ich ihn nach den Sexgeschichten frage, doch dann stellte ich die falsche Frage."

„Falsche Frage?"

„Ja das sagte ich schon, ich wollte die Echtheit seiner Bilder prüfen."

Max ist weniger an den Gemälden interessiert. Ihm genügt es dass sie Gerhards Alibi bestätigt bekamen. „Schön, dann auf Wiedersehen."

Grimmig meint Max zu Karlheinz, „so dann auf zu Gerhard Rosak, damit wir dem Richtigen die richtigen Fragen stellen."

„Sebastian hat dich irritiert", stellt Karlheinz fest.

„Ja, der Kerl lügt doch. Ich kann mich noch erinnern wie, er vor zwei Monaten schon herumgelogen hatte. Glaube mir, er hat mit den Gemäldefälschungen zu tun, damals ganz sicher und diesmal wahrscheinlich."

„Mit den Gemälden hat der Mord nichts zu tun."

„Warum fragst du immer danach?", wundert sich Max.

„Um Lügen zu sammeln. Wir werden mit den Gemälden und diesem Kodex nur auf einen Holzweg gelockt. Aber ich bin überzeugt, dass sich der Täter, wobei ich glaube es waren mehrere, selbst mit seinen Lügen verrät."

Max sinniert, „klar Sebastian und Gerhard waren gemeinsam im Bett. Was wenn sie den Alten loswerden wollten?"

„Oder Lukas und der Professor. Lukas hat Geldprobleme, dem sollten wir auch nachgehen. Der Professor ist wild auf die Unterlagen von Matthias. Es würde mich nicht wundern, wenn wir bei ihm die Kartei finden."

„Erzähle das morgen früh Jürgen."

Sie treffen Gerhard in der Buchhandlung an. „Ihr Alibi haben wir überprüft. Es scheint in Ordnung zu sein", eröffnet Max das Gespräch.

„Sie werden es nicht verstehen, aber es ist mit Sebastian nichts ernstes", entschuldigt Gerhard diesen Seitensprung.

Max grinst, „das geht uns auch nichts an. Sie haben es, wie wir erfuhren, mit mehr als nur einem Kerl getrieben."

Gerhard läuft rot an. „Glauben Sie mir, Matthias wusste immer davon."

Karlheinz mischt sich ein. „Wir wollen etwas über Matthias´ Kontakt zu Herrn Glaubenheim wissen?"

„Den gab es nicht, soviel ich weiß?"

„Herr Landers war beim Grafen im Schloss. Matthias hat ihn hingeschickt. Es geht um alte französische Gemälde."

„Davon weiß ich nichts."

„Sie waren mit dem Herrn im Bett und wissen nicht was er macht?", knurrt Max böse.

„Mich interessieren doch nicht Sebastians Antiquitäten oder Bilder. Ich schreibe Geschichten und arbeitete hier in der Buchhandlung."

„Arbeitete?"

„Ja Emilia, die Chefin hat mir zum kommenden Ersten den Vertrag gekündigt."

„Frau Rosak?" Max ahnt dass bereits die Erbstreitigkeiten beginnen.

„Ja, ich koste Zuviel", greint Gerhard grimmig.

„Gibt es ein Testament?", lenkt Karlheinz ab.

„Das müssen Sie Doktor Melzer fragen."

„Huah", brüllt Max auf. „Schon wieder müssen wir jemand anderes fragen."

Karlheinz kann sich das Lachen nicht verbeißen. „Erzählen Sie uns, was es mit den Gemälden auf sich hat. Irgendetwas hat Ihnen doch Matthias darüber erzählt."

„Die Bilder waren ihm nicht wichtig. Es geht um eine Unterschlagung, oder war es Diebstahl? In dem verschwundenen Kodex geht es um die Verurteilung sodomitischer Praktiken. In den beiden Romanen wird über homosexuelle Prostitution geschrieben und einige noble Herren werden darin namentlich genannt."

„Wird da auch ein Glaubenheim erwähnt?"

„Allerdings, ein Roland und ein Stefan, zwei Brüder die vor dreihundert Jahren lebten."

„Und Sie behaupten Matthias hat die jetzigen Glaubenheim nicht kontaktiert?", faucht Max. „Das erscheint mir sehr unglaubwürdig."

„Matthias hatte wirklich nicht, doch Professor Steiner hatte. Fragen Sie ihn doch."

Diesmal verzieht Max nur sauer sein Gesicht. „Das werden wir."

Lukas bediente einen Kunden und kommt jetzt zur Gruppe. „Habt ihr schon Erkenntnisse? Wann dürfen wir Matthias´ Beerdigung organisieren?"

Max wendet sich unbeherrscht zu Lukas. „Wozu verwenden Sie Argon?"

Lukas ist erstaunt. „Argon? Was ist das?"

„Das Gas mit dem Matthias ermordet wurde. Es wird in Druckflaschen aufbewahrt."

„Ich kenne das Gas nicht. Argon sagten Sie? Wozu wird es im Haushalt verwendet?"

„Im Haushalt verwendet man es nicht. Juweliere setzen es in kleinen Flaschen ein. In der Werkzeugtechnik verwendet man es allerdings nur in großen Flaschen."

„Flaschen? Meinen Sie diese großen Metallflaschen? Hinten in der Garage steht so etwas. Ich habe es heute bemerkt und mich gewundert."

Max reagiert hektisch. „Zeigen Sie es mir."

Max und Karlheinz folgen Lukas in den Hof hinaus und zum flachen, hinteren Gebäude. Lukas öffnet das alte Holztor und zeigt hinter dem älteren Ford auf die zwei Metallzylinder mit dem Druckminderer. Das Ganze steht auf einem Rollwagen. Karlheinz zieht Handschuhe an, greift die Griffe an und bewegt die Flaschen leicht hin und her. Die Polizisten schauen Lukas fragend an.

Lukas zuckt mit den Schultern und meint, „ich weiß nicht was das soll. Wie ich Ihnen sagte, fand ich heute zufällig diese Flaschen. Von uns kommt nur selten jemand in die Garage. Das Auto gehört eigentlich Matthias, der ist aber nie damit gefahren."

Karlheinz hat schon ans Handy gegriffen. „Wir brauchen die Spurensicherung."

Max stellt Lukas eine Frage. „Wo waren Sie in der Nacht von Montag auf Dienstag?"

„Zuhause bei meiner Familie."

Nachdem die Spurensicherung eintrifft verabschieden sich Max und Karlheinz. Sie fahren ins Weinschlösschen nach Neustift um Arnold Klemper und seinen Freund Doktor Klaus Melzer zu sprechen. Klaus steht mit einem Innenpelz über seinem schwarzen Anzug vor der Türe. Er hat soeben zwei Herren verabschiedet.

„Grüß dich Karlheinz. Ihr seid zu zweit?"

„Ja, Hauptmann Schubert. Du kennst ihn, glaube ich."

„Kommt rein. Scheußliches Wetter. Was führt euch diesmal her?"

„Noch immer der Mord an Matthias Rosak. Hast du von ihm ein Testament?"

„Testament? Nein, bei mir hat er keines hinterlegt. Auch sein Bruder hatte mich schon danach gefragt."

„Dann sucht Lukas Rosak nach einem Testament?"

„Scheint so. Ohne Testament geht alles an Gerhard. Das wird vor allem die gute Frau Rosak ärgern", kichert Klaus.

Inzwischen sind sie im Verkostungsraum angekommen. Arnold dekantiert gerade einen Rotwein. „Ihr seid Herzlich Willkommen. Ein Gläschen Zweigelt müsst ihr unbedingt probieren."

Max will ablehnen, doch Karlheinz stößt mit dem Ellbogen Max in die Rippen. „Ein kleines Probierglas dürfen wir im Dienst trinken."

Arnold schenkt vier Gläser voll. „Ich wüsste nicht was ich dem bereits Gesagten noch hinzufügen soll?"

Karlheinz erinnert ihn. „Du sagtest dass Sebastian damals mit Ferdinand von hier weg ist. War Gerhard auch hier?"

„Gerhard, nein der war nie alleine hier. Er ist immer nur mit Matthias gekommen."

„Kannst du dich erinnern, wann genau die Zwei von hier weg sind?"

„Genau? Mein Gott, man sieht doch nicht ständig auf die Uhr."

„Aber ja doch", wirft Klaus ein. „Wir witzelten noch warum die Burschen so zeitig ins Bett drängten. Es war knapp nach halb zehn."

Arnold grinst schmutzig. „Ja sie drängten ins Bett. Jung und stürmisch."

„Irgendwo habe ich sechs Uhr vermerkt. Sie sind also erst nach neun Uhr gegangen?"

„Ganz sicher." Klaus schaut Max ernst an. „Warum ist das so wichtig?"

„Gerhard Rosak sagt, er hätte ebenfalls Sebastian aufgesucht."
„Wahrscheinlich ist er wegen Ferdinand hin. Gerhard ist in ihn verliebt."
„Hm", murmelt Max nur. Ihm wird klar, Gerhards Alibi hat Lücken.

Jürgen ist mit Doris im Auto nach Melk unterwegs. Knapp vor 16 Uhr erreichen sie das Stift. Im Klosterladen erkundigt sich Doris nach Pater Ambrosius.
„Den Pater finden Sie in der Klausur. Da dürfen aber Frauen nicht hinein."
„Mein Chef, Oberstleutnant Pospischil will Pater Ambrosius sprechen", erklärt Doris.
„Oberstleutnant? Vom Bundesheer?"
„Nein, Kriminalpolizei Wien. Wir benötigen vom Pater eine Zeugenaussage."
„Ich rufe Pater Ambrosius an, damit er zu Ihnen raus ins Café kommt."
„Danke."
Sie gehen ins Café des Sommerpavillons und warten auf den Pater.
Wenige Minuten später kommt Pater Ambrosius zu ihnen.
„Oberstleutnant Pospischil? Professor Steiner hat mich bereits gestern informiert. Sie bearbeiten den Mord an unserem Freund Matthias."
„So ist es. In der fraglichen Nacht von Montag auf Dienstag hatten Sie ja Professor Steiner und Herrn Rosak erwartet."
„Gekommen ist nur der Professor. Matthias kam nicht."
„Wann ist Professor Steiner aufgetaucht?"
„Sehr verspätet, er kam erst nach zehn Uhr. Unser Treffen war für acht Uhr vereinbart."
„Worum ging es bei dem Treffen?"
„Um alte Bücher, wie immer wenn wir uns treffen."
„Genauer, um welches Buch?"

„Es ist ein alter Druck. Ein Kodex der im achtzehnten Jahrhundert die Strafen für widernatürliche sexuelle Handlungen regelte."

„Der Kodex ist verschwunden. Oder haben Sie ihn?"

„Herr Rosak sollte ihn mitbringen. Eigentlich gehört dieser Kodex Professor Steiner. Ich habe hier, dazu passend ein paar ergänzende Schriften."

„Was wissen Sie über die Familie Glaubenheim?"

Der bisher ernst, eher finster, dreinblickende Pater beginnt zu grinsen. „Da geht es um Gemälde. Mit dem Kodex haben die Glaubenheim nichts zu tun."

„Ich verstehe nicht?" Jürgen wird ungeduldig, das Gespräch zieht sich schwerfällig hin. „Zwei Personen haben in der Nacht, wegen des Kodex, mit Rosak gestritten."

„Matthias hat mir vor Tagen verraten, dass er Glaubenheim verdächtigt, zwei Gemälde mehrmals zu verkaufen. Dabei werden dem Käufer immer nur Kopien geliefert. Die Originale bleiben im Schloss."

Doris wird unruhig. „Das geht doch nicht. so einfach. Woher hat Glaubenheim die Fälschungen."

Mildtätig, salbungsvoll meint Ambrosius zu Doris. „Meine Tochter, der Kunsthandel ist erfinderisch. Da gibt es einige Galeristen in der Wiener Innenstadt, die kennen genug junge begabte Maler."

Jürgen ergänzt, „die Galerie Landers macht auch passende Expertisen dazu."

Ambrosius neigt weise seinen Kopf. „Sie wissen ja Bescheid. Ja diesen Landers, ich glaube Sebastian, erwähnte Matthias. Doch die Fälschungen sind aus einer anderen Galerie."

„Ein Zeuge erwähnte einen Glaubenheim, der in Melk Prior war."

„Ach, ja. Das war während der Bauzeit des neuen Stifts. Da besuchten zwei Glaubenheim Brüder ihren Onkel, der damals die Bibliothek leitete. Er gab ihnen verbotener Weise einiges mit."

„Was zum Beispiel?"

„Das ist nicht genau bekannt. Es könnte zum Beispiel dieser Kodex gewesen sein, der zur gleichen Zeit in die Sammlung der Habsburger gelangte und heute der Nationalbibliothek gehört."

„Sie sagten er gehört Professor Steiner."

„Ja, sicher, ich meinte nicht ihm persönlich. Der Professor arbeitet in der Nationalbibliothek."

Jürgen wendet sich an Doris. „Hast du noch Fragen?"

„Kennen Sie Johannes Kowrat?"

„Ein verlorenes Schaf. Ich fürchte er stiehlt nicht nur, sondern bricht auch ein."

„Kommt er öfter her ins Stift?"

Betroffen lehnt sich Ambrosius in seinem Stuhl zurück. „Wieso? Was meinen Sie? Er war hier, doch ich weiß nicht wen er besuchte."

Doris will noch wissen, „wann ist Professor Steiner genau gekommen? Sie sagten nach zehn Uhr?"

„Ja, genau kann ich es nicht sagen doch kurz darauf läutete die Glocke um das Schließen der Kirche anzukündigen. Das ist im Winter um halb elf."

„Danke. Wie lange war er hier? Er hat angeblich in Melk übernachtet."

„Bei mir war er nur wenige Minuten und hat sich wegen des fehlenden Kodex entschuldigt. Danach ist er weg. Wohin weiß ich nicht."

„Haben Sie ihm nicht Vorwürfe gemacht?"

„Natürlich. Wir wurden beide etwas laut. Er war fürchterlich aufgeregt. Wie wenn der Satan hinter ihm her ist."

Jürgen nickt und bedankt sich. „Vielen Dank, Sie haben mir sehr geholfen."

Als sie das Café verlassen meint er zu Doris, „den Herrn schauen wir uns morgen früh genauer an. Er hat kein gutes Alibi, denn von neun bis halb elf könnte er den Mord locker schaffen."

„Aber nach Professor Steiner war doch Istvan Mohacs bei dem Opfer."

Jürgen murmelt, „die Zeugen sagten aus, dass Istvan später nach dem Professor in der Buchhandlung war. Etwas versteh ich nicht."

Sie erreichen gegen achtzehn Uhr das Schloss der Familie Glaubenheim am Wagram. Das Tor ist weit offen so kann Doris mit dem Wagen in den Innenhof fahren.
Ein Mann mittleren Alters stürzt aus der Türe und eilt zum Auto. „Wer sind Sie?"
Jürgen steigt aus um ihm über das Autodach zuzurufen, „Oberstleutnant Pospischil. Kriminalpolizei. Wir bitten Sie um ein paar Auskünfte."
„Geht's um den verrückten Buchhändler?"
„Ja, er wurde ermordet."
„Nicht von uns. Ich bin Roland Glaubenheim. Mein Bruder hatte mit Matthias zu tun."
Doris stieg ebenfalls aus und steht neben Roland. „Dürfen wir hinein?"
„Aber ja kommen Sie. Hubert ist aber in Wien bei unserer Galeristin. Er will unbedingt eines der Gemälde verkaufen."
Jürgen ist ums Auto herum zum Eingang gekommen. „Einen Georges de Latour?"
Roland staunt mit offenem Mund, „wie kommen Sie darauf?"
„Sie haben ja, wie wir erfuhren, zwei Gemälde von diesem französischen Meister", grinst Jürgen.
„Ja, aber die verkaufen wir nicht. Wir haben auch ein paar Waldmüller. Hubert meint die Gemälde passen nicht in unsere Sammlung."
„Eigentlich wollten wir wissen, wo Herr Hubert Glaubenheim in der Montagnacht war?"
„Er war hier. Wir feierten Papas Geburtstag."
„Sind Sie über den Kodex informiert?"
Roland schmunzelt, „Herr Mohacs wollte uns am vergangenen Sonntag den alten Schinken verkaufen. Der blöde Trottel. Was sollen wir mit sowas?"
„Es geht um strafbare sexuelle Handlungen."

„Na und? Ich bin schwul und das war mein Namensvetter vor dreihundert Jahren ebenfalls. Deswegen kaufe ich doch kein Altpapier."

„Tut mir Leid aber ich muss Sie das fragen. Matthias Rosak erwähnte kompromittierende Aufzeichnungen."

„Ich sagte Ihnen bereits: Matthias Rosak ist, Verzeihung, war verrückt."

Doris mischt sich ein. Noch immer stehen sie vor der Türe.

„Darf ich die Gemälde des Franzosen sehen?"

„Sie meinen die von Georges de Latour. Kommen Sie rein, die Bilder hängen im Esszimmer."

Roland geht voran und führt die Polizisten ins Esszimmer. Doris ist von dem größeren der Gemälde begeistert wundert sich aber über das zweite kleine Bild dass die Büßende Magdalena darstellt. „Das ist ja fast eine Miniaturausgabe."

„Ja es ist eine besonders feine Arbeit. Das Bild wird auf über Hunderttausend geschätzt."

„Wer hat es geschätzt?", will Jürgen wissen.

„Frau Josefine Lempers."

„Ihr Bruder verkauft diese Bilder?"

Roland wird wild. „Ich habe Ihnen schon gesagt, diese Bilder werden auf keinen Fall verkauft! Hubert verkauft in Wien einen Waldmüller."

Doris lächelt verbindlich. „Danke Herr Glaubenheim. Ihren Bruder werden wir ein andermal sprechen."

„Hm, auf Wiedersehen", murrt Roland.

„Bis später", verabschiedet sich auch Jürgen.

3 Donnerstag

Im Landeskriminalamt findet das übliche Morgentreffen statt, nachdem jeder seinen Bericht geschrieben und die Berichte der anderen gelesen hat, beginnt Jürgen.

Er fasst zusammen: „Professor Steiner ist erst gegen halb elf in Melk angekommen. Zeit genug um vorher nochmals in die Buchhandlung zu gehen und Matthias zu ermorden. Es geht um diesen Kodex. Max geh bitte mit Karlheinz nochmal in die Nationalbibliothek. Sprecht erst mit dem Vorstand und bringt mir dann Steiner hierher. Ich beantrage einen Durchsuchungsbeschluss, denn ich bin überzeugt die Originalschrift befindet sich bei Steiner zu Hause."

Gerlinde schüttelt zweifelnd den Kopf. „Ich habe den Kodex durchgelesen. Ich verstehe nicht was daran so geheimnisvoll sein soll?"

Jürgen erklärt: „Dieser Kodex gehört in die Sammlung der Nationalbibliothek. Steiner hat ihn entwendet und muss ihn zurückgeben. So einfach ist das. Der Herr Professor wurde schon einmal des Diebstahls beschuldigt."

Max steht auf. „Da ist was dran. Komm Karlheinz, holen wir den Herrn."

Sie melden sich in der Direktion der Nationalbibliothek an. „Guten Tag. Kriminalpolizei, Hauptmann Schubert. Mein Kollege Bezirksinspektor Wimmer Wir ermitteln in einem Mordfall und benötigen persönliche Informationen über einen Ihrer Mitarbeiter."

Der Mann der im grauen Anzug im Büro sitzt, schaut Max vorwurfsvoll an. „Das geht doch nicht. Wir geben keine Daten unserer Mitarbeiter raus."

„Wer ist für das Personal zuständig? Es sind, das ist mir klar, vertrauliche Informationen."

„Nun, da wäre Doktor Glauber. Wenn Sie mit ihm sprechen wollen."

„Gut."

Es dauert länger, bis der Mann Doktor Glauber aufgetrieben hat und die zwei Polizisten zu ihm schicken kann.

Max stellt sie wieder vor. „Es geht um Informationen über Professor Steiner."

Glauber seufzt. „Die Polizei interessiert sich für ihn? Worum geht es?"

„Herr Steiner wurde verdächtigt, dass er ein Buch aus der Sammlung entwendet hatte. Worum ging es damals?"

„Ach, diese Sache schon wieder. Das liegt doch Jahre zurück."

„Trotzdem. Sind Sie sicher, dass Steiner nicht weitere Bücher entwendete?"

„Wir passen auf. Professor Steiner hat einflussreiche Freunde, die ihn schützen. Momentan hat er drei Bücher beziehungsweise Schriften geliehen. Das ist festgehalten."

„Ich verstehe. Dann nimmt er Schriften offiziell mit?"

„Ja und diese gibt er uns, innerhalb von einem Monat, wieder zurück. Länger ist es nicht erlaubt."

„Was wenn er es nicht tut?"

„Das tut er jedes Mal. Die Probleme die er bekommt, wenn er es einmal nicht macht, wären gewaltig."

Max strahlt. „Darf ich wissen welche Bücher Steiner derzeit geliehen hat?"

„Natürlich, ich gebe meiner Sekretärin Bescheid, damit sie es Ihnen heraussucht."

Wieder geht es Gänge entlang durch den alten barocken Bau bis sie die Sekretärin treffen.

„Herr Professor Steiner hat jetzt, von Phlippe de Loraine, den Roman der Günstling, den muss er mir in einer Woche zurück geben und Primi Visconti, die Brüder von 1680, das Buch darf er noch drei Tage haben, geliehen. Dann den Nachdruck einer Handschrift über Gesetzesanwendungen. Oh, den sollte er Gestern zurückgeben. Ach, das muss ich ihn fragen?"

„Er hat es nicht zurückgegeben?"

„Nein, zumindest scheint es nicht in der Datei auf. Ich kann ihm nur wünschen, dass es ein Fehler in der Datenerfassung ist."

Karlheinz meint aufgeregt, „können Sie ihn deswegen her zitieren? Wir wollen ihn ohnehin sprechen."

„Das muss ich sogar." Die Dame führt zwei Telefonate um dann den Polizisten zu erklären, „Der Professor wird in ein paar Minuten hier sein."

Harald Steiner kommt ins Büro. Er hat sichtlich schlecht geschlafen. Nervös, die Polizisten nicht beachtend, stottert er, „ich habe es glatt vergessen. Morgen gleich in der Früh bringe ich Ihnen die Schrift zurück."

„Sie wissen, dass ich Sie jetzt sperren muss", meint streng die Dame. „Der Herr Direktor duldet diese Überschreitungen nicht."

„Ich weiß, es sind auch Ausnahmen, um die Echtheit der Schrift zu überprüfen. Sie ist übrigens nicht echt, sondern wurde erst im neunzehnten Jahrhundert gedruckt."

„Das es ein Nachdruck ist steht auch im Verzeichnis." die Dame wiegt ihren Kopf missbilligend hin und her.

„Natürlich ich habe die Eintragung vor einer Woche geändert. Der Prüfbericht liegt im Akt."

„Ich melde es dem Herrn Direktor. Diese zwei Herren wollen auch etwas von Ihnen."

Max stellt sich vor. „Herr Steiner ich bitte Sie mit uns ins Landeskriminalamt zu kommen. Es gibt einige offene Fragen bezüglich der Tötung von Matthias Rosak."

„Da wurde ich schon von einem Oberstleutnant befragt", wehrt Steiner ab.

„Richtig. Herr Oberstleutnant Pospischil will Sie nochmals sprechen."

Karlheinz ruft Jürgen an um ihn über die Buchentleihung zu informieren. „Stell dir vor, der Professor hatte die zwei, in der Buchhandlung gestohlenen, Bücher bereits vor Wochen von der Nationalbibliothek geliehen. Den Kodex sollte er Gestern zurückgeben. Wir bringen ihn dir."

„Nein fahrt mit ihm zu ihm nach Hause. Ich habe den richterlichen Beschluss."

„Wir fahren zu Ihnen", nickt Karlheinz Steiner zu.

In der Wohnung, Jürgen trifft zur gleichen Zeit wie Steiner mit seinen zwei Begleitern ein, finden sie zwar keinen Kodex, aber dafür Matthias Kartei.

„Was sagen Sie dazu?" Jürgen strahlt. Er ist stolz darauf dass er den richtigen Riecher hatte. „Ich nehme Sie fest. Sie werden verdächtigt Herrn Matthias Rosak ermordet zu haben."

Steiner schaut verzweifelt und jammert, „ich habe ihn nicht umgebracht. Er war schon tot als ich zurück bin. Er versprach mir die Schrift zu geben, wenn ich nach neun Uhr nochmals komme."

Professor Steiner wird ins Landeskriminalamt gebracht. Eine Speichelprobe, die ihm entnommen wird, bestätigt seinen Kontakt mit Matthias Körper. Auch die Hautpartikel unter Matthias Fingernägel stammen von Steiner. Außerdem sind seine Fingerabdrücke am Wagen der Gasflaschen.

Pospischil berichtet stolz dem Leiter des Landeskriminalamtes Brigadier Brenner: „Wir haben den Täter. Die Indizien sind erdrückend. Nimmst du am Verhör teil? Ich bin sicher wir bekommen heute sein Geständnis."

„Staatsanwalt Moser ist schon hier. Gerlinde hat ihm einen Zwischenbericht geliefert. Verhör du den Verdächtigen mit Moser. Ich gebe morgen dafür die Pressekonferenz."

Jürgen lächelt, „ich verstehe. Die Pressekonferenz ist auch wichtiger."

Moser wartet im Büro auf Jürgen. „Hallo Herr Oberstleutnant diesmal ward ihr schnell erfolgreich. Nur drei Tage."

Sie gehen in den Verhörraum. Hinter der Glasscheibe sitzen und beobachten Gerlinde und Max das Gespräch. Professor Steiner betritt mit seinem Anwalt Doktor Nagler den Raum.

„Mein Mandant hat mit dem Tötungsdelikt nichts zu tun. Er wollte, das gesteht er, den Kodex holen und hat stattdessen die Kundenkartei mitgenommen."

„Was ist mit den Spuren am Opfer? Diese sind eindeutig von Herrn Steiner." Jürgen kennt Doktor Naglers Art und weiß es werden eine Menge Ausflüchte kommen.

„Herr Professor Steiner hatte mit Herrn Rosak bereits während des ersten Treffens eine Auseinandersetzung. Da hatte Herr Rosak meinen Mandanten am Handgelenk gekratzt."

„Es gibt auch DNA Spuren am Hals des Opfers", grinst Jürgen und denkt: So leicht kommt er mir nicht aus.

„Ich hatte mich nur überzeugt dass er tot ist, sonst hätte ich die Rettung gerufen", wimmert Steiner los.

„Was ist mit dem Fingerabdruck am Mordwerkzeug?"

„Mordwerkzeug? Was für ein Werkzeug?", stammelt Steiner.

Sein Anwalt zieht die Stirne kraus. „Meinen Sie diese Metall-flaschen die in der Garage standen?"

„Richtig. Mit diesem Gas wurde Herr Rosak erstickt. Am Griff des Wagens befinden sich Fingerabdrücke von Herrn Steiner."

Nagler legt seine Hand Steiner auf den Unterarm. „Ruhig, dazu müssen Sie nichts sagen."

„Meinen Sie das Gerät das mitten im Raum stand? Das habe ich zur Seite geschoben."

Nagler hebt höhnisch seinen Kopf. „Sie sehen, es gibt für alles eine einfache Erklärung."

„Wenig glaubwürdige Erklärungen", murrt Moser. „Es wäre einfacher wenn Herr Steiner gesteht."

„Ich war es nicht", jault Steiner auf.

Selbst sein Anwalt schaut ihn zweifelnd an.

„Sind Sie bei Ihrem zweiten Besuch durch das Hoffenster eingestiegen?"

„Nein ganz normal durch die Eingangstüre von der Straße aus bin ich hinein gegangen."

„Sind Sie mit dem Auto gekommen? Die Anrainer haben nichts bemerkt."

„Da habe ich Visasvis in der Frankenberggasse geparkt. Die Türe zur Straße war weit offen. Ich wunderte mich deshalb. Als ich ging schloss ich die Türe."

„Gut", resigniert Moser. „Herr Professor Steiner bleibt hier und wird morgen dem Haftrichter vorgeführt."

Jürgen zurück in seinem Büro, will von den Kollegen wissen: „Was sagt ihr? Wieso gesteht der Trottel nicht? Wir haben mehr als genug Beweise."

Max meint, „wir sollten Mohacs befragen. Er war dazwischen beim Opfer. Vielleicht stimmt Steiners Aussage und Mohacs hatte es getan."

Gerlinde schüttelt den Kopf. „Mohacs hat kein Motiv. Steiner war in der Zwickmühle weil er den Kodex brauchte."

„Komisch wo ist diese Schrift geblieben? Wem nützt sie noch?" Jürgen überlegt, „fragt Mohacs danach. Das schadet nicht."

Da kommt Claudius ins Büro. „Moser sagte mir dass ihr kein Geständnis habt. Ich werde trotzdem morgen der Presse die Festnahme eines Verdächtigen mitteilen."

„Setze die Pressekonferenz auf Nachmittag fest. Bis dahin habe ich Steiners Geständnis."

4 Freitag

Karlheinz hat die zwei alten Romane, die bei Professor Steiner gefundenen wurden, über Nacht gelesen.

„Hast du wirklich nichts Besseres zu tun", mault Marcus. „Komm endlich zu mir ins Bett."

„Weißt du es ist komisch. In dem einen Roman behauptet Phlippe de Loraine, das der Günstling Roland dem Herzog fünf Gemälde stahl. Aber Primi Visconti, behauptet, dass den Glaubenheim Brüdern der Diebstahl von nur zwei Bildern gelang."

„Wurde einer der Brüder ermordet?"

„Nein sie haben den Herzog bestohlen und die Sachen nach Wien gebracht."

„Kein Mord, das heißt es gibt keinen Mörder, also was geht es dich an?"

„Jürgen war dort und hat im Schloss der Glaubenheims auch nur zwei Bilder gesehen."

„Schön, das ist also geklärt. Es ist drei Uhr morgens. Lass mich wenigstens schlafen, wenn du schon nicht..."

„Diesmal konnte ich nichts zum Fassen des Mörders beitragen. Deshalb will ich wenigstens der geheimnisvollen Spur der Gemälde folgen."

„Was erwartest du dir?"

„Hubert hat einen Waldmüller zur Lempers gebracht, schreibt Jürgen in seinem Bericht. Ich schau mir das Gemälde gleich in der Früh an."

„Tu das, oder willst du, dass ich mitkomme?"

„Genau das will ich."

Josefine Lempers öffnet ihre Galerie erst um 10 Uhr. Deshalb schauen Marcus und Karlheinz vorher bei Justus vorbei. Es sind sowohl Justus, als auch sein Freund Ludwig im Pizza-laden.

„Hallo Marcus kommst du pfänden? Hallo Karlheinz wenn du einen Mörder suchst, ich habe mehrere Gäste zur Auswahl."

Ludwig schwingt gerade durch die Tischreihen und grinst zur Bemerkung seines Partners. „Ja, ja, natürlich sucht Karlheinz einen Mörder."

„Der Mörder ist gefasst. Ich bin diesmal einem Bilderdieb hinterher."

„Hat dir wer das Foto von Marcus gestohlen? Man sollte die Todesstrafe wieder einführen", höhnt Justus.

„Es geht um französische Gemälde. Kennst du übrigens Gerhard Rosak?"

Justus schüttelt den Kopf. „Der Name sagt mir nichts."

Ludwig kommt an die Theke. „Rosak? Ist das der Tote in der Buchhandlung?"

„Genau", bestätigt Karlheinz. „Eigentlich meinte ich seinen Freund Gerhard."

„Der hübsche Bursche war vorgestern mit Ferdinand bei uns im Wellness draußen."

Justus wie immer reagiert eifersüchtig. „Du warst alleine in der Hinterbrühl. Hast du das wieder ausgenützt?"

Ludwig verdreht die Augen. „Oh, ja natürlich. Mit ihm und Ferdinand war es ein lustiger Dreier."

Justus schnupft auf und dreht sich demonstrativ zu seinem Pizzaofen.

Karlheinz ist neugierig. „Hast du mit Gerhard gesprochen? Wie ist er drauf? Ich meine, er hat doch gerade seinen Freund verloren."

„Es scheint für ihn kein schwerer Verlust zu sein. Gerhard war toll drauf. Er und Ferdinand hatten sich schamlos an zwei reife Männer rangemacht die aber ihre Ruhe wollten. Gustav musste beruhigend einschreiten."

Marcus verschluckt sich. „Im Puff musste man einschreiten? Die Burschen müssen irre geil gewesen sein."

Karlheinz knurrt, „du bist nur sauer, weil du nicht mittendrin warst."

„Es war wirklich arg. Später ist Gerhard vor dem Heißluftraum mit einer Erektion gestanden und hat gebrüllt: Er wäre eine lustige Witwe und stehe jedem zu Verfügung."

Karlheinz erinnert sich an einen der Berichte in dem steht dass Gerhard von Matthias herumgescheucht wurde. „Ich finde wir sollten auch im Weinschlösschen vorbei schauen", meint er deshalb zu Marcus. „Vielleicht liebte er seine Knechtschaft doch nicht."

Marcus schwankt, er will in seine Bank. „Jürgen erwartet dich. Du kannst nicht den ganzen Vormittag herumstreunen."

Karlheinz schmunzelt, „hast du einen Termin? Ich kann mit dir auch am Nachmittag hinschauen."

„Gut, jetzt in die Galerie."

Josefine Lempers kennt Karlheinz von einem zurückliegenden Fall, in dem es auch um gefälschte Gemälde ging. „Hallo Herr Bezirksinspektor. Sind Sie heute mit einem neuen Kollegen hier?"

„Nein, mit meinem Bankier. Ich interessiere mich heute für ein Gemälde."

„Ohhoho", lacht Josefine auf. „Da werden Sie ihr Konto aber überstrapazieren. Woran sind Sie interessiert?"

„Waldmüller, gute österreichische Romantik."

„Momentan habe ich keinen hier, aber ich kann im Dorotheum für Sie einen ersteigern. Dort befinden sich morgen zwei im Aktionsangebot."

„Seltsam, ich hörte dass Herr Glaubenheim Ihnen einen Waldmüller zum Verkauf anbot."

„Nein von ihm habe ich etwas ganz Spezielles bekommen. Die Glaubenheim haben fünf Gemälde von Georges de Latour. Drei davon ist Harald bereit zu verkaufen. Zwei habe ich schon angebracht. Dort über der Barockkommode hängt das dritte Bild."

Marcus ist zur Kommode getreten und starrt das Gemälde aus der Nähe an. „Sind die Bilder echt?"

Josefine holt tief Luft. „Selbstverständlich! Ich habe alle fünf Bilder mit Conrad Mayr überprüft. Zwei hat Conrad auf Farbe, Material und Alter unter seinem Mikroskop geprüft."

„Warum nicht alle fünf Gemälde?"

„Wozu, den Aufwand. Es gibt einen schriftlichen Beleg dass es fünf Bilder waren und wir haben die zwei Stück, die am Gang zum Vestibül hingen, zur genauen Untersuchung aus den Rahmen genommen."

„Sie meinen das Kapitel in dem Roman von de Loraine? Dort heißt es dass es fünf Bilder seien", will Karlheinz wissen.

„Dem wird in einer anderen Quelle widersprochen."

„Wie, was meinen Sie?" Josefine beginnt die zwei Besucher kritisch zu betrachten. „Sie haben früher schon bei mir nach Fälschungen gesucht. Wenn Sie beruflich hier sind, sagen Sie es gleich und halten Sie mich nicht zum Narren."

„Verzeihen Sie, ja ich bin beruflich hier. In einem Mordfall spielen zwei Romane und die Brüder Glaubenheim eine Rolle. Ich bitte Sie deshalb: Lassen Sie dieses Bild hier an ihrer Wand überprüfen."

„Conrad verlangt fünfhundert wenn ich ihn darum bitte", seufzt Josefine. „Wenn es wirklich echt ist, zahlen Sie es dann?"

Marcus lächelt Josefine an. „Wenn es echt ist kaufe ich es. Dieser Falschspieler mit dem Herzass, passt gut in unseren Wohnraum."

Karlheinz staunt Marcus an. „Bist du sicher?"

„Ja, ich habe auch etwas im Internet gesurft. Da sind zwei Falschspieler einmal mit Karoass und einmal mit Kreuzass angeführt. Dieses Bild wäre also eine Neuentdeckung."

Josefine schaut Marcus skeptisch an. Kann der sich das Bild leisten? Fragt sie sich. Marcus lächelt spöttisch.

Da eilt Josefine zum Telefon. „Conrad hast du jetzt Zeit? Ich brauche eine dringende Prüfung des de Latour."

„Also Conrad ist in einer Stunde hier. Ich mache Ihnen einen Freundschaftspreis. Sagen wir Hundertsechzig?"

„Na wenn schon, dann runde hundertfünfzig Tausend", kontert Marcus.

Karlheinz bietet mit. „Wenn's eine Fälschung ist gebe ich Ihnen Hundert ohne Tausend."

Verkrampft lachen alle drei.

Josefine bietet an, „gehen wir auf einen Kaffee zum Demel. Als gute Kunden sind Sie mein Gast."

Sie gehen zu Fuß die zwei Gassen weiter zum Kohlmarkt und suchen sich, zum Kaffee, passende Torten aus. Karlheinz ruft Gerlinde an um seine Verspätung zu rechtfertigen.

„Jürgen schnauft schon. Gott sei Dank ist heute nichts los. Das Verhör hat wieder nichts ergeben. Professor Steiner leugnet verbissen. Sein Anwalt stöhnt, da auch ihm ein Geständnis lieber wäre."

Nach einer knappen Stunde gehen sie wieder in die Galerie zurück.

Conrad Mayr, selbst verurteilter Fälscher, arbeitet seit seiner Entlassung für mehrere Galeristen und Versicherungen um Fälschungen zu entlarven. Er steht vor Lempers Galerie und hält kaum dass Josefine auftaucht die Hand auf.

„Du weißt Cash. Ich hab Schulden."

Karlheinz und Marcus schauen ihm neugierig zu, wie er eine Farbprobe abkratzt und eine Faser vom Leinen herauszieht. Dann setzt er verschiedene Lupen und Lampen aufs Gemälde.

„Das ist eine Sauerei", empört er sich wütend. „Wir waren doch bei den Glaubenheim und die Gemälde dort waren echt. Das hier ist eindeutig falsch. Und nicht einmal besonders gut gefälscht."

„Hast du dich vielleicht dort geirrt?"

Conrad geht hoch. „Erlaube einmal!"

Karlheinz ist sofort klar: „Ein Taschenspielertrick. Ihr habt die zwei echten Gemälde, die noch immer im Schloss hängen, geprüft und geliefert wurden drei Fälschungen."

Josefine sinkt auf einen Sessel. „Wie erkläre ich es den zwei Käufern. Jetzt ist es bereits das zweite Mal, innerhalb eines Jahres, dass ich davon betroffen bin."

„Ihr Problem. Ich jedenfalls bleibe bei meinem Angebot von Hundert für das Bild." Karlheinz will es haben.

„Ja, nur jetzt muss ich erst Melzer anrufen, damit er mir sagt wie ich vorgehen soll und darf." Josefine hat sich noch immer nicht beruhigt.

„Ja, verständigen Sie Ihren Anwalt. Ich nehme das Bild mit", erklärt Karlheinz.

„Wieso?"

„Es ist ein Beweismittel das ich sicherstelle", lächelt Karlheinz. „Nicht dass Sie mir dann bei Lieferung eine echtes Bild unterschieben."

Conrad und Marcus lachen, sie verstehen den Witz. Josefine blickt jedoch sauer.

Marcus kann endlich in die Bank und Karlheinz verständigt diesmal Jürgen direkt. „Harald Glaubenheim verkaufte an die Galerie Lempers drei Fälschungen. Die zwei Bücher in der Buchhandlung wurden sicher auch von ihm entwendet. Ich fahre raus um seine Durchlaucht zu holen."

„Gut, gut, nur hasse ich deine Alleingänge", murrt Jürgen. Er ist weniger wegen Karlheinz, als wegen Steiners fehlenden Geständnisses verstimmt.

„Kannst du eine richterliche Anordnung erwirken?"

„Das mache ich. Sobald ich sie habe, rufe ich dich an."

Erwin lässt der von ihm entdeckte Einbruch durch das Fenster keine Ruhe. Er fährt in die Buchhandlung um es mit Lukas zu besprechen.

„Herr Rosak, in die Buchhandlung wurde doch, vor ein paar Tagen, eingebrochen. Haben Sie Anzeige erstattet?"

„Aber, wieso? Ja vor einer Woche wurde das Fenster zum Hof aufgebrochen. Es fehlte aber nichts. Deshalb haben wir es nicht angezeigt."

„Wer hat es repariert? Es ist ein derartiger Pfusch, dass der Einbruch in der Montagnacht kaum zu sehen ist."

Lukas reißt die Augen erstaunt auf. „Sie meinen der Mörder kam durchs Fenster?"

„Das glaube ich nicht. Die forensischen Spuren, die ich vom Fensterrahmen habe, passen nicht zum derzeit Verdächtigen."

„Dann ist es doch unwichtig."

„Nicht unbedingt. Diese Bücher die gestohlen wurden, wann haben Sie sie das letzte Mal gesehen?"

„Gesehen? Eigentlich nie. Nur als sie eine Lücke hinterließen fiel mir auf dass etwas fehlt."

„Wann war das?"

„Am Mittwoch, kurz bevor Sie mich danach fragten."

„Am Dienstag waren die Bücher also noch da?"

„Das kann ich nicht sagen. Ich habe mich am Dienstag kaum umgeschaut und dann war das Geschäft versiegelt."

„Ach ja. Dann vermute ich das am Montagabend eingebrochen wurde." Erwin ist sich sicher.

„Wir sind verzweifelt", gesteht ihm Lukas. „Die Firma hat gewaltige Schulden. Meine Frau hat Gerhard gekündigt und nun droht der uns aus dem Haus zu werfen, obwohl ihm ja nur die Hälfte davon gehört."

„Wo ist Herr Gerhard Rosak?"

„Das weiß ich nicht. Ich erreiche ihn auch nirgends. Seine Drohung hat uns dieser Doktor Melzer zugestellt. Wenn Sie ihn sehen flehen Sie ihn an, mit mir zu sprechen. Es lässt sich doch alles klären."

„Ich werde es ihm ausrichten. Auf wiedersehen Herr Rosak." Erwin verlässt den Buchladen. Auf Erwin macht der Laden einen noch ungeordneten Eindruck, als am Tag des Mordes.

Karlheinz kommt zum Schloss das düster und grau im Winternebel steht. Er lässt seinen Blick über die verwitterte Fassade und die morschen Fenster streifen. Selbst dem Efeu, der an einer Seite mehrere Meter hinaufrankt, scheint der Platz nicht zu gefallen. Er zieht am Tor den altmodischen Klingelstrang. Eine rostige Eisenglocke bewegt sich müde und gibt einen dumpfen Klang von sich. Nichts rührt sich. Karlheinz versucht es noch zwei weitere Male und probiert danach die Türklinke.

Es ist offen. Karlheinz tritt ein und geht durch die Einfahrt in den Hof.

Als er sich im Hof herumdreht um eine Eingangstür zu finden steht plötzlich ein alter, schäbig angezogener Mann vor ihm. „Ich kenne Sie nicht. Wer sind Sie?"

„Bezirksinspektor Wimmer, Kriminalpolizei Wien."

„Die Strafmandate meiner Söhne habe ich immer pünktlich überwiesen. Gehen Sie wieder."

„Es geht um Einbruch, Diebstahl und Gemäldefälschung. Ich bleibe."

Der Alte schaut Karlheinz mit Schmollmund an. Fast wirkt er wie ein Trottel. „Sie sind hier nicht richtig. Ich bin Reichsgraf Glaubenheim. Wenn Sie etwas von mir wollen, müssen Sie es vorher mit dem Bezirkshauptmann abklären und einen Termin beantragen."

Karlheinz muss auflachen, als es ihm der Alte ernst erklärte. „Ich habe einen Termin mit Hubert. Wo finde ich ihn?"

Der Alte lauert, „Hubert? Woher kennen Sie ihn? Ich glaube nicht, dass er mit einfachen Polizisten verkehrt."

Karlheinz setzt geduldig fort. „Doch das tut er. Nochmals wo finde ich ihn?"

Der Alte überlegt und gibt schließlich nach. Er zeigt zu einer Treppe. „Dort hinauf und die zweite, oder nein dritte Türe rechts. Dort ist sein Arbeitszimmer."

„Danke, Hochlaucht", kichert Karlheinz.

In dem mit sperrmüllreifen Möbeln an geräumten Raum findet Karlheinz Hubert. Er stellt sich ihm vor.

„Mein Bruder sagte mir schon, dass die Polizei wegen Matthias hier war. Irgendein Oberst oder so."

„Richtig Oberstleutnant Pospischil, mein Chef. Ich komme wegen des Gemäldes das Sie der Galerie Lempers lieferten."

„Was ist damit?" Wenn Hubert sich sorgt, so ist davon nichts zu bemerken. Er lächelt freundlich, etwas überheblich Karlheinz an.

„Es handelt sich um eine Fälschung. Die anderen zwei, von Ihnen gelieferten, Gemälde werden bei den Kunden gerade sichergestellt und ebenfalls überprüft."

„Fälschungen? Wie ist das möglich? Es handelt sich um alte Erbstücke."

Karlheinz grinst Hubert an, „ja wie ist das möglich?"

Huberts Gesicht verfinstert sich. Heftig empört meint er, „was wollen Sie mir unterstellen?"

„Kunstfälschung und Diebstahl. Denn wenn ich mich hier umschaue, finde ich sicher zwei aus der Rosak Buchhandlung gestohlene Romane."

Nun grinst Hubert Karlheinz an. „Sie dürfen sich aber hier nicht umschauen."

„Noch nicht. Ich warte auf einen Anruf und dann kommt die Streife aus Krems um Sie festzunehmen. Inzwischen können Sie mit mir sprechen und Sie sich eventuell die Festnahme ersparen."

Hubert wird blas. Er ist sich nicht sicher ob Karlheinz blufft, oder ob es wirklich ernst wird. „Gut was wollen Sie von mir wissen?"

„Die drei Gemälde sind Fälschungen. Das erklären Sie dem Richter. Auch die zwei Bücher helfen Ihnen nichts mehr. Ich habe sie vergangene Nacht gelesen. Geben Sie die Bücher freiwillig raus und erzählen Sie mir, wie Sie dazu gekommen sind."

Hubert ist klar, das leugnen nichts mehr hilft. Er stöhnt nur auf. „Bitte stoppen Sie die Streife. Denn wenn mein Vater dass mitbekommt, das überlebt er nicht."

Wie aufs Stichwort läutet Karlheinz Handy. Gerlinde ist am Apparat. „Den Durchsuchungsbeschluss und den Haftbefehl habe ich hier. Soll ich die Streife verständigen?"

„Nein die Streife brauche ich nicht. Herr Glaubenheim kommt freiwillig mit mir nach Wien mit." Karlheinz nickt Hubert kumpelhaft zu.

Hubert atmet auf. „Danke."

„Gut. Bitte zuerst die zwei gestohlenen Romane und dann Ihr Geständnis."

Hubert legt die beiden Bücher auf den Tisch. „Matthias hatte mich angerufen, er kennt den Galeristen Sebastian Landers, der ihm von meinen Bildverkäufen erzählte. Dann verlangte er eine Beteiligung an dem Kaufpreis, da er beweisen kann, das nur zwei und nicht fünf Gemälde existieren."

„Haben Sie bezahlt?"

„Zuerst bin ich eingebrochen um diese Romane zu finden. Es war ein Reinfall. Ich hatte ja keine Ahnung wo die Romane stehen. Deshalb gab ich Matthias ein á Conto und bat einen Bekannten, Johannes sich umzusehen. Er sagte mir dann wo die Bücher stehen."

„Johannes Kowrat?"

„Ja er kennt Matthias sehr gut und weiß wie er seine Bücher ordnet."

„Deshalb sind Sie nochmals eingebrochen?"

„Ja durchs gleiche Fenster. Damit glaubte ich keine Spuren zu hinterlassen. Mir blieb das Herz stehen als ich Matthias tot vorfand. Ich schnappte die zwei Bücher und bin durch die Vordertür, die war übrigens nicht verschlossen, hinaus."

„Um wieviel Uhr war das?"

„Zehn Uhr. Das weiß ich genau weil jemand schrie: Zehn Uhr Sperrstunde."

„Der Todeszeitpunkt ist ungefähr neun Uhr. Ich rufe meinen Chef an um ihn wegen der Festnahme zu fragen."

Karlheinz ruft Jürgen an. Der entscheidet: „Schreib mit ihm ein gemeinsames Protokoll. Das soll er unterzeichnen. Der Staatsanwalt wird ihn dann wegen Bildfälschung vorladen. Das ist nicht mehr unser Bier."

Karlheinz lässt Hubert das Protokoll auf seinem PC schreiben und bestätigen. „Mit dem Mord haben Sie nichts zu tun, da vor Ihnen jemand bereits Matthias Tod bestätigte. Frau Lempers wird wahrscheinlich eine große Geldforderung an Sie stellen."

„Das bricht uns das Genick. Wir sind finanziell am Ende."

„Auf wiedersehen."

5 Samstag

Jürgen ist alleine im Landeskriminalamt. Staatsanwalt Moser besucht ihn und erklärt: „Steiners Anwalt muss jeden Augenblick erscheinen. Heute will ich ein Geständnis von dem Mann haben."

„Ich bin verunsichert. Verstockte Gauner habe ich schon mehr als genug gesehen, doch beim Professor bin ich fast versucht ihm zu glauben."

Moser staunt mit offenem Mund Jürgen an. „Ich finde Sie haben gut ermittelt. Es ist doch alles klar?"

„Sicher, ja sicher, doch der Fall ist unglaublich verworren. Bezirksinspektor Wimmer hat gestern im Zusammenhang mit dem Mord einen Kunstbetrug aufgedeckt."

„Hab's gelesen, doch diese Anklage bearbeitet ein Kollege von mir."

„Was mich aber stutzig macht ist eine andere Bemerkung in Wimmers Bericht."

„Ja, ja", Moser wird ungeduldig. „Lauter Sachen die nichts mit dem Mord zu tun haben. Ihre Leute sollten sich mehr darauf konzentrieren."

„Der Lebensgefährte spielt die lustige Witwe und steigt auch, wie ich in Leutnants Loimers Bericht lese, dem Bruder des Opfers ordentlich auf die Zehen."

„Schön, Loimer hat einen Einbruch aufgedeckt. Auf was Herr Oberstleutnant willst du hinaus?"

„Ich weiß es nicht. Lass uns zum Verhör gehen."

Moser schüttelt den Kopf. „Jürgen, Jürgen. Wo wirst du noch enden?"

Karlheinz hat eine schlaflose Nacht hinter sich. Marcus bekommt es natürlich mit und regt sich darüber auf.

„Was hast du? Den Mörder habt ihr. Die Gemäldefälschung hast du aufgedeckt. Schlaf endlich ruhig, damit ich auch ruhig schlafen kann."

„Ich hole mir morgen eine Speichelprobe von Gerhard Rosak", murmelt Karlheinz bevor er endlich etwas schläft.

Am Morgen beim Frühstück. „Wie besorge ich mir Gerhards DNA?"
„Gar nicht. Heute sind wir bei meinen Eltern und morgen bei deiner Mutter essen. Es ist dein freies Wochenende." Marcus will wenigstens hin und wieder eine paar Tage mörderfrei genießen.

Als sie zu Mittag bei Marcus Eltern eintreffen geht es prompt los. „Papa, mach endlich Karlheinz ein Angebot dass er nicht wieder nein sagt. Zahl ihm ordentlich, er ist Geldgierig."
Dominik lacht. „Ich habe ihm schon einen höheren Gehalt als deinen angeboten. Leider ist Karlheinz nicht Geldgierig."
„Ach, Dominik", seufzt Karlheinz. „Es ist die Arbeit und nicht das Geld. Da ich Marcus nicht erhalten muss, brauche ich nicht so viel", setzt er hämisch nach.
Henriette mischt sich spöttisch ein. „Kürz doch deinem Sohn Marcus den Gehalt, dann ist Karlheinz gezwungen mehr zu verdienen."
Dominik wird ernst. „Karlheinz, ich will dich wirklich als Sicherheitchef in der Zentrale haben. Marcus wird, ich hoffe schon bald, ebenfalls in die Zentrale wechseln und soll mein Nachfolger werden. Da braucht er dann dich, als Rückhalt."
Karlheinz senkt seinen Kopf, dem stechenden verlangenden Blick Dominiks hält er nicht stand. Der Herr Kommerzialrat denkt Dynastisch, da er selbst seinem Vater nachfolgte. Das Marcus der letzte Bankchef aus der Familie sein wird, ist ihm schon ein Dorn im Auge, aber wenigstens das sollte Marcus noch werden.
„Lass es mich überlegen", murmelt Karlheinz. „Hat sich die Frau Guckloch wieder bei dir gemeldet?"
„Sie scheint mir hartnäckig zu sein. Über die Elektronikum habe ich erfahren dass Loimer bei Guckloch anfangen will."

„Was bitte? Davon hat mir Erwin nichts erzählt. Oder warte, ja er hat mehrmals mit der Schulze gesprochen. Nur schien mir es wäre mehr, na ja halt eher sexuell."

Marcus kichert, „meinst du den komischen Dreier wo Helene, Josefine und Erwin bei der Vernisage kuschelten?"

Dominik schüttelt den Kopf. „Da tun sich ja Abgründe auf. Frau Schulze wollte übrigens dich sprechen. Sie plant auch dich zu Guckloch abzuwerben."

„Bis jetzt hat sie es nicht versucht. Ich glaube vor mir hat sie Schiss wegen der Wanzen die sie bei Marcus installierte."

„Das nehme ich als sicher an. Als ich sie darauf ansprach, war sie mehr als verlegen."

Henriette langweilt das Geplänkel. „Hört mit dem Blödsinn auf. Lasst uns von etwas anderem reden."

Bei Max, genauer bei Irene, ist es soweit. Ein gesunder 3,5 kg Junge wird geboren. Die Mutter strahlt, auch der Vater hat es erschöpft überstanden.

Als Max Jürgen die freudige Mitteilung macht meint dieser: „Nimm dir eine Woche frei. Im Moment liegt nichts an."

„Hast du von Steiner ein Geständnis?"

„Nein er leugnet nach wie vor. Moser bereitet sich auf einen Indizienprozess vor."

Endtäuscht kommt Jürgen heim. Wie so oft, vor allem wenn er sich nicht sicher ist, bespricht er den Fall mit seiner Frau.

„Na sag schon was gefällt dir nicht?" Lisa kennt ihren Gatten und bringt es auf den Punkt.

Jürgen fasst die Fakten zusammen:

„Professor Steiner tauchte zehn Minuten vor zwanzig Uhr bei Matthias in der Buchhandlung auf und verlangte den Kodex. Fünfzehn Minuten vor einundzwanzig Uhr lieferte ihm Istvan Mohacs den Kodex und die Gasflaschen für die Baustelle. Istvan bekam von Matthias den Kodex. Istvan wollte ihn an

Hubert Glaubenheim verkaufen. Doch der ist nicht an dem Kodex interessiert, deshalb brachte Istvan die Schrift Matthias zurück.

Der Verdächtige Harald Steiner kam fünfzehn Minuten nach einundzwanzig Uhr nochmals. Er behauptet: Matthias war bereits Tod. Er sah den Toten und überprüfte ob er wirklich Tod ist. Deshalb fanden wir Spuren von Steiner an der Leiche. Danach eignete Harald sich die Kartei an und fuhr nach Melk zu Pater Ambrosius.

Hubert Glaubenheim bricht um zweiundzwanzig Uhr von der Hofseite durch ein Fenster ein. Er ist zuerst schockiert als er Matthias am Boden liegen sieht, schnappt sich dann die ihn belastenden zwei Bücher. Johannes Kowrat hatte ihm gegen Geld verraten wo sie stehen. Hubert verlässt das Geschäft diesmal durch den Geschäftseingang.

Als Lukas am Morgen kommt hatte er, nicht wie er zuerst behauptet die Papiere in Ordnung gebracht, sondern nach dem Testament gesucht."

Lisa am Sofa an ihren Gatten gelehnt hat ruhig zugehört. „Du verstehst nicht warum dieser Professor so stur leugnet? Wenn er es doch nicht war, dann hat um einundzwanzig Uhr noch jemand die Buchhandlung betreten."

„Es wurde niemand gesehen und alle anderen Verdächtigen haben für diese Zeit ein Alibi."

„Dieser Adelsspross behauptet, er wäre um zweiundzwanzig Uhr eingestiegen. Hast du es überprüft?"

„Hm, du liegst richtig. Den Kerl hole ich mir und befrage ihn selbst. Karlheinz hat sich viel zu sehr auf diese alten Gemälde konzentriert."

„Der Bruder und der Lebensgefährte des Opfers, was ist mit deren Alibi?"

„Der Bruder Lukas war bei seiner Familie. Seine Frau hat Gerhard aus dem Geschäft geschmissen und Lukas suchte wie verzweifelt ein Testament. Das Alibi der Familie scheint mir nicht stichfest."

„Was ist mit dem jungen Mann?"

„Gerhard war mit zwei anderen Burschen zusammen. Die bestätigen sein Alibi."

„Schön was wirst du am Montag tun?"

Jürgen beugt sich über seine Frau um sie zu küssen. „Danke, ich werde Harald und Lukas ausquetschen."

6 Sonntag

Erfrischt und bester Laune genießen die beiden jungen Männer ihr Frühstück.

Marcus mit der Kaffeetasse in der Hand meint: „Heute haben wir unser Mittagessen bei Annemarie. Danach könnten wir doch in die Hinterbrühl."

Karlheinz grinst. „Ja, zuerst bei meiner Mutter und danach ins Puff. Gustav wird sich freuen uns wieder zu sehen."

„Justus ist ganz sicher auch dort. Du wolltest ihn doch wegen Sebastian aushorchen."

„Sebastian? Nein der interessiert mich nicht. Ich will mehr über Gerhard Rosak wissen. Ich habe heute Nacht von ihm geträumt."

„Was hast du?" Marcus verschüttet seinen Kaffee. „Du träumst von diesem billigen Erbschleicher?"

„Genau ich träumte davon, dass er es auf das Erbe abgesehen hat. Ich fühle, dass er mich anlügt und komme trotzdem nicht dahinter was es ist."

Marcus füllt seine Tasse erneut mit Kaffee. „Sein Alibi ist wasserfest. Das ist es doch was dich beunruhigt?"

„Sie waren zu dritt. Ich kann mir das nicht vorstellen. Da ist doch einer Zuviel?"

„Hm, ja…", stöhnt Marcus wohlig auf. „Du bist so herrlich naiv."

„Wenn du meinst, ich lass es mir heute von Sebastian in der Hinterbrühl zeigen."

„Das ist nicht nötig. Du brauchst nicht alles kennenzulernen." Marcus hebt drohend den Zeigefinger.

Nach dem Mittagessen, das sich mit dem Abschlusskaffee bis 16 Uhr hinzieht, verabschieden sich Marcus und Karlheinz von Annemarie.

Wie es Karlheinz erwartete eilt ihnen Gustav am Empfang entgegen. „Hallo, ihr ward schon lange nicht mehr hier. Ich vermute Karlheinz sucht einen Mörder, oder?"

Marcus lacht, „warum hat mein Freund einen so schlechten Ruf? Überall wo wir hinkommen gibt es immer den gleiche Vorwurf."

„Weils stimmt."

Karlheinz tätschelt dem reifen Mann vertraulich die Wange.

„Diesmal stimmt es nicht. Wir wollen relaxen und natürlich den üblichen Klatsch hören."

„Na dann zieht euch zuerst einmal aus und genießt unsere Bademöglichkeiten. Klatschtanten findet ihr in allen Räumlichkeiten. Im Salon de Marquis, dazu solltet ihr euch etwas anziehen, gibt ein wild gewordener Bursche gerade eine geile Sektparty."

Marcus und Karlheinz genießen im FKK Bereich die Sauna, das Schwimmbecken und die Körperpflege, bevor sie sich wieder anziehen um im Obergeschoss ins Restaurant essen zu gehen.

Nach der Knoblauchcremesuppe, Marcus meinte wir stinken dann beide, bekommen sie Rinderfilet mit Kartoffelgratin.

Karlheinz schneidet sein Filet gerade an, als Ferdinand stark beschwipste aus einem der Nebenräume herein stürzt.

„Holla, Hilfe, da will mich einer Vergewaltigen", kichert der kindische knapp dreißigjährige Mann.

Marcus hält den vorbeischwankenden am Pullover Zipfel fest.

„Wenn du die Polizei brauchst, es sitzt einer hier."

Ferdinand dreht sich um seine Achse und kommt fast auf Karlheinz zu sitzen. Karlheinz fällt vor Schreck das Besteck aus den Händen.

„Ach du bist es. Mörder habe ich keinen für dich, aber einen schlimmen Kinderschänder."

„Du bist kindisch, aber kein Kind", knurrt Karlheinz. „Wer will dir denn an die Wäsche?"

„Der wilde Gerhard. Seit Monaten schon steigt er mir nach und stört dauernd. Vergangene Woche ist er um Mitternacht zu Sebastian gekommen. Nur um uns zu stören."

Karlheinz, der Ferdinand an der Hüfte festhält damit er nicht zu Boden rutscht, wird neugierig. „Wann denn?"

„Sagte ich dir bereits. Vor einer Woche", lallt Ferdinand sich langsam wieder aufrichtend.

„Sontag Nacht?"

„Sonntag? Nein es war am Montag. Da brüllte er um elf, oder kurz danach, im Vorgarten herum. Sebastian hat ihn dann reingelassen damit Ruhe ist."

„Danke, bring dich nun in Sicherheit. Ich rede mit Gerhard damit er dich in Ruhe lässt."

„Ich brauche unbedingt ein Zimmer. Ich kann nicht mehr nach Wien fahren", stammelt Ferdinand als er aus dem Restaurant torkelt.

Marcus kichert, „na der schafft es doch nicht einmal mehr ins Zimmer."

„Ich schaue nur kurz in den Salon ob Gerhard gesprächsfähig ist."

„Du Schuft. Was willst du von ihm?"

„Beruhige dich doch. Ich suche einen Mörder und keinen Liebhaber."

„Du bist also doch wegen eines Mörders hier", empört sich Marcus.

Karlheinz geht durch die Verbindungstür in den benachbarten Salon. Eine Gruppe Männer liegt, mehr als sie sitzen, in den bequemen Fauteuils angetrunken herum. Sebastian kauert am Boden in einer Ecke und starrt ein Sektglas in der Hand vor sich hin. Gerhard ist als einziger halbnackt. Er hat Weste und Hemd abgelegt und die Jeans bis zu den Knien runter gelassen. Als er Karlheinz bemerkt, ob er ihn erkennt ist Karlheinz nicht klar, fordert er: „Zieh dich aus. Ich brauche einen Kerl."

„Du bist zu betrunken dazu. Zieh deine Hose wieder hoch." Karlheinz begreift. In diesem Zustand kann er Gerhard nicht befragen.

Ein 40-Jähriger, der knapp neben Gerhard sitzt, grinst Karlheinz dreckig an. „Ich wollte ihn vor zwei Stunden auf mein Zimmer schleppen, da war er noch halbwegs beisammen."

„Sie haben hier im Haus ein Zimmer?"

„Ja Bursche das habe ich. Suchst du ein Bett?" Der Mann reckt sich erwartungsvoll in seinem Stuhl hoch.

„Danke, nicht nötig. Das Hotel ist nicht ausgebucht." Karlheinz geht ins Restaurant zu Marcus zurück, der inzwischen die Nachspeise Schoko Gries mit Mango genießt.

„Hast du deinen Mörder?"

„Vielleicht. Ich werde Gerhard Rosak morgen aufs Landeskriminalamt bestellen."

„Gut, iss jetzt deine Nachspeise und danach fahren wir heim."

7 Montag

Die Mitarbeiter der Abteilung für Gewaltverbrechen kommen, ohne Max, um neun Uhr zusammen um die Arbeitsplanung zu besprechen.

Jürgen eröffnet. „Wir haben einen Verdächtigen, doch ich will alle anderen Möglichkeiten nochmals überprüfen. Erwin hole mir bitte Harald Glaubenheim, du Karlheinz bringst mir Lukas Rosak."

„Moment", wirft Karlheinz ein. „Ich möchte Gerhard Rosak holen. Sein Alibi passt nicht. Er ist erst nach dreiundzwanzig Uhr zu Sebastian."

Jürgen zieht die Augenbrauen hoch. „Ach, das ist wirklich interessant. Der Kerl erbt doch?"

„Richtig und er ist wild auf Ferdinand. Ich bin überzeugt, dass seine Partnerschaft mit Matthias auch nicht mehr perfekt war. Es heißt auch, dass Matthias seinen Lebenspartner herum kommandierte."

„Gut hole du Gerhard und Gerlinde soll mir Lukas bringen. Das Alibi des Bruders ist auch fraglich."

Die Polizisten schwirren aus um die von Jürgen gewünschten Personen ins Landeskriminalamt zu laden.

Gerlinde findet die Buchhandlung versperrt vor. Sie fährt zu Lukas Rosaks Privatadresse nach Neustift am Walde. Dort sind alle Familienmitglieder in heller Aufregung.

Die zwölfjährige Tochter Sylvia begrüßt Gerlinde, „Sie sind doch von der Polizei? Papa war am Abend als Onkel Matthias starb hier. Wir werden das alle sagen."

„Das wissen wir bereits. Du brauchst den Termin am Dienstag nicht bestätigen. Wir wissen auch das dein Papa am Montag beim Steuerberater war."

„Ja da war er letzte Woche an allen anderen Abenden."

„Wie heißt denn der Steuerberater?"

„Das weiß ich nicht."

Da kommt schon Emilia Rosak an die Türe. Sie hat verweinte Augen.

„Was ist passiert?", will Gerlinde von Emilia wissen.

„Dieser Schuft. Matthias ist nicht einmal unter der Erde und Gerhard hat seinen Anwalt beauftragt uns hier rauszuwerfen wenn wir nicht Miete zahlen."

„Die Beerdigung ist doch heute? Wann?" Gerlinde wundert sich das sich Jürgen diesmal nicht dazu angemeldet hat. Jürgen liebt Beerdigungen, da er glaubt auch der Mörder findet sich ein.

„Am Nachmittag um drei Uhr. Lukas sucht noch immer das Testament. Es muss eines geben, da Matthias mir sagte, mit Gerhard geht es zu Ende." Emilia flüstert mehr als sie spricht.

„Was meinte er -mit zu Ende gehen?"

„Na, Matthias wusste, dass Gerhard ihm untreu wurde."

„Schön ich möchte Ihren Gatten sprechen."

„Gehen Sie rein in seinen Arbeitsraum. Dort brütet er vor sich hin."

Gerlinde findet ihn in dem Raum zwischen Papieren die unordentlich auf dem Schreibtisch und auch auf dem Boden liegen.

„Was wollen Sie?", faucht er statt einer Begrüßung.

Gerlinde spart sich ebenfalls den Gruß. „Ich bitte Sie mich jetzt ins Landeskriminalamt zu begleiten. Herr Oberstleutnant Pospischil hat noch ein paar Fragen. Sie waren am fraglichen Abend hier bei Ihrer Familie?"

„Ja das habe ich bereits zu Protokoll gegeben. Fragen Sie doch. Es sind alle im Haus."

„Sie waren vergangene Woche mehrmals beim Steuerberater. Wie heißt Ihr Steuerberater?"

„Wieso? Was soll das?"

„Bei den früheren Befragungen sagten Sie und Ihre Gattin, dass Matthias Verhältnis mit Gerhard bestens war und gerade teilt mir Ihre Frau mit, dass es kriselte."

Lukas seufzt auf, „mein Gott, die übliche Probleme wie sie in jeder Partnerschaft vorkommen. Das mit der Steuer hatte

Matthias erledigt. Ich habe erst nach seinem Tode die Bilanz gesehen."

„Gerade hieß es sie waren beim Steuerberater. Was ist jetzt wahr?"

„Das ist doch unwichtig", faucht Lukas.

„Schön können Sie mitkommen?"

„Wenn es unbedingt sein muss, obwohl ich nichts weiter zu sagen habe."

Karlheinz sucht Gerhard erst in seiner Villa, dann in der Buchhandlung, die verschlossen ist, und findet ihn schließlich im Weinschlösschen bei Doktor Melzer.

Arnold bittet Karlheinz zu warten. „Trink ein Gläschen von unserem Rosé. Der frische Wein hat einen herrlichen erdigen Geschmack."

Karlheinz grinst ihn an. „So freundlich? Dabei suche ich bei euch wieder einen Mörder."

„Heute Nachmittag wird das Opfer beerdigt. Es heißt doch, dass der Mörder immer zur Beerdigung kommt. Willst du nicht am Leichenschmaus teilnehmen und dir da einen Mörder aussuchen?"

„Das mit dem Mörder behauptet Jürgen auch immer, doch diesmal sitzt der wahrscheinliche Mörder bereits."

„Trotzdem, um fünfzehn Uhr ist die Beerdigung am Neustifter Friedhof und anschließend ist bei uns, im großen Saal, die Gedenkfeier."

„Den großen Saal kenn ich noch nicht."

„Dann verständige Marcus und komm mit ihm. So wie die Dinge liegen, wird Matthias' Bruder mit seiner Familie fern bleiben."

„Gerhard wird doch akzeptiert?"

„Nicht mehr. Frau Rosak hat ihn aus der Firma geworfen und nun wirft Gerhard die Familie aus ihrem Haus. Kindisch, aber so ist nun mal die böse Welt, vor allem wenn's ums Erben geht."

Klaus kommt mit Gerhard in den Verkostungsraum. „Hallo Karlheinz. Ich hörte ihr habt den Mörder bereits. Was machst du hier?"

„Es geht um den Abschlussbericht. Oberstleutnant Pospischil will Gerhard nochmals sprechen."

„Heute doch nicht. Heute ist die Beerdigung."

„Es dauert doch nicht lange bis zum Mittagessen ist Gerhard wieder hier."

„Hm, ist es nur eine Befragung, oder soll ich als sein Anwalt mitkommen?", lauert Klaus.

„Das kann ich nicht beurteilen. Es schadet sicher nicht wenn du mitkommst."

„Geht nur. Ich bereite alles für die Feier vor. Ihr steht's mir sowieso nur im Weg", meint Arnold.

Erwin ist erst gegen elf beim Schloss der Glaubenheim. Er fährt mit seinem Auto in den Schlosshof hinein. Der Anblick des verwahrlosten Gebäudes stimmt Erwin traurig. Das alte barocke Portal ist grau und die Fassade lässt nur mehr ahnen wie prächtig einmal die Anlage war. Erwin geht über den mit Unkraut bewachsenen Hof und den ausgetreten Pfad zu einer unscheinbaren Holztür. Sie ist unversperrt. Erwin ruft, keine Antwort. Hinter der Tür ist eine schmale Stiege die in den Oberstock führt. Erwin steigt hinauf und ruft nochmals. Schließlich kommt mürrisch und verschlafen in einem schmuddeligen Pyjama Harald ins Stiegenhaus.

„Was suchen Sie hier?", murmelt er.

„Ich will Herrn Harald Glaubenheim bitten mit mir nach Wien zu kommen."

„Wozu? Wer sind Sie?"

„Leutnant Loimer, Kriminalpolizei."

„Das mit der Fälschung habe ich doch bereits gestanden. Das Verfahren ist bereits bei Gericht. Was wollen Sie noch?"

„Es geht um den Mord an Matthias Rosak. Da sind noch ein paar Fragen offen."

„Damit habe ich nichts zu tun. Das hat mir bereits dieser Pospischil bestätigt."

„Dieser Pospischil bittet Sie bei ihm in Wien das Abschluss-protokoll zu unterzeichnen."

„Jetzt gleich?"

„Wenn es möglich ist."

„Na gut ich zieh mir nur was an."

Gerlinde ist die Erste die mit Lukas kommt. Sie führt ihn in den Befragungsraum und nimmt die üblichen Daten auf.

Pospischil beginnt mit seinem Verhör. „Ihr Alibi befriedigt mich nicht ganz. Was haben Sie zu Hause am Montagabend gemacht?"

„Wieso? Meine Familie hatt es bereits bestätigt. Ich war zu Hause." Lukas wird unruhig. Er beginnt zu schwitzen.

Gerlinde schmunzelt als sie ihr neues Wissen einwirft. „Sie waren an dem Abend beim Steuerberater. Bei wem?"

Mit vor Entsetzen weit aufgerissenen Augen starrt er Gerlinde an. „Das geht niemanden etwas an."

„Sie waren also am Montag doch in der Buchhandlung", setzt Jürgen nach.

„Nein, nein, ich war nicht dort."

Die Polizisten lehnen sich zurück und betrachten streng den schwitzenden Lukas.

Nach ein paar Minuten kommt es schließlich. „Ich war bei einer Frau. Das darf Emilia auf keinem Fall erfahren."

„Schön den Namen und dann warten Sie, in einem unserer Zimmer, bis wir das Alibi überprüft haben."

„Sie können mich nicht hierbehalten", stöhnt Lukas auf.

Jürgen zuckt die Achseln. „Sicher, ich kann Sie bitten hier freiwillig eine Stunde zu warten, oder ich muss Sie vorläufig festnehmen und brauch Sie erst morgen wieder freilassen."

Lukas schluckt und lässt sich abführen.

Karlheinz wartet bereits mit Gerhard, damit Gerhard Lukas Platz einnimmt. Von Gerhard wurden trotz lauten Protests von Doktor Melzer, erkennungsdienstlichen Aufnahmen gemacht. Melzer fährt Jürgen deswegen sofort an. „Ihre Finessen bin ich ja schon gewohnt. Warum quälen Sie immer wieder meine Mandanten. Das betrachte ich langsam bereits als persönlich."

„Einer Ihrer Mandanten war tatsächlich ein Mörder. Schon vergessen?"

„Das ist nicht wahr. Diesen Navratil hatte ich nicht vertreten. Festgenommen hatten Sie damals Ferdinand Zawadil."

„Erst war…. Ach bitte lassen wir das jetzt. Ich habe nur fürs Protokoll noch eine Frage bezüglich des Alibis."

Gerhard hat sich bereits gesetzt und Karlheinz schaltet das Aufnahmegerät ein. „Komm endlich und setz dich auch, damit ich anfangen kann", fordert Karlheinz Melzer auf.

Melzer und Jürgen setzen sich ebenfalls.

Karlheinz eröffnet, „am Montag sind Sie erst nach elf Uhr bei Sebastian Landers aufgetaucht. Wo waren Sie vorher?"

Gerhard strafft sich und stößt heftig hervor, „wer behauptet das?"

„Ferdinand, der junge Mann hinter dem Sie her sind."

„Ferdinand irrt sich. Fragen Sie doch Sebastian, der schuldet mir noch was."

Melzer reißt es, „wie?"

Jürgen muss darüber lachen. Auch Karlheinz ist über die letzte Bemerkung verblüfft.

Gerhard ahnt, dass er zu viel gesagt hat. Er rudert zurück. „Ich meinte dass Sebastian genau weiß wann ich gekommen bin. Es war nicht einmal zehn."

Karlheinz schaut Jürgen bittend an. Jürgen begreift und setzt das Gespräch fort.

„Herr Doktor, wollen Sie mit Ihrem Mandanten sprechen? Wir gehen solange raus."

Im Büro strahlt Gerlinde Karlheinz und Jürgen an. „Soeben habe ich von der Spurensicherung einen interessanten Fingerabdruckabgleich erhalten."

„Schön was?" Jürgen hasst diese Andeutungen. Er wünscht Klartext.

„Am Wagen der Gasflaschen ist einer der Fingerabdrücke von Gerhard Rosak."

„Ah", jubelt Jürgen auf. „Das wird er kaum erklären können."

Als Melzer winkt und sich die Polizisten in den Verhörraum setzen, schmunzelt Jürgen und wartet auf Melzers Märchen.

„Herr Rosak ist tatsächlich erst um elf Uhr nachts in Landers Villa angekommen. Vorher war er noch, das zu sagen ist ihm halt peinlich, auf einem öffentlichen Ort. Dort hatte er Kontakt mit einem, ihm nicht näher bekannten, Herrn."

Jürgen beginnt: „Herr Mohacs lieferte um einundzwanzig Uhr einen Kodex und Gasflaschen. Eine halbe Stunde später als Professor Steiner in die Buchhandlung kommt, stehen diese Flaschen noch in der Nähe des Toten. Herr Glaubenheim war um zweiundzwanzig Uhr am Tatort. Er sah keine Gasflaschen. Trotzdem befindet sich Herrn Rosaks Fingerabdruck auf dem Griff."

„Fingerabdruck? Es ist Ihre Pflicht mir als Anwalt alle Fakten bekannt zu geben." Melzer hat einen roten Kopf bekommen. Er ist wütend, doch eher mehr auf seinen Mandanten.

„Das haben wir soeben erst erfahren. Da Sie bereits ein langes Gespräch mit Herrn Rosak geführt haben, würde ich jetzt ein Geständnis empfehlen."

„Gestehen? Da gibt es nichts zu gestehen. Herr Rosak arbeitet in der Buchhandlung natürlich sind seine Spuren überall zu finden."

Jürgen lehnt sich höhnisch zurück. „Aber, aber, Herr Anwalt. Haben Sie mir nicht zugehört. Die Gasflaschen waren nur kurze Zeit im Verkaufsraum. Danach in einer Garage."

In ihrem Wortabtausch vertieft übersehen Jürgen und Melzer wie Gerhard in sich gesunken ist, die Hände vors Gesicht hält und weint.

Karlheinz hat sich zu Gerhard begeben und ihm freundschaftlich den Arm um die Schulter gelegt. „Komm sag was passiert ist. Glaube mir es ist leichter, wenn man's hinter sich hat."

Melzer will als er es bemerkt aufbrausen, resigniert aber und nickt mit dem Kopf.

Gerhard Rosak beginnt mit seinem Geständnis. „Wir hatten schon am Nachmittag eine Auseinandersetzung. Matthias hat mich in seiner überheblichen Art runter gemacht. Deshalb bin ich in die Buchhandlung. Ich wollte bevor er nach Melk fährt einiges klarstellen."

Karlheinz nickt wissend. „Er hat dich wie einen Leibeigenen behandelt."

„Es war glaube ich neun Uhr als ich in die Buchhandlung kam. Da stand er vor der von ihm entdeckten Kamera und tobte kaum dass er mich sah. Es gelang mir nicht ihn zu beruhigen. Er wurde immer wilder da habe ich, ich wusste ja nicht was in den Flaschen war, den Schlauch auf ihn gerichtet und den Hahn aufgedreht."

Neugierig meint Jürgen, „und wie hat es gewirkt?"

„Matthias hat wie ein Fisch nach Luft geschnappt und ist dann umgefallen. Ich habe abgedreht und mich zu ihm gebeugt. Er ist in meinen Armen gestorben."

„Eigentlich ein Unfall. Herr Rosak wollte nicht töten, nicht einmal verletzen", erklärt Melzer.

„Sind Sie dann weggegangen?"

„Nein. Ich sehe durch die Auslage wie der Professor kommt. Sofort habe ich den Kodex der auf Matthias Schreibtisch lag geschnappt und habe mich hinter einem Regal versteckt. Ich konnte sehen wie sich Steiner die Kartei aus dem Schreibtisch aneignet und verschwindet. Steiner hat sich benommen, als ob es für ihn selbstverständlich war. Nachdem er hinaus ist habe ich die Gasflaschen in die Garage gebracht und vorher auch abgewischt."

„Nicht sorgfältig genug", murmelt Karlheinz.

„Ich bin anschließend zu Sebastian gefahren. Der ist wegen dieser Gemäldefälschungen nervös. Bei ihm war ausgerechnet Ferdinand. Ich musste mich beherrschen um nicht auszurasten. Da ist Ferdinand bei einem anderen und das ausgerechnet bei Sebastian."

Jürgen schmunzelt, „da wurde es sicher ein schöner Dreier."

„Schön war es nicht. Ferdinand wollte mich loswerden. Am Morgen sagte ich zu Sebastian das Matthias nichts wegen der Gemälde unternehmen wird. Er soll einfach sagen, das ich den ganzen Abend bei ihm war."

„Sebastian wusste also bereits dass die Gemälde gefälscht sind", lauert Karlheinz.

„Nicht wirklich. Es gibt ja die Expertise von diesem Fälscher. Aber Sebastian fürchtete, dass an Matthias Verdacht etwas Wahres dran ist."

Jürgen nickt, „das genügt vorläufig. Ich nehme Herrn Rosak fest."

Melzer steht auf und wirft Karlheinz einen finsteren Blick zu.

„Also Klaus", wehrt sich Karlheinz. „Du kannst mir doch nicht böse sein."

Melzer seufzt. „Das bin ich auch nicht. Ich frage mich nur: Wieso gibt es in deinem Umfeld so viele Mörder?"

Jürgen lacht, „Mörder suchen ist nun mal unser Beruf. Suchen Sie sich andere Bekannte."

„Ich bin nun einmal Anwalt." Melzer verabschiedet sich.

Erwin wartet mit Harald Glaubenheim. „Soll ich ihn in den Befragungsraum führen?"

Jürgen schaut Erwin nachdenklich an. „Nein", meint er dann. „Mach im Büro mit ihm ein Protokoll über den Ablauf seines Einbruchs."

Gerlinde verständigt Staatsanwalt Moser über den neuen mutmaßlichen Mörder und bittet ihn die Entlassung Steiners zu veranlassen.

Melzer gelang es das Gericht und die Geschworenen von der unabsichtlichen Tötung zu überzeugen. Gerhard bekam drei Jahre und davon war ein Teil bedingt. Wesentlich aufreibender war der Zivilprozess in dem Lukas und Emilia Gerhard als nicht erbwürdig veklagten. Nach einem Jahr durfte Gerhard dann das Erbe uneingeschrenkt antreten. Die Villa in der die Familie Rosak lebte wurde Zwangsversteigert. Die Rosaksche Buchhandlung geriet in die Insolvenz.

FSC
www.fsc.org
MIX
Papier | Fördert
gute Waldnutzung
FSC® C083411

Zeitfracht Medien GmbH
Ferdinand-Jühlke-Straße 7
99095 Erfurt, Deutschland
produktsicherheit@kolibri360.de